贋物（がんぶつ）霊媒師

櫛備十三（くしびじゅうぞう）のうろんな除霊譚

阿泉来堂

PHP
文芸文庫

○本表紙デザイン＋ロゴ＝川上成夫

目次

第一話　まじめな男

1

人通りの少ない、うらさびれた路地の一角にぽつりと佇む朽ちた廃ビル。その二階フロアは、かつて怪しげな消費者金融業者が事務所として使用していた。

廃墟となった今でも、ここには事務机やパイプ椅子、来客用の革張りのソファ、曇りガラスの衝立やあちこちへこんでいるロッカーが散乱している。昼間でもろくに日が差し込まないほどの日当たりの悪さに加え、ボロボロのブラインドが下げられていて、室内はかなり薄暗い。

いかにも『何か出そう』な雰囲気を漂わせるこの場所で、私はひとり、ふらふらと彷徨いながら床に視線を走らせていた。

「ない……ない……どこにもないなぁ……」

もうどれくらい探しているだろう。誰かに頼ることも、助けを求めることすらもできない状況で、本当にここにあるかもわからないものを、ひたすら探し続けている。

「はぁ。もうだめだ。見つからない……どうして私はいつもこんな目に……」

口をついて出てくるのは、そんな自分の窮状を嘆くネガティブな発言ばかりである。誰かに聞いてほしいと思う半面、いい年したおやじの愚痴なんて誰も聞いてくれやしないだろうという、これまた後ろ向きな感情が私を苛む。

闇が凝り固まったようなフロアの中央で立ち尽くし、深い溜息と共に肩を落とす。普段から猫背だった私の背中は、ここへきて更に丸まってしまった気がする。こんな所にいつまでもいると、いずれダンゴムシみたいになり、空を仰ぐことすらも忘れてしまいそうだ。

思えば昔から、私の人生は常に曇天、歩んできた道は険しく、楽しかった記憶なんて数えるほどしかなかった。

小学生の頃は背が低く、いつも同級生にいじめられていた。中学に入ると急激に身長が伸びたが、ひょろひょろとして頼りない体格のせいで『マッチ棒』という不名誉なあだ名をつけられ、運動部系の連中にいいようにこき使われた。

要領が悪く、何をしてもうまくいかない私にとって、意図せずとも周囲との違いを見せつけられてしまう学生生活は決して楽しいものではなかった。友達にも恵まれず、恋人の一人も作れなかった私は、とにかく勉学に励んだ。

その甲斐あって志望していた国立大学に合格したが、大学入学を待たずに両親が交通事故で他界した。親が残してくれた大学の学費をギャンブル好きの叔父に使い込まれた私は、周囲のみんなが花のキャンパスライフを満喫している間、昼も夜もなく罵声を浴びせられながら、いくつものアルバイトを掛け持ちし、必死に金を稼いだ。今にして思えば、大学で講義を受けているよりも、倉庫内で荷物を運んでいる時間の方が、ずっと長かった。

どうにかこうにか卒業までこぎつけ、就職したのは事務用品を取り扱う、そこそこ名の知れた会社だった。実力主義の営業は私には不向きだったが、やりがいはあったのでしがみついて頑張った。

その会社で妻と出会った。いつまで経っても営業成績は振るわず、上司には叱責され続けていたが、妻と二人三脚でどうにか家庭を築けたし、ひとり娘を授かることもできた。それから何年かは幸せな日々が続いた。私はより一層、仕事に精を出し、毎日遅くまで残業の日々だったが、苦労の反面、充実してもいた。自分が大黒柱となって家族を養っている。そのことが私という人間を強くしていたし、自信を与えてもくれた。

アインシュタインが言うように、楽しい時間というものはあっという間に過ぎてしまう。パパ、パパ、と私を追いかけてばかりだった娘は小学四年生頃を境に私を毛嫌いし始めたし、話し好きだったはずの妻はいつだって不機嫌そうな顔をして、ろくに口をきいてくれない。それでも、私は自分が不幸だなんて思わなかった。夫あるいは父親が家庭内に居場所を見出せないという問題は、世の大半の男が経験するものだろう。ある意味でごく平凡といえるその日々は、やはり私にとってちょうど良いものだったのだ。

とりたてて大きな幸せはないかもしれないが、大きな不幸にも見舞われない。それなりの人生を、それなりに生きていく。

私という人間を表すのに、これほどぴったりな表現はないように思っていた。

そう、あの日までは……。

考えれば考えるほど憂鬱だ。

何故私はこんな場所で、別段楽しくもない過去を振り返り、一人で落ち込んでいるのか。

どうせなら楽しいことを考えていたいものだが、時折聞こえてくる女のすすり泣きのような隙間風の音や、天井裏や壁の中から聞こえる鼠の足音のせいで、否応なく現実に引き戻されてしまう。

今、私の身に起きている事態は、決して楽しめるようなものではないのだ。一刻も早く、何かをどうにかしたいのだが、何をどうするべきなのかがまるで浮かんでこない。差し迫った問題はまさしくそれなのだ。

自らのふがいなさに嘆息し、私は再び足元に視線を落として、埃にまみれた床の上を歩き出す。

「ここにはないのかもしれないな……」

誰にともなく呟きながら、建物の北側に位置する階段の手前で立ち止まる。このフロアは長いこと探し回った。次は上に行ってみようか。

そう思って階段を見上げた時、ふいに階下から物音がした。耳を澄ましてみると、人の話し声と、いくつかの足音が重なって響いてくる。

誰かが階段を上り、このフロアへ向かってきているようだ。

私は咄嗟に衝立の裏へと隠れ、身をかがめてそっと様子を窺った。

わずかに差し込む光の筋が、無数に舞い散る埃の粒子を浮かび上がらせる。階段を上ってやってくる足音に混じって時折、カツカツという乾いた音がした。それを怪訝に感じながらも、私は衝立から首だけを伸ばし、薄闇に目を凝らす。

「ここですよ先生。ここが最近、やたらと『出る』って噂のスポットです。どうですか、何か感じますか？」

フロアに入るなり、ジーンズ姿の男がそう言った。左右と後ろの髪を刈り上げ、残りの髪をちょんまげみたいに束ねたその男は、見たところ三十代半ばくらいだろうか。年齢の割に若作りな格好で、ネックレスやピアス、ブレスレットなんかを光らせているが、ただ遊びに来たというわけではなさそうだ。ネームプレートのようなものを首から下げていることから、そのような想像がついた。

だが、それよりも私の興味を引いたのは、彼の隣に立つもう一人の男だった。長身で体格も良いその人物は、仕立ての良さそうな黒いスーツに白いシャツ、そして黒い無地のネクタイという、およそビジネスシーンには用いられないであろうブラックフォーマルな装い――つまり喪服姿である。そして何より目を引くのは、彼が手にしている一本の杖だった。それは、いわゆる白杖とは違い、握りの部分に金の装飾が施された木製の杖で、英国紳士が持つようなデザインのお洒落なステッキと言うべきか。喪服姿の男が片足を引きずるようにして歩を進めるたび、その杖がカツ、と小気味の良い音を響かせる。足音に混じっていた音の正体は、これだったらしい。

喪服の男は、黙したままフロアをぐるりと見渡し、それから意味深げに深呼吸を繰り返した。まるで深い森の中を漂うマイナスイオンを全身で感じている時のような動作で、大きく両腕を広げている。二人の男性の後ろでは、赤く染めた髪をボブカットにした黒縁メガネの若い女性が、呆（あき）れた様子で肩をすくめていた。ちょんまげ男はたしなめるように彼女を睨（にら）みつける。

「……います。確かにここには、多くの霊がいるようですねえ」

喪服の男がよく通る低い声を響かせた。映画の吹き替えに出てきそうな雰囲気のダンディな声。想像するに、今年で四十七になる私と同年代のようだが、髪の毛の量では圧倒的に彼の方に軍配が上がる。よく整えられているのか、それとも無精に伸ばしているのかわからない顎髭もよく似合っていた。

「おお、やっぱりそうですか！　いやぁ、さすがは櫛備十三先生、下見に来ただけなのにもうビンビン感じちゃってるもんなぁ。やっぱアレっすか？　ここで起きた事件に関係のある霊が……？」

「ええ、ほとんどは浮遊霊ですが、中にはこの建物に取り憑いている、いわゆる地縛霊というやつがいますねえ。設楽さんの言う通り、数々の目撃情報はおそらく、この場所で起きた事件に関わりのある、その女性が原因なのでしょう」

設楽、と呼ばれたちょんまげ頭の男が歓声じみた声を上げ、ガッツポーズをした。

「うおおお！　すごい！　やっぱり先生は本物だ。今回の配信にねじ込んでもらった先生の企画、名付けて『櫛備十三、初夏の除霊譚！　悲劇に見舞われた女性の怨念を祓え！』。これは絶対にいい数字がとれるぞぉ！」

興奮した様子の設楽がまくしたてると、櫛備はまんざらでもないといった様子で笑みをこぼした。

「またそんな……。適当に言ってるだけじゃないですかねー」

浮かれる二人に水を差すようにして、ボブカットの女性が呟いた。

それに対し、設楽が怒りをあらわにして食ってかかる。

「おい、お前、先生に向かって何言ってんだよ。失礼だろ」

「だって、そんなもの本当にいるかどうかわからないじゃないですか。このセンセーがデタラメ言ってないって証拠あります？　そもそも私、そういうの一度も見たことないんで」

どうやら彼女は喪服の男の発言に懐疑的らしい。まあ、実際問題、我々がいるこのフロアには、彼が言うたくさんの浮遊霊だとか、女の幽霊なんてものは見当たらない。そういう意味では私も彼女に賛成するが。

「――脇坂さん。あなた今朝、集合時間に遅刻したらしいですねえ」

「は？　え、まあ……しましたけど……」

脇坂と呼ばれた女性は怪訝そうに眉をひそめる。遅刻の事実を渋々認めはしたが、なんであんたに責められなきゃならないの。とでも言いたげである。

ところが、次に飛び出した男の台詞は、予想外のものだった。

「遅刻の理由は、単に寝坊したというわけではなく、付き合っている彼氏が家に遊びに来ていたせいですね」

「は……ええ……？」

脇坂は動揺からか、素っ頓狂な声を上げた。

「本来なら遅刻するような事態ではなかったが、彼氏が朝食のコーヒーをこぼし、仕事に着ていく服をダメにしてしまった。あなたは慌てて彼の服を洗濯したが、乾くまで待つ時間はない。そこであなたは、仕方なく最寄りの店に駆け込んだ。彼が着替えに帰らなかったのは、住まいが遠くにあり、新しく買った方が早いと判断したからだ」

「どうして……それを……」

脇坂は驚愕に目を見開き、怪物でも見るような顔で仰け反った。その反応を見れば、櫛備の指摘が真実を言い当てていることは明らかだった。

彼女は設楽へと視線を向け、無言で何事かを訴えた。それに対し設楽は首を横に振る。詳しい事情を櫛備に話したのではないかと疑っているようだが、設楽にその覚えはないらしい。

「……ほ、ほらぁ。やっぱ櫛備先生はすごいだろぉ。こっちが何も言わなくても、こうやって何でも霊視されちゃうんだよ。考えてみればおっかねえよなぁ。これじゃあ、先生には隠し事の一つもできませんね」

設楽はいたく感心した様子で声を上げた。凍りついた空気を無理にでも取り払おうとして、必要以上に櫛備を持ち上げているようにも思える。

「おい脇坂、わかったら変ないちゃもんつけて先生の邪魔するんじゃねえよ」

「でも……」

　脇坂は不満げに、何事か反論したそうに食い下がったが、設楽はそれを黙殺して彼女を階段の方へと押しやった。

「いいから、さっさと上の階も見てこいよ」

「何をですか？　上も同じ間取りのフロアなだけでしょ」

　またしても不満げに抵抗する脇坂へと、設楽は盛大な溜息をつき、ずいと身を乗り出した。

「馬鹿言ってんなよお前、おい、何さぼろうとしてんだ。ADが撮影に向けて現場押さえとかなくてどうするんだよ。カメラ位置だとか、恐怖を煽る絶妙なアングルだとか、そういうのを前もってイメージしとかねえと、本番で困るだろうが。生配信だぞ、生配信！」

「あーもう、わかりましたから。そうやって暑苦しい顔近づけないでください。そういうのって立派なセクハラっすよ」

　さも面倒くさそうに吐き捨てた脇坂は、設楽の顔を押しのけるようにして歩き出し、階段を上っていった。

「ったく、何がセクハラだ馬鹿野郎。ほんっと生意気なんですよ、あのガキ。困ったもんですよね、最近の若い奴には。どうもすいませんね、櫛備先生」

「いや、構いませんよ」

櫛備は落ち着き払った表情で軽く首を振った。その様子を見て安堵したらしい設楽は、ふと手持ち無沙汰に周囲を見渡し、

「あーっと、でもやっぱアイツだけだと心配だな。ああ見えて一応、女ですし、何かあったら問題になっちまうからなぁ。俺も上を見てきますんで、先生はこちらでゆっくりしててください。幽霊が出るのはこのフロアらしいですから、今のうちに下見を……あ、いや霊視かな？　とにかくそういうの、よろしくお願いしますね」

そう言い残し、設楽はそそくさと階段を上っていった。

一人残された喪服の男——櫛備十三は言われた通り、何事か考え込むような顔をしてフロアを歩き回り始める。彼の歩調に合わせて響く杖の音を聞きながら、私は衝立の裏に身を潜めたまま、どうしたものかと考えあぐねていた。

彼らは何かの撮影をするためにここへやってきたようだ。設楽が脇坂をADと呼んでいたことからも、彼らが番組制作会社の人間であることは明らかである。

そして、先生と呼ばれている櫛備はきっと、霊能力者か何かなのだ。撮影に先駆けて、建物の下見に来たということだろう。

この廃ビルが設楽の言う心霊スポットであることを、私はよくは知らなかった。

だがそう言われて改めて周囲を見渡してみると、なるほど、この雰囲気は幽霊が出てくるにはもってこいのシチュエーションである。

　とはいっても、私はそんなものに興味はない。彼らの作る心霊番組がどんなものであっても、低俗なものであろうという想像はつく。櫛備十三とかいう霊能者なんて名前も聞いたことがないし、有名なのか素人なのかすらもわからないレベルだ。

　この場はどうにかしてやり過ごすのが最善だと判断し、私はそっと後退して、壁に背をつけて立ち上がった。

　息をひそめ、物音を立てないようにカニ歩きで壁伝いに移動する。だがその時、私は背後に凄まじい何かを感じて立ち止まった。

　視線だ。首筋に強烈な視線を感じる。私の後ろにはガラスの割れた窓があり、そこから何かが室内を覗(のぞ)き込んでいるような……。

　奇妙な緊張感のなか、私はそっと、亀のようにのろまな動作で肩越しに背後を振り返る。

　そこにいたのは――。

「うわぁあああ！」

「あああぁぁぁ！」

　私とその人物は同時に声を上げた。

　窓の外からこちらを覗き込んでいたのは、見知らぬ若い女性だった。もちろん、さっきのＡＤとは別人である。やや長めの黒髪を胸の辺りにまで垂らし、大きな瞳を見開いて窓枠にへばりついていたその女性は、鼻先が触れそうな距離で私と向かい合い、耳をつんざくほどの金切り声を上げている。対する私も、負けじと奇声じみた悲鳴を発しながら窓から離れ、後方へと倒れ込んで尻もちをついた。

「せ、先生！」

　女性が叫ぶ。「ああ」と短く返事をした櫛備十三は、いつの間にか私のすぐ背後にまで迫っており、不思議なものでも見るような目でこちらを見下ろしていた。思いのほか素早い彼の行動に驚いた私は、そこでもう一度「ひっ」と小さな悲鳴を漏らす。

「先生、こ、この人、誰なんですか？」

「少し落ち着いてくれよ美幸ちゃん。僕にもまるで見当がつかないんだから」

　早口で訊いた女性にそう言い聞かせながら、櫛備は身をかがめてじっと私の顔を覗き込む。底知れぬ洞穴のような黒い瞳には疑わしげな感情がありありと浮かんでいたが、だからといって私を敵視している様子ではなく、むしろ気遣わしげで穏やかな眼差しをしていた。

「僕は櫛備十三といいます。そっちの彼女は助手の軀田美幸ちゃん。失礼ですが、あなたは？」

「わ、私は……」

　丁寧に自己紹介をする櫛備と、窓枠を乗り越えて中に入ってきた美幸とを交互に見据えながら、私は生唾を飲み下した。そういえば、この窓の向こうには外階段があり、非常口を介してフロアと行き来できるようになっている。彼女はその踊り場にいたのだろう。いまだ混乱する頭でそんなことを考えつつ、しかし私はそれよりももっと重要なことに意識を向けていた。

　彼らには私の姿がはっきりと見えているらしい。

「須貝達久です……」

　私はかろうじてそれだけを発した。

「なるほど。では須貝さん。あなた、どうしてここにいるんですか？　こんな場所で何をしてたんです？」

　当然の疑問とばかりに、櫛備が問いかけてきた。声の調子は柔らかく、やはり私を咎めている様子は見られない。

「――探し物を、していたんです。別に、怪しい者じゃない」

「探し物って、こんなボロいビルに何があるっていうの？」

　櫛備の助手であるはずの美幸が、不躾な口調で問いかけてきた。大学生の私の娘よりもいくつか年上だろうか。若さと好奇心に満ち溢れたその瞳にじっと見つめられ、私は意味もなく気恥ずかしさを覚える。

「まあまあ、いきなり立ち入ったことを聞いては失礼だよ。彼からしてみれば、僕たちだって十分に怪しく見えるだろうし」

櫛備がやんわりと仲裁に入った。それに対し、美幸は口を尖らせて不満をあらわにする。

「また先生はそんなこと言って。先生がここへ来たのには、撮影のためっていう真っ当な理由があるじゃないですか。この人が先にここに来ていたとしても、遠慮する必要なんてないんですって」

「まあ、そうかもしれないけどねえ。しかしこのビルの所有者でもない僕らが我が物顔でってわけにもいかないよ。彼にだってここで探し物をする権利くらいはあるんじゃあないかな?」

櫛備はそう言って美幸をなだめ、改めて私の方を向いた。

「いや、驚かせてしまって申し訳ない。僕たちは邪魔しませんので、須貝さんは思う存分、探し物をしてください」

「あ、いや……でも……」

「どうも失礼しました。それでは――」

一方的に話を切り上げ、櫛備は背を向けた。杖の音をフロアに響かせ、そそくさとその場を立ち去ろうとする櫛備だったが、両手を広げた美幸が素早く彼の前に立ちはだかる。

「ちょっと待ってくださいよ先生。なぁに白々しい態度で逃げ出そうとしてるんですか」

「な、何のことだい？　人聞きの悪いことを言わないでくれよ」

わかりやすくたじろいだ櫛備が、わざとらしい仕草で美幸から視線を逸らした。

「先生のことだから、どうせまた面倒ごとに関わりたくないとか思ってるんでしょう？　確かにこのおじさん、見るからに面倒くさそうな感じはするけど……」

「し、失礼な。私が面倒くさいだって？」

礼儀を無視した美幸の言動に対し、私はつい反論してしまう。だが美幸はちっとも悪びれる様子もなく平然として、強い視線を向けてきた。

「おじさん――須貝さんだっけ？　困ってるんでしょ？　こんな場所で一人で探し物なんてしてても、きっと見つからないよ。何か事情があるんなら、私たちに話してくれない？」

私は一瞬、言葉に詰まった。彼女の馴れ馴れしい口調はともかく、こんな風に誰かに親切にされたのは久しぶりで、どんな顔をして何を言えばいいのかがわからない。しかし、だからといって誰彼構わず助けを求めていいものかと、優柔不断の悪い癖（くせ）が出てしまった。

困惑する私の心中を察するかのように、今度は櫛備が美幸に待ったをかけた。

「おいおい、ちょっと待ってくれよ美幸ちゃん。そういう話を勝手に進められると困るんだよねえ。今日は撮影のための下見にやってきただけなんだから」

「へぇー。そうですか。それじゃあ訊きますけどね。先生がさっき仰っていた浮遊霊だとか、女の人の幽霊だとかはどこにいらっしゃるんですか？　除霊するっていうなら、そういう霊が『本当にいる』ってこと、ちゃんと証明しないと駄目ですよねぇ？」

「そ、それは……」

櫛備は見るからに動揺し、もごもごと口ごもった。美幸はその顔いっぱいに皮肉げな笑みを浮かべ、

「あっれぇ？　どうしたんですか先生。まあ、そうですよねぇ。証明なんてできませんよねぇ。さっきのあれは、口から出まかせなんですからねぇ。おおかた、設楽さんの期待通りに霊がいるって言えば、撮影もスムーズに進むと思ったんでしょう？　先生のいつもの手ですもんねぇ。そうでもしなきゃ、せこいインチキ霊媒師のことなんて、誰も相手にしてくれませんもんねぇ」

「……インチキ？」

思わず声が出た。美幸はしたり顔で私の方へと歩み寄り、「そう、そうなの」と何度も首を縦に振った。

「この人、インチキなの。人前ではさも高名な霊媒師ですって顔しておきながら、実際は除霊なんてできない。ただ霊が視えるだけのインチキ霊媒師なのよ」

「お、おい美幸ちゃん、知らない人の前で、そんなインチキインチキ連発する必要はないだろう……」

櫛備が慌てて止めに入るが、喋(しゃべ)り出した美幸の勢いは止まりそうになかった。

「だって本当のことでしょう？　あたし、間違ったこと言ってます？」

言葉もない様子で、櫛備は口惜(くちお)しそうに歯嚙(はが)みする。こうまで言われながら、彼が反論できないという事実が、余計に美幸の主張を裏付けてもいた。

「しかし、櫛備さんはあの女性ＡＤの遅刻の理由を言い当てましたよね？」

訊ねると、美幸は手を顔の前で大きく振りながら、

「それもインチキ。よく使う手なのよ。ね、先生？」

話を振られ、もう隠し通せないと思ったのか、櫛備は不承不承(ふしょうぶしょう)、溜息混じりにうなずいた。

「でも、どうやって？　あの設楽という人から話を聞いていたんですか？」

私の問いかけに対し、櫛備は頭を振った。

「いえ、そうではないんですよ。話はもっと単純です。彼らとは何度か仕事をしたことがありましてね、脇坂ＡＤは普段からせっかちで時間にうるさいんです。今どきの子にしては珍しいくらいだ。そんな彼女が万が一にも寝坊をして遅刻するなど、まずあり得ない。仕事に遅れた理由として考えられるのは別の人物。他人の事情でわざわざ仕事に遅刻するということは、相手は近しい人物だ。だが大人なら大抵のことには自分で対応ができる。なのに、彼女が仕事に来なかったのは何故か。それは問題が起きたのが彼女の部屋だったからだ。彼女には東北のなまりがあるから、今の住まいには一人暮らしでしょう。もし問題を起こしたのが家族――たとえば、たまたま来ていた兄弟や親だったら、仕事を優先させるはず。そうしなかったとなると、彼女の方が相手の面倒を見ている関係。すなわち、そそっかしい恋人ということになる」

一息にそこまで告げて、櫛備は軽く息継ぎをした。

「以上のことから、彼女の遅刻はパートナーのせいだとわかる。簡単なことです」

「じゃあ、コーヒーをこぼしたというのは？」

「大抵の食事では、ちょっとこぼしただけでは大ごとにはならない。惨事を引き起こすのは汁ものだ。みそ汁やお茶なんていう可能性もあるかもしれないが、汚れが落ちにくく目立つのは、やはりコーヒーだろう。朝は簡単にパンとコーヒーで済ますと考えれば、妥当な推理ですよ」

　踏み込んだ質問に対しても、すらすらと答えが返ってくる。単なる当てずっぽうではなさそうだ。そう感心した直後、私はふとした違和感に囚われた。

「つまり櫛備さんは、単に彼女の行動を推理しただけだと？」

「……まあ、平たく言えばそういうことになる」

「それって、霊視でも何でもないんじゃ……？」

　私の指摘に対し、櫛備は無言のまま、わざとらしく視線を逸らした。

「だから言ったでしょ。これは先生が普段からよく使う手なのよ。人って案外単純で、自分の行動を見抜いた相手の力を馬鹿みたいに信じちゃうのよね」

　美幸が呆れた調子で言った。彼女の言う通り、人間なんてその程度で簡単に騙されてしまうのだろう。かくいう私も、脇坂女史の立場だったなら、櫛備の力を盲目的に信じ込んでいたかもしれない。

「結論、櫛備十三には霊視能力はありません。除霊だって降霊だってできない。インチキ霊媒師ってことよ」

「しかし、最寄りの店に恋人の服を買いに行っていたというのは？　いくら何でも、そこまで推理するなんて不可能だ」

何か種があるのだろうが、それが何なのかがわからない。興味本位で質問してみると、櫛備は困ったように首をひねり、曖昧に苦笑する。

「ああ、それは私も気になっていました。いったいどうやって――」

「もういい、もう勘弁してくれよ美幸ちゃん。それよりも、須貝さんの話を聞こうじゃあないか。それが君の望みなんだろう？」

何か言いかけた美幸を遮り、櫛備は強引に話題をシフトさせた。

美幸はしばし考え、「まあ、そうですね」と納得する。これ以上、櫛備の痛いところを衝いて彼をいたぶるのはやめにしたようだ。

「それで、須貝さんは何を探してるの？　どうして困ってるの？」

美幸は一転して穏やかな口調で私に語りかけた。

彼女の言う通り、私は困っている。一人で何をどうしたらいいのかもわからず、闇雲に『あれ』を探しているだけで、本当は何故それを探しているのかすらもわかっていない。

「……私を、助けてくれるんですか？」

期待半分、祈り半分といった気持ちで訊ねると、美幸はその答えを託すようにして櫛備を振り返った。

櫛備は観念したように一つうなずき、ややくたびれた様子で溜息をついてから、重い口を開いた。

「まずはお話を聞かせてもらいましょうか。須貝さん、すでに死んでしまったあなたが、この世に留まってまで探し続けているものとは、いったい何なのですか？」

2

櫛備十三の言う通り、私はすでに死んでいる。

こうしてここに存在している私は本来の私ではなく、いわゆる霊魂だとか、魂だけの存在ということになるのだろう。

自分の身に何が起きたのか、何故死んでしまったのかということに関して、はじめは何も思い出せなかった。何の前触れもなく、気がついた時にはこの場所にいた。身体や服装に不審な点はなく、生きていた頃と変わらない感覚だった。太陽の光に対して恐怖を感じることもないし、トイレの鏡を覗き込めば、ちゃんと自分の姿が映り込む。嫌というほど見慣れた、ぱっとしない中年男の姿を見ていると、自分が死んでいることなんて忘れてしまいそうになるくらいだった。

だが、私は死んでいる。そう、確実に。どんなに疑わしくても、それは間違いようのない事実だった。

まず第一に腹が減らない。眠くもならないし、汗もかかない。一階と二階のフロアを何度か往復してみると、息は上がるし疲れた気がするが、実際に汗をかいたり、心臓の鼓動(こどう)が速まったりはしないのである。

つまり私は、完全に肉体と切り離された意識だけの存在で、こうして姿を保っているのも、私の意識が生前の姿を投影しているだけの、いわば幻に過ぎないのだという認識に至った。

第二に、他人には私の姿が視えないということ。

この場所には興味本位で色々な人間がやってくる。肝試しなのか、廃墟フリークなのかはわからないが、昼夜問わずビルへと踏み入って、好き勝手に探索していく連中がたくさんいた。

私は好奇心に駆られて彼らの前に姿を現してみたが、目の前を通り過ぎても、声を上げて手を振ったりしても、はっきりと私の姿を認識できる者はいなかった。たまに「気分が悪い」「急に寒くなった」と訴える者はいたが、それを私という霊的な存在が近くにいるせいだと正しく言い当てられる者もいなかった。

最初のうちは、何も不便に感じることはなかった。自らの死に関しても、「ああ、死んでしまったのか」と思う程度で、特別な感情は湧いてこなかった。だが、幽霊として存在する時間が長くなるにつれ、私の心の中には、一つの疑問が浮かび上がった。

何故、私は幽霊としてこの世に留まっているのか。いわゆる天国だとか地獄だとか、そういう場所へ旅立つことはできないのかという疑問だ。

設楽の言葉を借りれば、この廃ビルは有名な心霊スポットなのだから、私の他に浮かばれぬ霊がいてもおかしくないはずなのに、私はいつまで経っても独りぼっちだった。

何故、私だけが霊となってここにいるのか。何故、他に誰もいないのか。何故。何故……。

そんな答えのない問いかけを繰り返しているうちに、私の脳裏には少しずつ死の間際の記憶が甦(よみがえ)ってきた。そして私は、自分の死の原因を唐突に理解した。

あの夜、私の身に起きた不幸な出来事が私を冷たい死へと追いやり、その無念が幽霊という姿で私を現世に留まらせた。そのことに、私はようやく気づき始めた。

だが、まだすべてを思い出したわけではない。不鮮明な記憶が多すぎて、どうにも思考がまとまらないのだ。

だから私は、このビルのどこかにあるはずの『あれ』を探すことにした。

私が死の間際に目にした光景。その謎を解き明かす上で非常に重要な『落とし物』を。

「――その見つけられない探し物を一緒に探してほしいと、そういうことですか？」

手近にあったパイプ椅子に腰を下ろし、私が説明を終えるのをじっと待ち構えていた櫛備が、おもむろに訊ねてきた。

「はい、そうなんです」

「ズバリ、その探し物っていうのは何なの？」

事務机に軽く腰かけた美幸が首を傾げる。

「財布……だと思います」

「思いますって……そこはっきりとわからないの？」

「ええ、面目ない……」

後頭部の辺りをかきながら私は苦笑した。

「どうやら、記憶が曖昧な部分があるようだ。他に、ご自身のことで覚えていることはありますか？」

杖の持ち手を弄びながら、櫛備が言う。

「実はほとんど……。須貝達久という名前も、正直言ってうろ覚えなんです。妻と娘がいたはずなんですけど、あいつらの名前だって思い出せない。勤めていた会社は思い出せても、上司の名前もわかりませんし」

美幸に視線を向けられ、櫛備は低く唸るように喉を鳴らした。

「人の名前が思い出せないってこと？」

「それくらい混乱していると言うべきだろうねえ。まあ、珍しいことじゃあないさ。霊がそういう状態に陥ることはよくある。死のショックが原因で、生前の自分が何者であったか、どんな人生を歩んできたかという基本的な記憶が抜け落ちてしまうんだ。須貝さんもその典型のようですね」

はあ、と曖昧な返事をしながらも、私はいまだ戸惑いを隠しきれずにいた。まだ詳しい説明などしていないにもかかわらず、この二人は私の置かれた状況を容易く受け入れ、理解しようとしてくれている。インチキとはいえ、伊達に霊媒師を名乗ってはいないということだろうか。

「他に覚えていることはない？　そもそも、どうして財布を落としちゃったの？おじさんにとって、それってそんなに大切なもの？」

「まあ、それは……」

「美幸ちゃん。そんなのは当たり前じゃあないか。誰だってお財布は大切だろう」

思わず言葉に詰まる私に代わり、櫛備が当然のように言った。

それに対し、美幸は怪訝そうな顔をして腕組みをする。

「それはそうだけど、このおじさんはもう死んでるんだから、お財布なんて必要ないじゃないですか。見た感じ、そこまでお金を持ってるようにも思えないし」

「こらこら、美幸ちゃん、その発言はかなり失礼だよ。口を慎みたまえ」

困ったように声をひそめる櫛備だったが、遮るもののないこの空間で彼女の無遠慮な発言を聞き逃せという方が無理な話である。

「それに、どんなに小さな理由だったとしても、その人にとって、この世に留まる理由になり得るなら、それはとても重要なことだよ。死後、霊となってこの世に留まる者の多くは、断ち切れない未練を抱えていたり、残してきた大切な人への想いを抱いていたり、時には強い怨念を背負い込んでいる。それらが足かせとなり、向かうべき場所へ行けず、この世界で足踏みをしてしまうんだからね。他人にとっては取るに足らぬ理由だとしても、霊にとってはそれがすべてなんだよ」

「そう、ですよね。中身よりも、財布そのものが大切って場合もありますしね」

思いがけず向けられた櫛備の真剣な発言に、美幸はややばつが悪そうに咳払(せきばら)いをした。

「――いや、財布が大切だからってわけではないんです」

二人の視線が同時に私へと向いた。

「だったら、どうして？」と美幸。

「探しているのは、私のものではなく、ある女性のお財布でして……」

語尾を濁した私を、二人は更に興味深そうな顔で見つめている。私を疑ってかかるというよりも、単純に好奇心から知りたがっているという感じの眼差しである。

そんな風変わりなコンビによる無言の催促を受け、私は錆びついた記憶の扉に手をかけた。頭の中でぎぎぎ、と耳障りな音を立てるその扉を押し開け、私はあの夜のことをぽつりぽつりと話し始めた。


その日、私は二十五年勤めた会社を辞めた。依願退職ということになってはいるが、実際は体のいいクビ切りである。

ケチのつき始めは、単純な発注ミスだった。新入社員でもやらないような私のミスのせいで、多くの後輩社員が火消しに奔走することになった。ようやくその件が落ち着いてきた頃、今度は取引先の社長からクレームが入った。大阪の支社に転勤になった前任者に比べて、私の対応が悪いという内容だった。前の担当者のようにキックバックに応じず、まともな仕事をしようとしたのが原因だろう。

あること無いこと吹聴され、それを鵜呑みにした部長に恫喝された私は、やめておけばいいものを、自らの正当性を頑なに主張した。私よりもずっと年下で、本社でもやり手と評判のその部長は、かねてから私を疎ましく思っていて、何かにつけて嫌味な態度をとる男だった。だから、彼にとっては好都合だったのだろう。自分の非を認めず、口答えをするような者に居場所はない。その一言を最後通告として、私は閑職に追いやられた。

もともと人望があるわけではないから、社内の誰一人として私を擁護してくれる人間などいなかった。抱えていた仕事はすべて同僚や後輩へ回され、日がな一日、何の指示も与えられず、外回りもさせてもらえない。来る日も来る日も、デスクに座ってPC画面を見つめて過ごした。そしてある時、出社すると私の机の上には『退職願』と書かれた封筒が置かれ、白紙の便せんが広げられていた。

ひと月と待たず、私は退職願を提出し、その日のうちに荷物をまとめて退社した。誰一人、お疲れさまでしたと声をかけてくれる者はいなかった。

会社を出ると、すぐに妻に電話をした。退職した旨を伝えると、散々罵られた挙句「何の相談もなく辞めるなんて勝手すぎる。もう顔も見たくない」と吐き捨てられた。

家に帰るのを諦めた私は、あてどなく電車に揺られ、見知らぬ駅で下車した。どれくらいの時間、ホームでぼんやりしていただろう。気がつくと辺りはすっかり暗くなっていた。

　ふと、停車した電車から一人の女性が降りてきた。大きな帽子をかぶった髪の長い女性だった。マスクをしていて顔はよく見えないが、雰囲気がどことなく若い頃の妻に似ている。何とはなしにその姿を目で追っていくと、改札へ向かう途中で女性が何かを落とした。そのことに気づかずに、彼女は颯爽と改札を抜けていく。

　私はふらふらと立ち上がり、女性が落とした財布を拾い上げた。こげ茶色をした二つ折りの財布だ。見た目や手触りから察するに、そこそこ年季の入った財布だったから、きっと大切に使っているのだろうと思った。

　気づけば私は改札を抜け、女性を追いかけていた。駅舎から出ると、通りの先に女性の後ろ姿が見えた。夜道は暗く、街灯の明かりは数メートル間隔で設置されているが、あまりにも心もとない。女性が一人で歩くには向かない道だ。そう思うと、途端に彼女のことが心配になった。財布を駅員に預けてしまおうかとも思ったが、すぐに思いとどまった。彼女が途中で財布を落としたことに気がついて、この暗い道を戻ったり、人気のない駅のホームを探し回る姿を想像すると、やはり一刻も早く手渡してあげるべきだと思ったのだ。

　普段なら、駅員に預けてさっさと立ち去るところだが、この時の私はそうはしなかった。それはきっと、彼女の身を案じるのと同じくらい、誰かに感謝されたいという気持ちが働いた結果だったように思う。

会社をクビになり、妻に罵られ、何もかもうまくいかなくなったことに対するいら立ちや、絶望にも似たこの感覚を払拭するためにも、私は誰かの助けになりたかった。見返りなど求めはしない。ただ、笑顔で「ありがとう」と言われたかった。こんな自分でも、まだ誰かの役に立つのだと実感したかったのだ。

私は小走りに女性の後を追いかけた。女性は思いのほか歩くのが速く、あっという間に通りの先へ消えてしまう。慌てて後を追いかけて角を曲がった時、私の目の前にこの廃ビルが現れた。切れかかった街灯の明かりに照らされたビルの入口は、まるで深淵（しんえん）へと続く洞穴のような口をぽっかりと開けている。普通なら入るのを躊躇（ためら）うであろうその場所へと、女性が迷いのない足取りで入っていった。

女性の落とした財布を片手に立ち止まり、後を追って中に入るべきか、それともここで待つべきかと思案したところで、私は唐突に我に返った。

身なりの良いイケオジに声をかけられるのならまだしも、私のような冴えないおやじに、こんな暗がりで声をかけられたりしたら、女性は恐怖を抱くのではないだろうか。財布を拾ったことはともかく、こんな所まで追いかけてきたことに怯えてしまうのではないだろうか。

そうなってしまったら、感謝されるどころか不審者扱いされてしまう。最悪、通報されたって文句は言えないかもしれない。それは非常にまずい。

考えた結果、私は女性を驚かせてしまわぬよう、財布を置いて立ち去ることにした。

女性が見落とさないよう、玄関前の目立つ位置に財布を置こうと身をかがめた時、夜鳥の鳴き声に混じって、微かに悲鳴のような声が聞こえた気がした。

絹を引き裂いたような金切り声が、二度ほど続けて響く。人気のない暗い通りにこだましたその声は、やがて先細りするようにかき消えていった。

再び訪れた静寂の中で、私の心臓は信じられないほど早鐘を打っていた。

深呼吸を繰り返し、ビルの入口へと歩み寄る。入口のガラス戸は取っ手の部分に鎖が巻かれ、開かないようにしてあるが、ガラスそのものが割れているため扉の用途を満たしていなかった。

細かいガラスの破片がばりばりと砕ける音を靴の裏に感じながら、私は慎重に中へ進んだ。月明かりのおかげで、ぼんやりとだが様子は窺える。一階のフロアはもぬけの殻で、ガラス片や崩れた天井の一部が床に散乱していた。

奥の階段を上って二階へ。そこにも怪しい人影はなかった。女性の姿もない。悲鳴は遠くから聞こえていたから、彼女は三階にいるのだろうか。

ゆっくりと慎重な足取りを意識して、私は三階へ上がった。

三階は二階と同じ間取りのフロアで、会議用の長机や椅子が多く残されていた。床にはいくつもロウソクが置かれ、フロアの様子が見て取れる。窓際には暗幕のようなものが吊るされていて、外に明かりが漏れるのを防いでいるようだった。

正面の壁際に仕切られたような空間があり、床の上に女性らしき人影が横たわっているのが見えた。私は恐怖よりも驚きに背中を押されて目を凝らす。

あの女性だった。大きな帽子は脇に投げ出され、長い髪が床の上に広がっていた。やめておけという心の叫びに耳を貸そうとせず、私は一歩ずつ確かめるような足取りで女性のそばに寄った。あおむけに倒れ、四肢を投げ出した女性は白目を剝いて事切れていた。華やかなワンピースは乱れ、白い肌が露わとなっている。細い首筋にはきつく絞めた跡があり、口の端からはだらしなく舌が垂れていた。

死んでいる。それは間違いなかった。

私は何が何だかわからず、「あー」とか「わー」とか叫びながら立ち上がると、踵を返して駆け出した。階段を下りる途中で女性の財布を握りしめていることに気づいたが、今更どうでもいいと思い直した。そんなことを考えていたせいか、あるいは単に足がもつれたのか、私は階段を踏み外し、前のめりに転倒した。咄嗟のことに身体が反応せず、受け身も取れずに階段を転げ落ちた。顔や頭、顎、胸、肩、脇腹、あらゆる箇所に痛みが走り、最後に大きな衝撃が後頭部に響いた。

　固い果物が砕けたような音がして、後頭部が焼けるように熱くなった。全身から血の気が引いていく感覚に襲われ、意識が薄れてゆく。

　どうにかして助けを呼ばなくてはと思ったが、身体の自由は利かず、立ち上がることはおろか、上体を起こすこともままならない。

　転落した拍子に女性の財布が床に叩きつけられ、小銭やカードの類が散乱した。保険証やポイントカード、クレジットカードなど、それらをぼんやりと見つめながら、私は徐々に薄れていく意識のなか、微かに響く何者かの靴音を聞いた。だが、その正体を見極めることなく、私の意識は暗い闇の底へと引きずり込まれた。

　こうして、私の人生は幕を下ろした。


「覚えているのはこれだけです。次に気がついた時にはこんな状態に……」

　語尾を濁し、私は両手をわずかに広げるジェスチャーをした。

「なるほど、大変な思いをされたようですね」

　櫛備は腕組みをしたまま、さも嘆かわしそうに眉を寄せる。その隣で事務机に腰かけて美幸は血色の良い顔を強張らせ、目を見張るように私を見ていた。驚きで声も出ないといった様子だ。

「つまりおじさんは、殺人事件の現場を目撃したってこと?」

「そう、なるんですかね。たぶん」

「で、慌てて逃げ出そうとして、階段を踏み外して転落しちゃったんだ。そこの階段で?」

フロアの北側にある階段を指差した美幸にうなずくと、彼女は「ひぇぇ」と小さく呟いて自らを抱きしめるみたいに身震いした。

「須貝さん、犯人の顔は見たんですか?」

櫛備に訊かれ、私は首を横に振った。

「見てません……たぶん」

「たぶん?」

櫛備が小首を傾げる。

「見たのかもしれないし、見てないかもしれない。正直言って自信はないです。記憶はとにかく曖昧で、今話した内容もうろ覚えなんですから。それに私、会社では営業をしていましたが、どうにも人の顔を覚えるのは苦手で、見ていたとしても、正確に覚えていられたかどうか……」

「なるほど」

「その代わり、名前を覚えるのは得意だったんです。一度聞いた名前は絶対に忘れません……といっても、生きている時の話ですけどね。今は家族の名前も思い出せない体たらくですし」

ははは、と自嘲気味に笑う私を見て、櫛備は顎髭を撫でながら低く唸った。

「その点に関しては概ね理解しました。それにしてもあなた、ご自分が亡くなってしまったというのに、あまり悲観している様子はありませんね。不幸な死に対して憤りを感じているというわけでもなさそうだ」

「ええ、そりゃあ死んでしまったのは残念ですけど、私の人生なんてこんなもんかなって思ったら、妙に納得してしまって。そもそもがパッとしない人生でしたからね。妻と娘にも鬱陶しがられていたし。誰かに迷惑をかけずに死ねたのなら、それだけで御の字ですよ」

随分と楽観的な奴だと思われたのだろうか。櫛備と美幸は互いに顔を見合わせ、納得のいかない様子で首をひねっている。

「どうかしたんですか？」

訊ねると、櫛備は少しだけ困ったような顔をして、こめかみの辺りをかく。

「いや、どうにも不思議でしてねえ。普通、幽霊に――とりわけ地縛霊となって一か所に留まるような人というのは、自らが抱える強い未練だとか、思い残しがあるものです。でも、あなたからはそういったものがほとんど感じられない。これはどういうことかなと……」

どこか疑わしげな眼差しを向けられ、私は思わずたじろいだ。

「はぁ、そういうものなんですか。うーん、未練……思い残しかぁ……」

顎に手を当てて考えてみるが、今の自分にそんなものがあるとも思えない。

「ほらほら、そういうところです。あなたからはこう、『死んじゃったけど、まあ仕方ないか』みたいな軽い空気がビシバシ伝わってくるんですよ。そういう人間は大抵の場合、霊になどならないというのが相場です」

「ならないものなんですかねぇ？　何かの拍子に、そんなつもりなかったけど、うっかりなってしまった、なんてこともあるんじゃないですか？」

不思議なことが起こる世の中である。そんなこともあるのではないかと思ったが、櫛備はきっぱりと首を横に振って私の考えを否定した。

「なりませんよ。殺人事件という背景に鑑みれば、あなたよりもむしろ、殺されてしまった女性の方がよっぽど化けて出そうなものだ。美幸ちゃんもそう思うだろう？」

「わ、私に訊かないでくださいよ。おじさんの気持ちなんてわかりませんし、何を考えていたかなんて想像もつかないです」

にべもなく言われ、私は櫛備と顔を見合わせて苦笑した。

「でも強いて言うなら、その探し物のためじゃないですか？　ほら、女性の落とした財布。おじさんはそれを見つけたくてここにいるわけでしょ？」

　美幸にそう訊ねられ、私は素直にうなずいた。

「そうですそうです。目が覚めて、自分が幽霊になってしまったことに気づいてからも、私、そのことばかり考えているんです。彼女はきっと今頃、財布がないことに気づいて心配してるんじゃないかな。ほら、財布を落とすと面倒じゃないですか。現金はともかく、カードやら免許証やら、手続きが必要なものばかりですし」

「いやいや、死んじゃったら、普通そんなこと気にしないでしょうに」

　呆れた様子で溜息をつく美幸に代わり、櫛備がその先を引き継いだ。

「女性が心配しているかはさておき、財布は警察が回収したのかもしれませんよ。捜査の進み具合にもよりますが、いずれは遺族の手に渡るでしょう」

「そうかもしれませんね。でも、だったらどうして私はここにいるんだろう……」

　自分で言っておきながら、その答えが見つからず、私は更に困惑を募らせた。

「他に何かあるんじゃないですか？　ほら、家族に会いたいとか、最後に話をしたい相手がいるとか」

　と美幸。確かに、幽霊が思い残すこととしては定番だ。しかし……。

「――別に、いませんねぇ」

「いないんですか」

櫛備が落胆したように息をついた。私は自分でもおかしくなるくらいに引き攣った笑みを浮かべた。

「私、自慢じゃないですけど、仕事以外で人と関わることってなかったんですよね。家庭だって冷めたもんです。そりゃあ娘が小さかった頃はたくさん遊びましたし、将来はお父さんと結婚する、なんて言われて、ご機嫌になったもんです。でもね、思春期を迎えた頃から、娘は私が家にいると終始不機嫌で、ここ数年は妻まで不機嫌になってしまって、とにかく邪魔者扱いですよ。休日になっても、家に居場所もないんですから、どこかへ出かけたくなるのも当然ですよね。でも私の稼ぎでは、ろくに趣味も持てない。ゴルフもダメ、ギャンブルもダメ、となると、公園で読書でもするのが関の山です。しかし、ただ本を読んでいるだけでも怪しい人間だと思われて通報され、お巡りさんに他所へ行った方がいいと注意される。もうね、本当に居場所がないんですよね」

ほどほどにしておこうと思ったのに、話し始めると止まらなかった。次から次へと飛び出してくる私の後ろ向きな発言に、櫛備と美幸はすっかり困り果てている。

それでも構うことなく、私はまくしたてるように先を続けた。

「周りはみんな、私のことをまじめだとか言ってくれますけどね、でもそれって実は褒め言葉じゃないんですよね。小さい頃と違って、大人になってからの『まじめだねー』っていうのは、つまり『生真面目で融通が利かない』とか『退屈な奴』って意味なんですよ。遠回しに嫌味を言われてるんです。そうとは気づかず、人にまじめだねって言われて馬鹿みたいに喜んでいた自分が恥ずかしいですよ。はい。でもね、それもこれも、元をただせば私がつまらない人間だから招いた結果なんですよね。だってそうでしょう。面白味のある魅力的な人間だったら、友人の一人くらいいいたはずなんですよ。会社でも人望を集めて、それなりに昇進できたかもしれない。夢中になれる趣味も持てただろうし、娘にも尊敬されたかもしれない。でも、全部ダメでした。だからね、私がここで死んだことを知っても、誰も花を手向けに来てくれないんです。ええ、当然ですよ。だって私みたいな……」

「あーもういい！　ちょっと黙って！」

突然、話を遮られ、私は驚いて美幸を見た。

「いつまでもぐちぐちぐちぐちぐち、長ったらしい弱音なんか聞きたくないわよ」

彼女の鋭い眼差しは、娘から向けられたそれとよく似ていた。まるで汚物でも見るかのように、こちらを蔑む冷たい眼差し。この年代の女性にとって、私などその程度の存在なのだろう。

「まあまあ、そうカッカしないでくれよ美幸ちゃん。須貝さんだって好きで死んでしまったわけじゃあないし。こうして幽霊になってしまった原因がご自身でわからないというのは、案外つらいものだろうしねえ」

櫛備は友好的な眼差しを私に向け、慰めるような口調でフォローした。

「それに今の須貝さんの話の中には、少し気になる部分もある」

「気になる部分？」

私が繰り返すと、櫛備は一つうなずいてこう続けた。

「須貝さんのご家族ですよ。いくら邪険に扱っていた父親でも、亡くなってしまったら花の一つくらい手向けに来るでしょう。なにも本気でいがみ合っていたわけではあるまいし」

「確かに、そこまで嫌われていたとは思いたくないですが……」

「しかし、ご家族は一度もここへ足を運んでいない。もしかすると、そこに何かしらの理由があるのかもしれません」

櫛備はそう言って何やら考え込み始めた。

杖をついて立ち上がり、ぶつぶつと何事か呟きながら、右へ左へ歩き回る櫛備の姿を見ていると、私自身も今まで気にしていなかったことが気になり始めた。

妻と娘は、私が死んでからどうしているんだろう。妻は結婚後、働きに出ることなく専業主婦をしていたし、娘の大学の学費はべらぼうに高い。生活費だって必要だ。大した額の保険に入っていなかったから、死亡保険金が下りたところで微々たるものだろう。

なんだかとても不安になってきた。肉体がないのに、心臓がバクバクするのは何故だろう。

「あの、櫛備さん。できたら家族の様子を教えてもらえませんか。妻と娘がちゃんとやっていけているのか、確かめてほしいんです」

「はぁ、私がですか……？」

櫛備は露骨に嫌な顔をする。面倒ごとを押しつけられるのが苦痛で仕方がないという感じだ。それも当然だろう。初対面の相手に頼むようなことではないし、そもそも私のような幽霊を相手にしたって、彼には何のメリットもないのだから。

「先生、この人のお願い、聞いてあげましょうよ」

諦めかけていた時、美幸が唐突に声を上げた。驚いて顔を上げた私の視線の先で、櫛備が「勘弁してくれ」とでも言いたげに眉を寄せる。

「美幸ちゃん、そう簡単に言うけどねえ。こういうのは安請合いするようなことじゃあないだろう」

「安請合いだっていうなら、番組に出演すること自体がそもそも安請合いじゃないですか。ろくに事件のことを調べもしないで、行き当たりばったりのインチキ霊視で乗り切ろうとしてるんでしょう？　そうやって平気で嘘をついたり、人を騙したりしてたら、いつか絶対、詐欺罪で訴えられますからね」

一息にまくしたて、美幸は鋭い目つきで櫛備を睨みつける。

「それに、この人がいつまでもここにいたら、先生だって撮影に集中できないんじゃないですか？」

そう訊かれ、櫛備はちら、と横目で私を盗み見る。

「ここは幽霊の出る廃ビルという噂だし、仮に須貝さんが映像に映り込んだとしても、そこまで問題はないんじゃあないかな」

「けど、それじゃあ画にならないでしょう。こんなしけたおじさんの霊が出たって、ただ気味が悪いだけです。それよりも、殺人事件のことをちゃんと調べて、被害者の女性の霊が出た体で進めた方が、よっぽどドラマになるんじゃないですか？」

「それはまあ、そうだが……」

櫛備は再びちら、と私を見る。

画にならなくて申し訳ない、と内心で呟きながら、私はやりきれない気持ちで肩を落とした。この期に及んで他人に迷惑をかけてしまう自分に対し、ほとほと嫌気がさす。

そうこうしている間にも、二人の会話は続いていた。

「もし断ったりして、このおじさんに撮影を邪魔されたりしたらどうするんですか？　今回は生配信なんですよ。マイナーなネット番組だけど、先生の顔を売り出すチャンスじゃないですか」

「うーん、なんだかそれも気が進まないんだよなぁ。顔が売れるのはともかく、これ以上仕事を増やされても困るし」

「あの強欲な社長の前でそれが言えるんですか？　それに先生がどう思おうと、会社のサイトには櫛備十三は『今世紀最強の霊媒師』って肩書がついているんですから」

「そういうのも、なんか古臭くて好きになれないんだよ。どことなく昭和のテイストが漂ってくるだろう？　それに、そもそも僕は霊を祓ったりなんてしていない、お飾りの雇われ霊媒師だしねぇ」

「今更なに言ってるんですか。インチキなのは今に始まったことじゃないし、実際、それを見破れる人だっていないんですからいいんです。現に、設楽さんだって先生のこと手放しで大絶賛してるじゃないですか」

「まあ、彼はちょっと特別だよ」

私のことなどそっちのけで話が別方向へと進みつつある。思わず口を挟もうとし

た矢先、櫛備はこちらを振り返り、不承不承といった表情を隠そうともせずに、

「まあ、いいでしょう。そこまで言うのなら、調べてみますよ」と承諾してくれた。

「その代わり約束してください。ご家族の様子が確認できたら、すみやかにこの廃墟からいなくなると」

「わ、わかりました。言う通りにします」

提示された条件を受け入れた後で、私はどういうわけか強烈な不安に苛まれた。それはある種の焦燥感（しょうそうかん）となって私をひどく落ち着かない気持ちにさせる。何か、とても大切なことを見過ごしているような、言い知れぬ違和感のようなものが溢れてくるのだ。

捉えようのない不快感に苛まれていた私は、不意にフロアに響いてくる物音に気がついた。階段の方から足音がする。三階へ上がっていった設楽と脇坂が下りてきたようだ。

「先生、そちらにいらしたんですね。お待たせしてしまって申し訳ありませーん」

小走りにやってくる設楽はどことなく落ち着かない様子で息を切らし、額に軽く汗をかいていた。そんな設楽をじっと見つめ、櫛備は怪訝そうに眉根を寄せる。

「設楽さん、どうかしましたか？」

「え、な、何がですか？」

「なんだか慌てているような……」

「そ、そんなはずないですよぅ。なあ、そうだよな脇坂！」

「……はぁ、そーですね」

　同意を求められた脇坂は、確かに設楽の言う通り、何でもないような素振りではあるのだが、トレードマークのボブカットがやや乱れ、頬には赤みがさしていた。素っ気ない口調ではあるが、どことなく柔らかい雰囲気を漂わせている。

「ほら、その、先生をあまり放っておいちゃいけないと思ってですね、大急ぎで戻ってきたんですよ。ハイ」

「それにしては、随分と長い時間、上にいたようですが……」

　この二人、上で何をしていたのだろう。そんな疑問を抱いたのは、私だけではないらしい。

　明らかな違和感に翻弄（ほんろう）され、気まずい沈黙が漂う。

「そ、そんなことよりも先生、どうでした？　霊とのコンタクトはとれました？」

　設楽は白々しい口調で話題を切り替えた。

「やっぱり、殺人事件の被害者の霊が現れるという噂は本当なんですかね」

　櫛備に詰め寄る設楽の目はまるで小学生のようにきらきらと輝いている。

「ええ、確かに霊はいますよ。この場所で命を落とした哀れな霊が」

「本当ですか！　今もいるんですか？　どこです、ねえ、先生！」

　設楽が興奮を抑えきれないとばかりに、きょろきょろと周囲を見渡した。しかし彼の目には、当然ながら私の姿が映ることはない。見当違いの方向を向いて、「あそこかな？　あの窓の辺りですか？」などとはしゃぐ設楽の後ろで、脇坂は退屈そうに欠伸(あくび)を噛み殺していた。彼女にもまた私の姿は視えていないし、櫛備の発言に対していまだ懐疑的な立ち位置を変えるつもりはないらしい。

「いやぁ、やっぱり櫛備先生はすごいなぁ。おい、脇坂、生配信の段取り、ちゃんと頭に叩き込んどけよ。全国各地に先生の雄姿(ゆうし)を見せつけるんだからな」

「あ、はーい。了解でーす。それじゃあもう撤収(てっしゅう)ってことでいいですか？　なんかここ、ジメジメしてて居心地悪いんで」

　脇坂は雑な返事をして早々に踵を返し、軽やかな足取りで階段を下りていった。

「おい脇坂！　お前ADのくせに、Dを置いていくってどうなんだよ。ちょっと待て――あ、櫛備先生、あとは撮影当日ということで、よろしくお願いしますっ」

　へりくだった笑みを顔に張り付け、赤べこのように何度も頭を下げてから、設楽は騒々しく立ち去っていった。バタバタと階段を駆け下りていく足音がやむと再び、フロアには静寂が降りてくる。

「相変わらず忙しい人たちですね。目の前に須貝さんがいることに、全然気づかないんだから」

　美幸の呆れたような物言いに、櫛備もまた困ったような顔をして苦笑する。

「仕方がないだろう。須貝さんがよほど視てほしいと念じでもしない限り、霊の姿なんて誰にでもそう視えるものじゃあない。だからこそ、大衆は心霊特番なんてものに執心するんだ。目には見えないけれど、そこに何かがいる。悲痛な死を遂げた人の魂が必ずある。そんな根拠のない理由をでっち上げ、見たいものを見たいように見る。そして、心を震わせるドラマというやつを求めるんだ。まったくもって勝手で都合がいいよねえ、人間ってのはさ」

　皮肉めいた櫛備の発言を聞きながら、私はなんだか妙に納得していた。

　これまでにこの場所へやってきた人々は誰一人として私の姿になど気づかなかった。それは単に見る側の問題だけではなく、私自身が視てほしいと願わなかったからという理由もあったのかもしれない。

　もし、ここに妻と娘が来てくれた時、私が本気で願えば、彼女たちに姿を視てもらうことができるのだろうか。

　そう思うと、私はひどく複雑な気持ちに陥った。

3

その日の夜、月が青々と輝く真夜中に、櫛備十三と助手の美幸は再び現れた。

「事件のこと、調べてみましたよ」

開口一番、挨拶もなしに言った櫛備は、ランタン型の懐中電灯を傍らに置き、軽く埃を払ったパイプ椅子に腰を下ろした。彼のすぐ隣で、美幸は周囲の暗がりを警戒するように視線を走らせている。

昼間と比べて段違いに闇の濃くなったフロアには、まるで何かが身を潜めているかのような緊張感があった。油断すると襲いかかってきそうなほど獰猛な暗黒に見張られながら、私たちは向かい合った。

「妻と娘は、元気にやっていましたか?」

私のことなど忘れて、楽しくやっているのだろうか。

そう内心で自嘲しながら問いかけると、櫛備の表情がわずかに曇った。彼は首元に手をやって軽くネクタイを緩め、息苦しそうに溜息をつく。

「結論から言えば、奥さんとお嬢さんは元気にやっています」

思わずホッと胸をなでおろした。だが一方で、持って回ったような櫛備の口調が引っかかる。

彼の説明には続きがあった。

「現在、二人は住んでいた家を売り、違う土地で暮らしています。奥さんはパートに出て、娘さんは通っていた大学を中退しました」

「な、なんだって？　どうしてそんな……」

櫛備は一旦口ごもり、ひどく歯切れの悪い調子でこう続けた。

「引っ越しをしたのはマスコミから逃げるためと、周囲からの度重なる嫌がらせに耐えかねてのようです。同じような理由で、娘さんは大学を去ったようですね」

「マスコミ？　嫌がらせって……なんでそんなことに？」

まさか、私の死がきっかけだろうか。しかし、著名人でもない中年男が事故死したところで、遺族に嫌がらせをするような人間が出るものだろうか。マスコミがしつこく押しかけるというのも、何かちぐはぐな感じがする。私には、その辺の知識はないが、およそ普通のことだとは考えづらかった。

「須貝さん。原因はあなたなんですよ」

「わ、私が？　でも私は事故死で……」

言いかけた私を、櫛備はさっと持ち上げた杖の先で制した。

「確かに、あなたの死は事故死として扱われている。だが、問題は殺された女性の方です」

そこで一呼吸つき、櫛備は重々しい声で告げた。

「彼女を殺した犯人——つまり殺人犯があなただと報じられているんです」

「私が……殺人犯……？」

かろうじて声になったのはそれだけだった。櫛備は静かにうなずき、

「奥さんとお嬢さんは殺人犯の家族として周囲に認識されている。居場所がなくなり引っ越しをしたが、そこでも嫌がらせは続いているようだ。ネット上には、あなたの情報だけでなく、ご家族の情報も詳しく掲載され、すでに拡散されているようですからね。なかでも特に大きな話題となっていたのは、被害者の恋人である男性の怒りの声でした。婚約間近だった彼女を奪われた彼の悲痛な叫びに世間は同情し、犯人とされているあなたやご家族に壮絶なバッシングが集まっている。この男性は線が細く、中性的な顔立ちをした美形でね、そのこともメディアの注目を集める要因となったようだ。結果的に須貝さんの奥さんは職場でも白い目で見られ、娘さんは友人らとの付き合いもなくなり、家からろくに出られない生活を送っているようです」

一息に告げると、櫛備は憐れむような眼差しを私に向けた。

頭の中は真っ白だった。私はただ愕然としてその場に膝をつき、がっくりと項垂

れて床に手をついた。本来感じるはずの床の冷たさは微塵も感じなかった。

「おじさん、元気出して……っていうのも、ちょっと違うかもしれないけど……」

美幸が困ったように頭をかいた。励まそうとしてくれているのはありがたいのだが、今は応える余裕などなかった。

私が殺人犯……。何故そんなことに……。

いくら考えたところで、その答えが空から降ってくるわけもない。助けを求めるように櫛備を見つめると、彼は調べてくれたことの詳細を語ってくれた。

「マスコミの情報だけでは偏りがありそうだったので、警察にいる知り合いに頼んで、捜査情報をこっそり教えてもらいました。それによると、事件の概要はこうです。今から三か月前の三月三日未明、犬の散歩をしていた老人がこのビルに迷い込んだ飼い犬を追いかけて中に入り、階段下に倒れているあなたを発見した。更に駆けつけた警察によって、三階フロアの女性の遺体が発見される。検死の結果、女性は首を絞められたことによる窒息死。道具を使わずにかなり強い力で絞められていたことから、犯人は男性と考えられた。捜査陣が近くで亡くなっていたあなたを不審に思うのは当然と言えば当然だ」

「でも、それだけで私が犯人というのは……」

櫛備はそっと顎を引く仕草をして、異を唱える私を肯定した。

「ええ、早計でしょうねえ。なので、警察は最寄りの駅や街頭に設置された防犯カメラの映像を確認しました。すると、殺された女性――大山由紀さんは、十九時頃に到着した電車でこの駅に降り立ったことがわかる。そして、彼女のすぐ後を追いかけるあなたの姿がカメラに映っていた」

「それは財布を渡そうと……」

「確かに、あなたの話を聞いた私にはそういった事情は理解できる。しかし、警察はそうはいかなかったようですねえ。調べを進めたところ、彼女が殺害された前後に、駅や通りの防犯カメラにはあなた以外の男性の姿は映っていなかった。怪しげな車が通った形跡もない。つまり、このビルにやってきて彼女を殺すことができた男性は、あなたしかいないという結論に至ったようです」

　櫛備は手の中で杖を弄びながら、さも無念そうに息をつく。

　警察がどう考えたにしろ、それは事実とは違う。私は納得がいかない気持ちをぶつけるようにして、抗議の声を上げた。

「しかし、カメラに映らずにここへ来る方法なんていくらでもあるでしょう」

「もちろん、ないわけではない。だが、非常に難しいはずだ。この町は外灯の明かりも少なく、夜間のひったくりや暴行事件が後を絶たなかったため、市の防犯強化運動の一環として、防犯カメラの設置を積極的に行っているそうです。その範囲は駅から半径十キロ圏内。繁華街から外れた人通りの少ない道にも、くまなく設置されている。おかげで軽犯罪の摘発数がうなぎ上りに上昇し、今では誰もが安心して歩ける治安の良い町として注目を集めているようです」

知らなかった。ただ明かりが少ないという理由だけで、てっきり治安の悪い町だと思い込んでいた。もちろん、私にとっては初めて訪れる町だから、知らないのも当然ではあるが。

しかし、今重要なのはそんなことじゃない。

「その防犯カメラのどこにも、私以外の怪しい男の姿は映っていなかった。だから私が犯人だと、そういうことですか?」

恐る恐る、確認するように訊ねると、櫛備は視線をわずかに伏せてうなずいた。

「そんな……」

再び、打ちのめされた気持ちで私は肩を落とした。

「状況から見て、あなた以外に彼女を殺害できた人物はいない。転落死していたあなたの服装が乱れていたことも、強い説得力を持っていたようです」

「服装が乱れていた?」

気になって繰り返すと、櫛備は咳払いを一つして、やや言いづらそうに、

「発見時、あなたの遺体はズボンをはいていなかったそうです。被害に遭った女性

の傍らに脱ぎ捨ててあったと」

「そんな馬鹿な！　私はそんなこと……」

無意識に声を荒げた瞬間、櫛備と美幸の背後、乱雑に置かれた事務机とパイプ椅子の一部が、何かで殴りつけたみたいな音を立てて弾け飛んだ。

美幸がきゃっと声を上げて頭を抱え、櫛備はわずかに身構える。私たちの視線の先で、椅子はガラガラと音を立てて床を転がった。

「須貝さん、落ち着いてください。あなたが興奮すると、こういうことも起きる。ポルターガイスト現象というのをご存じでしょう？　霊体であるあなたの感情は、使いようによっては剝き出しの凶器そのものです。だからどうか冷静に、まずは状況を理解しましょう」

冷静に諭され、私はいくばくか落ち着きを取り戻した。だが、そうは言っても納得のいかないことばかりである。そんな私の心中を察するかのように、櫛備は先んじて話を続けた。

「以上のことから、警察はあなたを殺人犯として断定したようです。駅から女性を付け回し、廃ビルに連れ込み、彼女を襲おうとして抵抗され、勢い余って殺してしまった。そのことに恐れをなし、逃げ出したあなたは足を踏み外して階段から転落。そのまま息を引き取った。これが大々的に報じられた事件の概要でした」

そう結んだ櫛備の目をまっすぐ見返すことができず、私は視線を伏せ、もどかしさから強く拳を握り締めていた。

「ということで、ご家族の様子はきちんと伝えましたよ。これで約束通り、このビルから消えて――」

「ちょっと先生」

返す言葉を失った私の代わりに美幸が割って入った。

「いくら何でも、こんな状態で、はい消えてください、はないでしょう？　これじゃあ、おじさんがあまりにもかわいそうですよ」

「む、そうかな。でも、僕はちゃんと約束を守ったつもりだが」

「だとしたって、人の気持ちってものがあるじゃないですか。いきなりそんな過酷な現実を突きつけられたら、おじさんだって混乱しちゃいますよ」

二人の視線を受け、私は固く閉ざしていた口を開く。

「彼女の言う通りです。約束はしましたけど、今の話を聞いて余計に消える気になれなくなりました。私がここで呑気に他人の財布なんかを探している間、妻と娘がそんなことになっていたなんて……このままじゃ私は、死んでも死にきれない」

「ほう、それはまさしく、今のあなたの状況にぴったりな表現ですね」

などと茶化した櫛備を、美幸がひと睨みで黙らせる。

「冗談言ってる場合ですか。先生、早くどうにかしてくださいよ」

「おいおい待ってくれよ美幸ちゃん。これ以上僕にどうしろっていうんだい？」

櫛備は額に手をやって、勘弁してくれとばかりに頭を振った。

「だって、おじさんが嘘を言っているとは思えないし、きっと真犯人がいるんですよ。このまま放っておいたりしたら、殺された女の人だって浮かばれませんよ」

「でもそれは、僕の仕事じゃあないだろう」

悪びれもせず嘯いた櫛備は、したり顔で肩をすくめる。それに対し、美幸はほとほと困り果てたような様子で頭を振った。

「先生、腐っても霊媒師でしょう？　そりゃあ、世間一般的な霊媒師とは違うかもしれないけど、一応はそれでメディアに顔を売ってるわけですし」

「それはほら、宣伝用の顔だろう？　美幸ちゃんだって、普段の僕がどんな人間かくらいわかっているじゃあないか。『今世紀最強の霊媒師』なんてうそうそ。除霊だの何だのは、本物の霊媒師さんたちに任せておけばいいんだよ」

ぬけぬけとそんなことを言う櫛備の姿に、私はもはや困惑を通り越して呆れてしまった。この男は見た目に反してひどくいい加減な性格をしているらしい。これ以上彼に何かを求めたところで、どうにもならないのだという、諦めの気持ちが瞬く間に私の胸を埋め尽くしていった。

だが、そんな時である。

「――でもまあ、私はあなたを信じますよ」

思いがけず、櫛備はそう言った。私を見つめる彼の静かな眼差しには、これまでの人生で向けられた嘲り（あざけ）や蔑みの色など微塵もなく、彼が口にした言葉が示すように、私に対するある種の信頼感みたいなものが見てとれた。

幽霊になったからといって、生きた人間の心の中を見透かせるわけではない。だがこの時、私は確かに櫛備十三の心に触れた気がした。言葉ではなく、彼が胸の内に抱えている温かな気持ち。私を信じ、真相に目を向けようとしている誠実さみたいなものが、一筋の光となって私を照らしている。そんな気がしたのだった。

「櫛備さん……」

「これが生きている人間ならば話は別だ。どうにかして罪を免れる（まぬが）ためにどんな嘘でもつくだろうし、百万人に有罪だと言われても白を切ることだってある。だが、あなたはすでに肉体を失っているから、嘘をついてまで罪を免れようとする理由もないだろう。ご家族の状況を知った時の反応も嘘とは思えない。そして何より、この事件にはあなたではない何者かの意図が確かに絡んでいる」

櫛備は手にした杖の先端で、再び私を指し示した。

「あなたが本当に無実ならば、そのことをしっかりと証明しなくてはならない。それ以外に、奥さんとお嬢さんを救う手段はないのだから」

「しかし、どうやって証明しろと言うんです？　私はもう、誰かに真実を訴えることもできない。仮にできたとしても、信じてくれる人なんてどこにも……」

同じ疑問を抱いた様子の美幸が意見を求めるように櫛備を見る。すると彼は私たちの抱える疑問や不安を、まるで何でもないことのように、ふふん、と気取った調子で笑い飛ばした。

気障（きざ）ったらしいその仕草が、いちいち様になっていて、どこか小憎らしい。

「三日後にこの場所で撮影があります。設楽さんが企画してくれたネット番組の生配信でね。殺人事件の被害者の霊が取り憑く心霊スポットとして、このビルを探索するという趣旨なのですが、その番組内で僕が真相を究明してみせればいい」

「真相を究明……？　そんなこと、できるんですか？」と美幸。

「もちろんだ。そもそもこの場所にどんな霊が出るのか、その霊とどのような会話をして、どんな手順で除霊するかをでっち上げるのが僕の仕事だからねえ」

ふふん、と再度、鼻を鳴らす櫛備を前に、私は戸惑いを禁じ得なかった。

死んでしまったとはいえ、私は殺人犯として世間に認知されている。被害者の霊を悼（いた）むのならともかく、殺人犯を擁護するような発言をしてしまったら、それこそ櫛備が痛烈なバッシングを受けてしまうのではないだろうか。いくら自分のためとはいえ、彼にそこまで犠牲を強いてよいものかと、私は内心で頭を抱えた。

「大丈夫なんですか？　下手なことを口走ったりしたら、先生の方が世間に批判されるんじゃ？」

美幸はその端正な顔に困惑の色を浮かべ、心配そうに問いかけた。

しかし、当の櫛備は平気な顔をして肩をすくめる。

「心配いらないよ。そうならないために真相を探り当てればいいだけのこと……というか、もうだいたい見えているんだがねえ」

何でもないような調子で重大なことをポロリとこぼした櫛備に対し、私と美幸は同時に驚きの声を上げた。

「本当ですか、先生！　真犯人が誰か、わかってるんですか？」

「もちろんだ。わかってしまえばどうということはない答えだったよ」

櫛備は自信に満ちた顔に誇らしげな笑みを浮かべ、手中の杖をくるくると弄ぶ。

「しかし、この町の防犯カメラには、私以外に怪しい人間は映っていなかったんですよね。その犯人は、どうやってカメラに映り込まずに……？」

咄嗟に浮かんだ疑問を口にすると、櫛備はどこか曖昧に首を傾げ、片頬に笑みを刻む。

「それを説明する前に、今度こそ約束してもらいましょう。僕があなたの無実を証明したら、潔くこの場所から消え去ると」

私にその申し出を断る選択肢などあるわけがなかった。

一も二もなくうなずいて、私は続く櫛備の言葉を待った。

4

たっぷりと数秒間、こちらをじりじりさせるような沈黙を経て、櫛備十三は静かに話を始めた。

「まず大前提として、あなたは誰も殺していない。怪しい人を見てもいない。その上で、女性を殺害した犯人が転落死したあなたに罪を擦(なす)りつけたと考える。そうすると、あなたと被害者の他にもう一人、事件当日にこのビル内に潜んでいた人物がいたということになる。問題はそれが誰かですが……」

「先生、ちょっと待ってください」

櫛備が喋り終えるより先に、美幸が待ったをかけた。

「さっき、この辺りの防犯カメラに、須貝さん以外に怪しい人は映っていなかったと言いましたよね？」

「ああ、言ったが」

「だったら、もう一人誰かがいたというのはおかしいじゃないですか」

非難するような口調を向けられてもなお、櫛備は動じることなく首を横に振った。

「いいや、何もおかしくはないさ。僕はちゃんと言ったはずだよ。『怪しい男性の姿はなかった』とねえ」

美幸はもちろんのこと、私も一緒になって、櫛備の持って回ったような言い回しに困惑する。黙り込んで次の言葉を待つばかりの私たちに対し、櫛備はどこか拍子抜けしたような顔をして目をしばたたかせた。

「だからさ、怪しい男じゃなくて女の姿はあったってことなんだよ」

そこまで説明しないとわからないのかと、言外に責められているような気がして、私はつい恐縮してしまう。その一方で、今の櫛備の発言に対し、理解が追いついていなかった。何かに縋るような気分で、続く櫛備の話を待つ。

「僕の知り合いの警察関係者にね、突っ込んで聞いてみたんだよ。すると防犯カメラのいくつかに被害者とは別の女性の姿があったらしい。こっちもマスクをしていたから顔ははっきりと映っていないんだが、背格好から判断して被害者とさほど背丈の変わらない——むしろまったく同じような体形だったそうだ」

「その女性がこのビルに出入りしていたと?」と美幸。

「ビルの入口を撮影している防犯カメラはないから、その点は断言できない。この先の通りに設置されたカメラに姿が映っていたというだけなんだ。だが裏を返せば、出入りしていないという確証もないわけだよ」

「つまり先生は、その女の人が被害者を殺害した真犯人だと?」

美幸の問いかけを、櫛備は首を横に振って否定した。

「違う違う、そうじゃあないんだよ。さっきも言った通り、被害者は強い力で首を絞められて殺された。その際、道具を使用した形跡はないから、素手で殺害されたことになる。首筋に残っていた圧迫痕から判断しても、犯人が男なのは間違いない」

「だったら、その人は無関係ですよね?」

「いいや、関係はあるよ。大いにね」

「えぇ? どういうことぉ?」

美幸は頭を抱え、困り果てたみたいに嘆いた。言うまでもなく、私も同じ気持ちである。櫛備の言うことは一見まともなようでいて、どこか辻褄(つじつま)が合わず、あべこべな感じがするのだ。

「櫛備さん、わかるように説明してくれませんか。私が追いかけていた女性を殺したのは、いったい誰なんです?」

櫛備はおもむろに首を横に振った。これ以上の説明はしたくないという意味かと思い虚を衝かれたが、次に続く言葉を聞いて、そうではないことに気づかされる。

「もちろん、説明しますよ。でもね、まずあなたが認識を改めてくれなくては、説明しても理解できないでしょうねえ。この件がややこしいことになっているのは、元をただせば、あなたの勘違いから始まっているのだから」

「……勘違い、ですか？　私が、何を……？」

途切れ途切れに言葉を返す。何のことを言われているのか、見当もつかなかった。

「あなたが見たもの……いえ、見たと思い込んでいるものは、まやかしに過ぎない。自らを襲った死をきっかけに、あなたはその勘違いを現実であるかのように受け入れてしまったんだ。だから、まずはそこから正さなくてはならない」

「だから、どういう――」

「あなたが駅から追いかけていたのは、殺された女性じゃあないんですよ」

ぴしゃりと、叩きつけるような口調に、私はうっと言葉を詰まらせた。

向けられた言葉を頭で繰り返してみたが、その意味が理解できない。何度呑み込もうとしても、すとんと落ちていかないのだ。

「わ、私は確かに見たんだ。殺された彼女は私が追いかけていた人でした。服装だって同じだったし」

「ええ、殺されていた女性は確かに、あなたが見かけた女性と同じ背格好で、服も同じだったのだろう。でも違う。別人だったんですよ」

櫛備の言葉を最後に、私たちの間には重苦しい沈黙が舞い降りた。

今頃は灰となって墓の下に眠っているであろう脳みそをフル回転させて、私は必死に考えを巡らせる。殺された女性は私が追いかけていた女性ではない。それはどういうことなのだろう。言葉そのままの意味で受け取るなら、私が目にした彼女の死体はどう説明するというのか。まさか、私の見間違いだったとでもいうつもりか。しかし現に、女性の遺体は発見され、殺人事件として報道されているのだ。幻の類だとしたら、そもそも私は殺人犯の汚名を着せられたりはしないはずである。でも、だったらどうして……。

自問自答を繰り返す私に助け舟を出すかのように、櫛備は諭すような口調で続けた。

「あなたが駅で見かけ、財布を拾い、追いかけていた人物こそが女性を殺害した犯人なのですよ。そこに都合よく現れたあなたに罪を着せたのもね」

「しかし、彼女は確かに殺されて……」

そこまで言って、私は不意に言葉を失った。とてつもない勘違いがあったということに、今更になって実感が湧いてくる。

そうか、そういうことだったのかと内心で繰り返し、私は驚愕に目を見開いた。

「あの女性が……犯人……？　それじゃあ、殺された女性はいったい……？」

呻くように言った私から視線を外し、櫛備はその顔にやりきれなさを滲ませた。

「被害に遭った女性は、一本早い電車に乗ってやってきたんですよ。そしてあなたより先にこのビルに入っていた。どういう経緯かはわからないが、犯人と待ち合わせをしていたんでしょうねえ。そして、やってきた犯人は彼女を殺害し、服を交換したんです」

「犯人は、女装していたってことですか？」

美幸が割って入る。櫛備はゆっくりとうなずいた。

「そういうことだよ。結論を言うと、犯人は被害者の恋人だ。どういう動機があるのかはわからないが、明確な殺意を持って被害者をこの場所へ呼び寄せた。そして自分は彼女の服を着て女装し、駅や通りの防犯カメラにその姿を残しながらこのビルへやってきた。彼女を殺害後、服を交換し別人になりすませば、本当の自分の姿を隠し捜査をかく乱することができる。警察は存在しない女性を追うことになるからねえ。だが、その計画の途中で思わぬ珍客が現れた」

櫛備の眼差しが再び私に据えられた。

「犯人は焦ったはずだよ。よりによって殺人計画の最中に見も知らない男性がやってきたんだ。自分の姿は見られていないか。警察に通報されやしないか、そんなことを考えてパニック状態だっただろう。しかし、幸いなことに、その闖入者は死体に驚き、逃げる途中で勝手に階段を踏み外して転落死してしまった。犯人はその中年男性を利用しようと思いつく。幸い、駅から自分を追いかけてきたであろう姿がカメラに残っているはずだ。とね」

櫛備が淡々と語るその内容を、私はどこか別の世界の出来事のように聞いていた。それが自分の身に起きたという実感など、微塵も湧いてこない。

だが、櫛備が今語った内容は、おそらく真実を射止めているのだろう。これが事の顚末であるなら私自身、納得できる。

いくら女装しているとはいえ、男と女を見間違えたりするのかという疑問もないではなかったが、櫛備が口にしていたように被害者の恋人は『男性にしては線が細い』『中性的な顔立ち』だそうだから、その疑問は解消できる。それに私は、ほんの一瞬、横顔を見ただけで、あとは後ろ姿ばかりを追いかけていたのだ。あれが被害者であるという根拠がいかに薄弱だったかを、いま改めて思い知らされた。

「どうです？　以上のことを、今回のロケで私が大々的に解き明かす。そうすれば、あなたに着せられていた汚名もきっと晴れるでしょう。オンエアを見た視聴者も騒ぎ始めるし、警察は再捜査を余儀なくされるはずだ。あなたにとって、これ以上の解決方法はないように思いますがねえ」

彼の言う通りだった。この事実が明らかになれば、妻と娘に申し開きができるかもしれない。もはや直接話はできないだろうけど、二人が周囲から軽蔑の眼差しを向けられたり、嫌悪されたりすることはなくなるのではないだろうか。

しかし、問題はそれをどうやって証明するかである。櫛備は番組内で真実を告げるつもりらしいが、何の証拠もなければ、誰にも相手にされない。

「先生、話の筋は通ってると思います。ていうか、私もそれが真実だと思いますよ。でも、いくら先生が番組内で被害者の霊からその話を聞いたとか言っても、まともに取り合ってもらえる可能性なんてほとんどないんじゃないですか？　警察は一度下した結論を容易には覆さないだろうし」

美幸の指摘は的確だった。私は訊きたいことをすべて代わりに訊いてもらったような気持ちになりながら、改めて櫛備に注目した。

「それとも何かあるんですか？　証拠になるものが」

美幸は食い入るように櫛備を見つめ、身を乗り出した。

櫛備は難しい顔をして腕組みをしていたが、やがてふっと脱力し、気の抜けたような声を出した。

「それが全くないんだよ。証拠なんて、そう都合よく転がってるわけもないだろうし」

「もう、期待させるだけさせておいてそれですか。しっかりしてくださいよ」

　美幸に非難され、櫛備は黒々とした豊かな髪をかきむしるようにして苦笑した。

「いやぁ、すまない。でも、僕が番組内でうまいこと言えば、案外どうにかなるんじゃあないかな?」

「なるわけないでしょう?　テレビドラマとは違うんですから、うまくいくはずありません」

　鼻息を荒くして、美幸は立ち上がった。肩を怒らせ、何やら櫛備に対する不満を呟きながら、ずかずかとフロアを歩き回り始める。

　その様子を溜息混じりに眺めつつ、櫛備は私に対して、ぺこりと頭を下げた。

「なんだか申し訳ない。いい案だと思ったんですが」

「いえ、そんな、謝らないでください」

　私は慌てて両手を振った。

「櫛備さんは私を信じてくれて、納得できる結論を出してくれた。私はあなたの言うことが真実だと信じます」

　そう言った後で、私は言い知れぬ虚脱感に襲われ、視線を落とした。

「でも、私が納得したって何にもならないんですよね。妻と娘は今も殺人犯の家族として世間に顔向けができない状態で……」

　思わず声が震え、それ以上は言葉にならなかった。頰を伝った涙が、ポトリと手の甲に落ちた。見る人が見れば、幽霊が涙を流すのかと驚いたことだろう。私だってどういう仕組みでこんなことになっているのかわからない。

それでも、流れ落ちる涙はとめどなく、私は年甲斐もなく泣きじゃくった。

「私は悔しいです。これまでずっと妻には苦労をかけてきた。安月給で旅行にも連れて行ってあげられない。もともと身体が弱いあいつは外に働きに出るのは向いてないんです。だから私が頑張らなくちゃならなかったのに。会社をクビにされたのを引きずって、こんな場所にやってこなければよかった。まっすぐ家に帰って、妻と娘に頭を下げればよかった。娘は——祥子はいつも素っ気ないけれど、誕生日や父の日にはプレゼントを欠かさず用意してくれる優しい子なんだ。将来は看護師になりたい。お父さんが寝たきりになったら、他人に迷惑かけないよう、私が世話をするなんて言って看護大学に進んだ。決して大それた夢じゃない。ごく平凡でささやかな夢だった。そんなあいつらの生活を……夢を……私が壊してしまうなんて……」

忘れていたはずの娘の名を口にしていることに気づき、私はハッとした。感情の高ぶりによって、途切れていた記憶が舞い戻ってきたのか。だがそのことを喜ぶ余裕などなく、悔しさや情けなさに打ちひしがれ、私は崩れ落ちるように膝をつき、床に突っ伏した。

何度、床に拳を打ちつけても痛みは感じなかった。それなのに、この胸はぎりぎりと締めつけられるように強く痛む。他の誰でもない、自分自身に対する怒りが膨れ上がり、歯止めが利かずに荒れ狂っているかのようだった。

と、その時、すぐそばの事務机が大きな音を立ててひっくり返り、砂埃を巻き上げた。床に投げ出されたパイプ椅子が、まるで誰かが力任せに折り曲げたみたいにぐにゃりとひしゃげ、そのまま数メートル床の上を滑っていった。きゃっと声を上げた美幸が、危険を避けるようにして階段の方へと避難する。

「あなたの無念はわかりますよ。でも、どうか落ち着いてください」

慎重な声色で語りかけてくる櫛備を見上げ、私は強く奥歯を食いしばった。揺れ動く私の感情の波動に共鳴してか、ランタン型の懐中電灯が小刻みに明滅する。

「櫛備さん……お願いします……。どうか……どうにかして……私の家族を……」

懇願する私を見下ろす櫛備の表情は、この期に及んでもなお穏やかで、無理な申し出に困惑している様子はなかった。ただじっと私を見つめ、仄暗い瞳に強い意志のような光を湛えている。

心配するな。そう言われているような気がして、私は涙を流すことを忘れ、ただただ呆気に取られていた。

「わっ！　ちょ、ちょっと先生！　先生ってば！」

その時だった。美幸が突然、場違いなほどに大きな声を上げ、こちらに向かって手を振った。その様子にただならぬものを感じてか、難儀そうに杖をついて歩き出す櫛備に続き、私も美幸の元へ駆け寄る。

彼女はフロア北側にある階段のそばに佇み、壁の方を向いていた。

「これ、見てください……」

もともとの造りが甘いのか、あるいは老朽化が進んだためか、壁沿いの床のタイルが剝がれ、剝き出しになったコンクリートに亀裂(きれつ)が入っている。

その部分を指差して、美幸は鼻筋の通った横顔を強張らせていた。

「ほう、これはすごいねえ。お手柄じゃあないか美幸ちゃん」

彼女が指差す先を凝視(ぎょうし)しながら、櫛備は喉を鳴らした。

それから、おもむろに私を振り返り、

「証明、してみせましょうか。あなたが殺人犯ではないということを」

ニヒルな笑いをその顔に浮かべ、櫛備は緩めていたネクタイを締め直した。

5

三日後、収録日当日。

私は美幸と共に撮影の邪魔にならないよう、少し離れた位置から、カメラを向けられている櫛備の姿を遠巻きに観察していた。

　前回、櫛備と一緒に下見に来たディレクターの設楽やＡＤの脇坂詩織に加え、カメラマンやその他のスタッフもいるため、フロア内はちょっとした人いきれになっている。誰もが忙しそうに行き来するなか、美幸は余裕の表情をして鼻歌まで歌っていた。助手とはいっても、撮影には参加しないらしい。その証拠に撮影スタッフの誰一人として美幸に話しかけたり、仕事を頼もうとする者はいなかった。

　やがて、リポーターを務める女性がマイクを片手に、おっかなびっくり廃ビルを進み、彼女に同行する形で櫛備が幽霊の存在を探るという典型的な廃墟探索の体で撮影は進められた。

「うわぁー、とても雰囲気がありますねぇ。配信をご覧になっている皆さんにもこの重たい空気、伝わっていますかぁ？　こちらの廃ビルは、えっと、数年前に所有していたオーナーさんが自殺した後、手つかずで残されているものでぇ、三か月ほど前には惨たらしい殺人事件も起きたんですよねぇ。櫛備せんせぇ、何か感じますかぁ？　私はさっきからずぅっと寒気が止まりませぇん」

　女性リポーターは、ノースリーブから剝き出しの二の腕をさするようにして、寒さをアピールした。彼女は仲塚英玲奈という、元グラビアアイドルだ。百七十センチの高身長に目を見張るようなスタイルの持ち主で、何度か雑誌の表紙になっているのを見かけたことがある。だがドラマの端役で出演しても見ていられないくらい演技がド下手で、歌番組に出演しても、聞くに堪えない音痴ぶりを発揮し、バラエティ番組では司会者が振ってくれた話題に対し、頓珍漢な回答ばかりして場をしらけさせる塩梅。徐々にメディアの露出は減り、今ではこの番組だけが唯一の生命線だという。

美幸は英玲奈のことをあまり良く思っていないらしく、底意地の悪い薄ら笑いを浮かべながら、それらの情報を私に話してくれた。

陰口を叩かれていることなど知る由もない英玲奈は、すでに三十近いにもかかわらず、デビュー当時から続くぶりっ子キャラでもって、カメラが回っている時には大きな瞳を輝かせ、めいっぱい怖がりな様子を演じながら、櫛備に対して無意味なボディタッチを繰り返している。

本人はこの番組にかけているのだろうけれど、見ている側からすると、少しばかり演技過剰でわざとらしい。それに、ああやってベタベタ櫛備に触る姿を見るのは、美幸としてはかなり複雑な思いなのだろう。彼女はしきりに溜息をつき、不機嫌そうに舌打ちを繰り返していた。

「感じます……。無念の最期を遂げた哀れな魂の叫びが、私には聞こえます」

櫛備が堂に入った演技で呟きながら周囲を見渡している。

英玲奈に負けず劣らずの過剰な演技だが、不思議なことに、これがなかなか好評だという。

「みなさぁん。聞こえますかぁ？　櫛備せんせぇが今、幽霊の存在を感じていますぅ。私もさっきよりずっと悪寒が増している感じで、すごく怖いですぅ」

プルプルと身震いしながら、ぱっくりと開いたブラウスの胸元をぎゅっと寄せてアピールする英玲奈。

「櫛備せんせぇ、どうですかぁ？　せんせぇにはどんな幽霊が見えているんでしょうかぁ？」

「ふむ、とても強い……この地縛霊からは、凄まじいほどの怨念が感じられます」

「お、おんねんー？」

英玲奈がひっと肩をすくめ、怯えた表情を浮かべる。鼻にかかったような甘い声、カメラに映り込む角度、ぐいっと寄せた胸元。どれをとっても職人芸である。

「そうです。彼女はひどく怒っている。どす黒い憎しみに満ちた眼差しで、私たちをじっと見つめています」

「そ、そんなぁ……どこですかぁ？　彼女はどこに？」

櫛備はぐるりと二階フロアを見渡した後、はっと何かに気づいたような顔をして北側に位置する階段を見据えた。

「あそこです。あの階段の上から、彼女は私たちを見下ろしています。長い髪を振り乱し、血走った両目で私たちを……！」

「ひぃぃぃぃぃ！　怖いですぅー！」

嘘だ。階段の上に霊の姿などないし、そもそもこのビルには女性の霊は取り憑いちゃいない。

「真偽はともかく、櫛備さんの演技は堂に入っていますね。とてもインチキだとは思えない。霊が視えない人なら、信じてしまう気持ちもわかります」

撮影の様子を遠巻きに眺めながら、感心する私に、美幸は苦い顔をする。

「喋ってることはデタラメもいいとこだけどね。誰にもわからないのをいいことに、いつもああやって話をでっち上げるのよ。番組映えするように、いかにもって感じの霊だとかその背景にあるドラマみたいなのを創作してね。ある程度の台本はあるみたいだけど、ほとんどは先生のアドリブなの」

「そりゃあひどいなぁ、まるでヤラセ番組じゃないですか」

率直な感想を述べると、美幸はさも当然とばかりにうなずいた。

「こういう番組の大半はヤラセでしょ。だって、せっかく幽霊が出てくるのを楽しみに見ているのに、何も起きなかったら視聴者が怒っちゃうじゃない」

「確かに、そうですが……」

身も蓋もない物言いに、今度は私が苦笑した。

そうこうしている間にも、撮影は順調に進んでいく。

「櫛備せんせぇ、その女性は何者なんですかぁ?」

英玲奈に問いかけられた櫛備は、真剣な眼差しを階段の方へ向けたまま、静かに応じる。

「三か月ほど前にこのビルで殺害された女性の霊です。この世に未練を残し、死してなお犯人を憎んでいる。ああ、なんと恐ろしい執念だ……！」

櫛備が、ややオーバーではないかと思えるほどの仕草でもって杖を取り落とし、頭を抱えるようにしてしゃがみ込んだ。

「せ、せんせぇ、大丈夫ですかぁ？　しっかりしてくださぁい！」

ちっとも心配しているようには聞こえない英玲奈の言葉に手を掲げて応じながら、櫛備は苦しそうな顔を作って階段の先を見上げている。

「わかりますか仲塚さん。彼女の抱える強い憎しみが……真っ赤な血にまみれた彼女のおぞましい形相が見えますか？」

「ひ、ひぃぃぃ！」

英玲奈は櫛備の視線を追って階段上を見据える。当然、彼女の目には血まみれの女の霊など映っていないので、当てずっぽうで大体の位置を見つめているのだろう。

「ていうか彼女は絞殺されたんだから、血まみれになっているわけないんだけどね」

美幸の呟きに、私は「あ、そっか。確かに」と、とぼけた返事をする。この目で遺体を見たはずなのに、危うく騙されるところだった。

「犯人に対する強い憎しみが、彼女をこの世に繋ぎ止めているのでしょうかぁ？」

「そうです。復讐を遂げない限り、彼女の魂は安息を得ることはないでしょう」

英玲奈に手を貸してもらい、櫛備は杖を握り締めて立ち上がった。

「でもせんせぇ、犯人は死亡していますよねぇ？　報道によると被害者を殺害後、逃走しようとした犯人は階段を転げ落ち、頭を強打して死亡したとありますよぉ」

その一言を待っていたとばかりに、かっと目を見開いた櫛備は鋭い眼差しでカメラを見据えた。

「いや、そうではありません。その報道は真実を語ってはいない。彼女はそう言っています」

「えぇぇ？　ほ、ほんとうですかぁ？」

英玲奈はそこにいるはずのない――というか本当にいない――女性の霊を視線で

追いかける。

櫛備はわざとらしくタメを作り、呼吸を整える演技を交えて耳を澄ます。あたかも、そこにいる霊の声に耳を傾けているかのように。

「私を殺したのは別の男。私に嘘をついてここへおびき寄せ殺害した。死亡していた男性は無実。たまたまここへ来てしまっただけ……な、なんだってぇ！」

一人二役で幽霊を演じ、対話しているかのように見せ、そうして得た情報に対して驚愕の表情を浮かべる。櫛備の鬼気迫る演技は、私には単なる茶番にしか思えないのだが、設楽をはじめとする撮影クルーを納得させるのに十分な迫力があった。

唯一、ADの脇坂だけが、不満げに首をひねっている。

「櫛備せんせぇ、本当に被害者の霊が、そう主張しているんですかぁ？」

「はい、そうです」

「警察の捜査に誤りがあったと？」

「そう考えざるを得ないでしょうねえ」

櫛備が断言すると、英玲奈は啞然（あぜん）として設楽を振り返った。予想を上回る櫛備の創作劇を前に、このまま撮影を続けていいものか考えあぐね、助けを求めているのだろう。

設楽もまた同じような葛藤を抱いているらしく、頭をがしがしとかきむしりなががら、判断を下しかねている様子だった。

そんな二人をよそに、櫛備の名演技は次の段階へと進んでいた。

「教えてください。いったい誰があなたを殺したんですか？　あなたは、真犯人を知っているんですか？」

どこか悦に入った調子で半ば叫ぶように声を上げた櫛備は、その直後、ちら、と私の方に視線を送ってくる。事前に打ち合わせていた通りの合図だった。

「さあ、おじさん、今よ」

「え、ああ、はい……」

美幸に促され、私は両手をぐっと握り締めて目を閉じ、自らの感情を昂らせる。胸の内に宿る強い怒りを束の間解放し、燃え盛る炎のように解き放つ。事前に櫛備から教えられていた感情のコントロール方法だった。

直後、私の身体から激しい奔流となって溢れ出た不可視の力が、フロアの片隅に集められていた事務机や衝立をなぎ倒し、大きな音を響かせた。

撮影クルーは一斉に悲鳴を上げ、何事かと振り返る。崩れ落ちた事務机の周辺には誰の姿もなく、あまりにも不可解な状況を前に、彼らは一様に表情を凍りつかせていた。

「ひぃぇぇぇぇ！　く、櫛備せんせぇ！　これは、いったい何が……？」

「彼女の怒りがポルターガイスト現象を引き起こしているのです。彼女は我々に真実を告げようとしている。真犯人の証拠があると訴えている」

「えええええ！　そ、そんなもの、どこに……？」

櫛備はゆっくりと周囲を見渡し、それから階段脇の空間へと歩み寄った。カメラが彼の後を追う。英玲奈は恐怖からかその目に涙を浮かべ、その細い肩をプルプルと震わせていたが、懸命に櫛備の後を追いかけ、男子諸君の同情を煽るような弱々しい表情でもって視聴者に語りかけていた。予想外の事態に見舞われながらも、カメラに映り込もうとするプロ意識には素直に感心である。

「この辺りにその証拠があるんですね、せんせぇ？」

「彼女はそう言っています。犯行当時、犯人がうっかり落としたものが……」

そこで言葉を切った櫛備は、くわっと目を見開き、カメラを手招きして呼びつけた。そして、櫛備が指差したコンクリートの亀裂にカメラが向けられる。

しばしの沈黙の後、英玲奈があっと声を上げた。

「そこ、何かある！　そう、そこ、床の亀裂の中に何か……」

彼女はおっかなびっくり手を伸ばし、亀裂の中にあるものをそっとつまみ上げた。傍らで高みの見物を決め込む櫛備の顔には、してやったりとばかりに満足げな笑みが浮かんでいた。

「これは……何かのカード……？　いえ、免許証です！　まさかこれが、犯人の落とし物なのでしょうか……？」

　あまりの衝撃にぶりっ子キャラを忘れてしまったのだろう。英玲奈は素の表情で、緊迫した声色を放つ。撮影クルーたちも、いよいよざわめき出した。ディレクターの設楽は電話を耳に当てて、切羽詰まった表情でやり取りをしている。

「く、櫛備せんせぇ、この男性が犯人なんですか？」

　その場にいた全員の視線が櫛備に集中する。彼は確かな動作で首を縦に振った。

「その人物こそ、彼女を殺害した真犯人です。彼女は私にこう言っている。彼は被害者の恋人であり、別れ話がこじれた末に彼女を殺害する計画を立てたのだと。愛していたのに裏切られ、殺されて、こんな場所に放置された。無関係の男性に罪を着せた犯人は、この場から逃げ出す際に財布を落とし、拾い損ねた免許証がそこの亀裂に落ちたのだと。遺体発見時に犯人が確定していたようなものだから、警察も見落としてしまったのでしょう。だが、死してなお残る彼女の怨念が、決して彼を逃がしはしない。今日、この場所に私がやってきたのも、彼女の強い意志が私を引き寄せた結果かもしれません。真犯人の逮捕と共に、彼女の魂も救われることでしょう。この映像が、真相の究明に役立てられることを私は切に願います」

　最後にもう一度カメラに向かって表情をキメながら、櫛備はそう結んだ。劇的な幕切れによって撮影が終了した途端、撮影班からは動揺と困惑の入り混じった歓声が上がった。

異例の事態に困惑する一方、設楽は終始、櫛備を手放しで褒めたたえ、「やっぱり先生は本物だ！　今世紀最強の霊媒師は伊達じゃなかったですね！　ほら、SNSでも、すごい勢いで感想が呟かれてますよ！」などと絶賛した。

これまで櫛備に対し否定的な態度をとっていた脇坂詩織も、お手上げとばかりに言葉を失い、信じられないものでも見るような目で櫛備を見ていた。

「――いやあ、圧巻でしたね、櫛備さんの演出は。まるで映画みたいだ」

騒然とする撮影クルーたちを遠目にしながら、私は率直な感想を述べた。

「これで警察は動かないわけにはいかないわね。きっと、おじさんの無実は証明されるはずよ」

美幸もまた先ほどまでの不機嫌そうな表情を取り払い、ホッとしたような笑みを浮かべている。

「妻と娘がバッシングを受けることもなくなりますかね？」

「その可能性は、五分五分といったところです」

問いかけた私の声に答えたのは美幸ではなかった。

カツ、という、もはや聞き慣れた杖の音が背後から聞こえ、私は振り返る。

「一度世間にさらされると、抜け出すのは容易なことではない。だがきっと大丈夫でしょう。マスコミはこぞって騒ぎ立てるし、警察は後始末に追われ、てんてこまい。あなたのご家族を攻撃していた暇な連中も、そっちを攻撃することに心血を注ぐでしょうからねえ」

対応に追われて慌ただしくしている撮影クルーたちを尻目に、櫛備は達成感をあらわにした満足顔で、顎髭を軽く撫でた。

「そうそう、実は事件を調べるついでに、あなたのことも調べてみたんですよ」

「私のことを？」

繰り返すと、櫛備は軽くうなずき、杖の握りの部分で私を指した。

「勤続二十五年だが昇進する気配はなく、これといった業績もあげられていなかった。営業成績だって振るわないし、上司からも良く思われていなかった。まじめだけが取り柄のお荷物社員というのが、常日頃から囁かれていたあなたの蔑称だったようだ。まったく、酷い言われようですねえ」

憐れむような声を上げ、櫛備は眉根を寄せた。私にとっては、耳に痛い話題である。つい恐縮してしまう私を見て、しかし櫛備は小さく頭を振った。

「しかし、同僚や後輩からはとても信頼されていました。損得抜きに同僚の手助けをし、若い連中の悩みを聞いていた。万年平社員でも培ってきた力は確かなものだったようで、いくつかの取引先は、あなたが担当じゃないと仕事をしたくないと言っていたそうです。入社以来まじめ一筋。それしか取り柄がないからこそ、勤勉で実直なあなたの姿勢は、多くの人に認められていた。本当はあなたの肩を持とうとした社員も大勢いたようですが、例の意地悪な部長に釘を刺され、あなたを擁護できなかったのだと、悔しがっていましたよ」

「そう、なんですか……？　皆が……私を……？」

それ以上言葉が出てこなかった。すでに失われているはずの私の心臓は、素直な驚きに打ち震え、早鐘を打っている。

「仕事だけではなく、あなたはご近所や町内会の評判も良かった。休みの日、家に居場所がないからといってお年寄りの代わりに庭の手入れをしたり、ゴミステーションの掃除や片付けを率先して行ったり、地域のボランティアには必ずといっていいほど参加していた。あなたのご家族に嫌がらせをしていたのも、あなたのことをよく知らない、愉快犯のような連中だったようですねえ」

櫛備はそこで一呼吸置き、私の反応を窺う。戸惑う私に対し、彼は更にこう続けた。

「そして、何よりご家族です」

「妻と娘が、なにか？」

「お二人は、あなたが殺人など犯すはずがない。犯人は別にいる。今でもそう主張し続けています。どんなに周囲に白い目で見られても、いわれのないバッシングを受けても、自分たちが見てきたあなたを信じているんです。あなたが、あの場所にいたのにはきっと何か理由があったからだ。そう信じてきた彼女たちの苦労も、これからはきっと報われることでしょう」

気づけば私は何度もうなずきを返し、櫛備に頭を下げていた。

「ありがとう……ございます……」

ぼろぼろと、とめどなく流れる涙を拭うのも忘れ、私は不格好な笑みを満面に浮かべた。

「あれ……おじさん……」

不意に声を漏らし、美幸が私を指さした。

えっと声を上げて自らを見下ろすと同時に、私は思わず仰け反った。

「身体が、透けて……」

手足をはじめ、身体の至る所がうっすらと透けてきている。目の前に手をかざしても、向こう側の景色がはっきりと見てとれた。驚く反面、私は妙に落ち着いた気分でその事実を受け入れていた。いよいよこの身体が――いや、私の存在自体にタイムリミットがやってきたのだと理解できたからだ。

「これって、いわゆる『お迎え』ってやつですかね？」

　顔を上げ、二人に訊ねる。その最中にも、焦りや苛立ちなどは一切感じることはなく、むしろ、肩の荷が下りたような安堵感がこの胸にじんわりと広がっていた。

「おじさん……」

　美幸がどこか心配そうに呟いた。その大きな目がわずかに潤んでいるように見えたのは、私の思い過ごしだろうか。

　やがてどこからともなく、淡い光のようなものが差し込み、ゆるやかに私を包んでいく。手でひさしを作り頭上を見ると、そこには剝がれかけた天井ではなく、琥珀(こはく)色の空が広がっていた。

「ああ……眩(まぶ)しいけど、あったかいなぁ。ねえ櫛備さん、私はこれからどこへ向かうんですかね？」

「……さあ、それは僕にはわかりませんが、しかし……」

　そう言葉を切って、櫛備は口の端を持ち上げ、穏やかな笑みを頬に刻んだ。

「きっと、ここよりいい場所だと思いますよ」

「ハハッ、そうですね。そうだと良いなぁ……」

　降り注ぐ光が強まり、私の視界を白く包み込む。

　薄れゆく意識のなか、私の脳裏には、妻と娘の姿がはっきりと浮かんでいた。

6

「行っちゃいましたね」

音もなく、しかし確実にこの場所から彼の存在が消え失せたことを、美幸は感じていた。

暗く冷たい現実にしがみつくことをやめて、正しい居場所へと旅立ったのだろう。

「おや、どうしたんだい美幸ちゃん。随分と寂しそうじゃあないか」

「ええ、まあ……ちょっとだけ……。見てるこっちがじりじりするくらい呑気で頼りない人だったけど、家族想いのいい人でしたね」

そこでふと、美幸は思い出したように声を上げる。

「そういえば先生、この前言っていたことの答え、教えてくださいよ」

「答え？」

「詩織さんが彼氏の服を買いに行ったこと、どうしてわかったんですか？」

櫛備は少しの間、記憶を探るように黙り込み、それから小さく鼻を鳴らした。

「ああ、あれかい？　簡単なことだよ。値札だ」

「値札？」

美幸はぱちくりと目をしばたたかせ、小首を傾げる。

「設楽さんの服に値札が付いていたんだ。彼は普段、高級ブランドの服ばかり着ているのに、あの日は真新しい低価格の服で全身を固めていた。内側に隠れてはいたけれど、シャツには値札が、そしてジーンズにもサイズを表すシールが貼ったままだった。購入後に慌てて着た証拠だ」

「はぁ……」

返事はしたものの、美幸はいまだぴんと来ない様子で難しい顔をしている。

「納得がいかないようだねえ。やかましい鳩が豆鉄砲を食らったみたいに黙り込んじゃって」

「誰がやかましい鳩ですか。それより、全然わかりません。設楽さんの服に値札が付いていたからって、それが詩織さんにどう関係するんですか？　だって彼女は恋人の服を――」

言いかけて、美幸は言葉を切った。そして、みるみるうちに表情を凍りつかせ、あんぐりと口を開き、ついには固まってしまった。

「うそ、あの二人……え、そういうこと……？」

美幸は点になった目をきょろきょろと泳がせて、遠くの方で撤収作業を行っている設楽や詩織を見やる。そんな彼女の様子を、櫛備はどこか愉快げに、そして困ったように苦笑しながら見ていた。

　そんな矢先、今度は櫛備の方があっと声を上げ、手にしていた例の免許証を顔の前に持ち上げた。

「なんてことだ。つい、言い忘れてしまったよ」

「それって、犯人の免許証ですよね。どうかしたんですか？」

　美幸が訊ねると、櫛備は「見ればわかる」と言って、免許証を美幸の目の前にずいと突き出した。

　美幸は何の気なしに、持ち主らしき若い男の写真を確認する。

「この人が被害者の恋人ですね。女を捨てるだけじゃなくて、こんな所に呼び出して殺すなんて許せないですよ。この須貝達久って男――」

　口にした直後、美幸は再び表情を固めた。

「――須貝……達久……？　それって……」

　美幸はもう一度、免許証を食い入るように見つめる。

　写真の人物の名前は、確かに『須貝達久』とあった。

「どういうことですか？　これっておじさんと同姓同名……じゃないですよね？」

「もちろんだ。そんな偶然があるはずはない。つまりは、こっちの男が正真正銘の須貝達久なんだよ。今しがた消えてしまった彼は、最初から決定的な勘違いをしていたんだ」

　そうして櫛備は、事の次第を説明し始めた。

「最初に僕がこのことに気づいたのは、知り合いの久我という警察関係者に話を聞いた時だった。そこで殺人犯とされていたのは、磯村義男という中年男性だと言われてねえ。思わず須貝達久ではないのかと問い質してしまった。だが何度確認してもらっても、磯村義男に間違いない。新聞記事を見ても同様だった。須貝達久は被害者の恋人の名前だ。ならば可能性としては一つ。間違えていたのは彼の方だったんだよ」

「まさかあのおじさん、犯人の名前を自分の名前だと思い込んでいたの？」

　思わず素っ頓狂な声を上げ、美幸は目を白黒させた。

「そういうことだ。彼は階段から転げ落ちた際に財布の中身をぶちまけ、散らばったカード類に記されていた須貝の名前を目にした。そして犯人の計画に気づいた磯村さんは、拾った財布の持ち主こそが女装した須貝なのだと考えるに至った。だが、それを誰かに伝える手段はない。程なくして、彼は息を引き取ってしまったんだからね」

　一息に告げると、櫛備はどこかやりきれなさそうに苦笑した。

「霊になって目覚めた時、おじさんはほとんどのことを忘れちゃってたけど、その名前だけは強く記憶していた。だから自分の名前だと勘違いしちゃったって、そういうことですか？」

櫛備は首肯し、それから、こらえきれないとばかりに噴き出した。

「彼らしい勘違いだと思わないかい？　せっかく真犯人の名前を憶えていたというのに、それを自分の名前と勘違いするなんてねえ。そのことに気づいてからは、事件の真相を導き出すのは難しくなかったよ」

「それじゃあ先生は、おじさんが犯人の名前を名乗っていると知って、本当の須貝が犯人だって気がついたんですか？」

「そうだよ。でなきゃあ、僕が探偵の真似事なんてできるわけないだろう？」

「そ、それって、やっぱりインチキじゃないですか。感心して損しましたよ」

不満そうに声を上げた美幸に対し、櫛備は両手を小刻みに振りながら、

「いやいやいや、自慢じゃあないけど僕はねえ、インチキをしていないなんて一度も言った覚えはないんだよ。わかるだろう美幸ちゃん。僕からインチキを取ったら、ただの霊媒師になってしまう。――ああ、除霊はできないから霊媒師ですらないか」

はっはっは、とこちらが拍子抜けするほど呑気に笑いながら、櫛備は皮肉めいた

眼差しを磯村がいた辺りに向けた。

「しかし本当に困った人だ。自分や家族の名前すらも忘れているのに、犯人の名前だけは憶えていて、しかも証拠となる財布を探し続けていたなんて。それが殺された被害者のためになるということにすら、彼は気づいていなかった。正真正銘、無意識下に人助けをしようとしていたんだ」

「きっと生きている時も、同じようなことで周りに信頼されたり、和ませたりしていたんでしょうね」

美幸の返しに「ああ」とうなずき、櫛備は杖の先で床を小突いた。

「とことん憎めない男だよ。彼の死はその人の好さがもたらした不幸だった。しかし、事件の真相へと導いてくれたのもまた彼の人の好さだった。財布なんか駅員に預けて、さっさと家に帰っていればこんなことにはならなかった。だが彼がそうしていたら、今も真相は明らかにされず、犯人は野放しのままだった。必要な犠牲だったとは思いたくないが、彼のおかげで被害者が浮かばれるであろう結果になったのは事実だよ」

遠くの方から、パトカーのサイレンが響いてきた。

櫛備は、あちこち剝がれかけた天井を見上げ、

「できることなら、生きている間に友達になりたかったねえ」

そう、寂しそうに呟いた。

第二話　初恋

1

どれくらいの間、私はここで彼が来るのを待っているだろう。

駅前にほど近い、繁華街の一角にあるマンションの一室。

彼は半年近く前にこの部屋を引き払い、私の知らない所に越していった。

一人暮らしにしてはやや広い、しかし家族で住むには少し手狭な1LDK。かつては安物の家具や、こだわりのある家電で埋め尽くされていたこの部屋も、今はがらんとしている。

私の血がしみ込んだ白いカーペットはきっと、ゴミに出されたんだろう。あんな出来事があった部屋では暮らせないという彼の気持ちは理解できるし、仕方のないことだと思う。事件後に一度たりともこの部屋に入ろうとしなかった彼を責めるつもりなんて私にはない。

ただ、逢いに来てほしい。それだけだった。

あの出来事の後、私は住人のいなくなったこの部屋で目を覚ました。

自分の身に何が起きたのかを思い出すのは簡単だった。峯山亜里沙（みねやまありさ）という名前も、はっきりと憶えているし、隣の二〇二号室に父親と二人で暮らしていたことも、かつては市内の高校に通っていたことも、つかえることなく思い出せる。もちろん、自分が何故死んでしまったのかも。

幽霊には時間がたくさんある。生きていた頃から、一日というのはとても長かったけれど、死んでからはそれこそ永遠に感じられるほどだ。けど、だからといって生きていた頃の私が充実していたのかというと、決してそうじゃない。

日々の退屈な授業も、気を遣うばかりで話も合わない同級生との付き合いも、顧問のねっとりとしたスケベな視線を浴びせられる部活動もテスト勉強も何もかも、私にとっては取るに足らないものだった。だから、高校を辞めたことに後悔なんてなかったし、ある程度満足してもいた。それでも、どうしようもなくずるずると繰り返される日々を苦痛に感じる気持ちだけは変えられなかった。

唯一、私が時間を忘れて心から楽しめるのは彼と一緒にいる時だけだった。

彼と出会ってから、私は寝ても覚めても彼のことばかり考えてきた。笑うとえくぼのできる愛くるしい顔。少し背が高くて、色が白くて、スーツの似合う人。道を歩いていると、何もない所で躓くし、ちょっとお酒を飲んだらすぐ寝ちゃう子供みたいな人。

他の誰より私を愛してくれて、その優しい声で私の名前を呼んでくれる人。

横江淳。それが彼の名前。

もう一度、彼に逢いたい。それ以外に、今の私に望むものなんてなかった。幽霊になってこの部屋に一人でいると、時々、どうしようもなく悲しくなったり、怒りが湧いてきたりする。そうすると、まるで自分が自分じゃなくなってしまったかのように誰彼構わず憎しみをぶつけたくなってしまう。

でも彼のことを考えるだけで、私は嘘みたいに自分を取り戻すことができる。怒りに支配されていた心に光が差し、温かくて安らかな気持ちに満たされるのだ。

しんと静まり返った冷たい部屋に、ひとり佇みながら、私は自分の胸に手を当て、そこに宿る木漏れ日のようなぬくもりを確かめた。

いつだって、あらゆる苦悩や困難から、私を救い出してくれるのは彼の存在だった。だから私は彼を待っている。こうして待っているだけでも、幸せを感じられる。

もう一度、淳くんに逢うことができたら、その時は――。

不意に、玄関の方で物音がして、私は物思いから立ち返った。がちゃ、と鍵の回る音がして扉が開く気配が伝わってくる。

「どうぞ先生、こちらです」

かしこまった女の声が外廊下に反響している。扉を開けたままで、中に何者かを誘っているのがなんとなくわかった。

「使い捨てのスリッパをお持ちしましたので、お使いください。ええ、室内はすべて清掃済みですが、半年も借り手がつかないどころか、ご覧になってくださるお客様もいませんので、少々埃が……」

　私のいるリビングと玄関は、一枚のドアで隔てられている。すりガラス越しになんとなく人影が動いているのは見えるが、はっきりとした様子はわからなかった。

「失礼します。……むむっ、ここは随分と冷えますね」

　やや低い男の声。私の父親と同じくらいの年代だろうか。

「えっ、そうですか……？　もう九月も末ですし、このお部屋は北向きですので、お寒いのは当然かと……」

　話の内容から、女の方が不動産会社の人間だろうと想像がつく。

　女の声は相変わらず反響していて、扉を閉める様子がない。客らしき男を中に入れ、自分は玄関先に立ち止まったまま入ってこようとしないみたいだった。

　私はそっとリビングのドアに近づきつつ、二人のやり取りに耳を澄ます。

「いえ、それにしても寒すぎる。これは紛れもなく、この部屋に霊が取り憑いている証拠ですよ」

「そ、そんなにはっきりとおわかりになるんですか？　ちょっと中を見ただけで……？」

どことなく疑わしげな女の声。男の発言を信じていない様子である。

「信じられませんか？」

「い、いえ、そんなことは……」

もごもごと口ごもる女の反応を窺うように沈黙した後、男は静かに切り出した。

「あなた、今朝は随分とお疲れのようだ」

「はぁ？」

何を言い出すのかと問い質したげな女の声。だが続けて発せられた男の言葉に、女は驚愕した。

「昨夜はかなり遅くまで残業だったのですね。ここのところはずっとそうだ。そのせいで女友達との飲み会にも遅れてしまい、二次会のカラオケからの参加となった」

「ええ……？　どうして……それを……？」

喘ぐような女の声が外廊下に響く。戸惑いをあらわにする彼女をよそに、男は続ける。

「友人たちとの久々の再会で、思い切り羽を伸ばしたようですね。だが疲れがたたり早々に眠りこけてしまったあなたは結局、家に帰ることなく私との待ち合わせのためにここへやってきた。この後も出社して仕事をされるようだが、くれぐれもお体には気をつけた方がいい。田舎のお母様も心配しておられるでしょう？」

女はすぐに言葉を返しはしなかった。その沈黙こそが、男の指摘が的中していることの証明であるかのように。

「や、やっぱり、櫛備先生には視えてしまわれるんですね。私、感動しました。いえ、疑っていたわけではないんです。でも正直、ここまでとは思いませんでした」

「いえいえいえ、それほどでもありませんよ」

そうは言うものの、男の声はまんざらでもないといった調子で弾んでいる。

「それで櫛備先生。この部屋には本当に幽霊がいるんですか？」

「ええ、いますよ。自らの境遇を嘆く、悲しみに満ちた女性の霊が」

その一言を受け、私は人知れず息を呑んだ。

男の声は極めて冷静かつ確信に満ちた声だった。

「間違いありません。私にははっきりと感じられる。この部屋には女性の霊が憑いている。髪が真っ白で、腰の曲がった老婆の霊が……！」

――嘘だ。この男、冷静かつ確信に満ちた声で、大嘘をこいている。

「ろ、老婆ですか？」

「そうです」

「しかし、この部屋で亡くなったのは、若い女性ですよ？」

拍子抜けしたような女の声に、私は思わず、そうそう、とうなずいてしまった。

男はほんの一瞬、言葉に詰まったが、すぐに持ち直し、

「……ええ、若い女性の霊も確かに存在しますね。というか、大勢います」

平静を装った声で、そう返した。

「大勢……いるんですか？」

女の声がひっと裏返る。

「老若男女問わず、あらゆる世代の霊がひしめき合っています。これは完全なる密状態ですねえ。私にはその様子がはっきりと感じられるのです」

「ほ、本当ですか……？」

「私は嘘はつきません。この部屋はいわゆる霊の通り道――霊道のようですね。そのせいで黙っていても多くの霊が行き来し、時折こうして立ち止まってしまうのです。一度、快適な部屋に留まった霊は、そう簡単に消えることはない。詰まったトイレの水道管のように、がっぽがっぽと力業で押し出すか、自然に流れてくれるのを待つしかないのですよ」

「トイレのように……ですか……」

女がやや怪訝な調子で繰り返す。

どうでもいいがこの霊媒師、いくらなんでも、たとえが失礼すぎやしないだろうか？　幽霊といったって、もとは生きた人間だったのだ。それをトイレに詰まった

排泄物みたいな言い方をするなんて、デリカシーがないにもほどがある。

「櫛備先生、どうにか対処していただけませんか？　この部屋に借り手がつかないのはもちろん、最近は他の住人たちも退去を検討しているようなんです。壁や床を引っかくような音がしたり、ひどい時なんて、叫び声が聞こえるという苦情も寄せられます。私たちも困り果てていまして……」

言葉通りの憔悴しきったような声で、女が深く溜息をついた。頑なに中へ入ろうとしないのも、彼女自身、この部屋に取り憑いた霊に対する恐怖ゆえなんだろう。

「もちろんです。この心霊現象専門霊媒師、櫛備十三にお任せください。浮遊霊、地縛霊問わず、あらゆる霊障、祟りに対処し、速やかに解決いたします」

その男――櫛備十三は決まり文句のようにすらすらとした口調で言った。

「まあ、それを聞いて安心しましたわ。心霊現象専門の霊媒師さんだなんて、とても頼りがいがあります」

というか普通、霊媒師というのは心霊現象が専門だろう。

「先生の御高名は存じ上げておりますわ。その手腕から、先生は今世紀最強の霊媒師と謳われておりますものね。先月のネット番組でのご活躍はお見事でした」

「いえいえ、そんなことは……」

謙遜していているようでいて、やはり櫛備の声は弾んでいる。

「ですから、今回先生が来てくださると聞いて、私とても安心しましたの。この部屋で何が起きているにせよ、櫛備先生ならきっと解決してくださるって」

「彷徨える魂を放っておくのは私としましても本意ではありませんからねえ。ご心配はいりませんよ。この私が、たちどころに解決してご覧に入れましょう」

「頼もしいですわ。それでは私は、先生のお邪魔になってはいけませんので社に戻ります。鍵はすべて終わった後で回収に伺いますので」

そう言い残し、女は扉を閉めた。かつかつと響くヒールの音が遠ざかっていった後で、櫛備十三はリビングへのドアを開き、私の前に姿を現した。

見た目から推測するに四十代くらいか。どういうわけか黒の喪服に身を包み、持ち手に金の装飾が施された杖を持っている。右脚を引きずるような特徴的な歩き方は、何かの後遺症だろうか。

黒々とした豊かな髪の毛をさっとかき上げ、顎髭を軽く撫でた櫛備十三は、ぐるりとリビング内を見渡してから、窓際へと移動し、じっと様子を窺っていた私に視線を留めた。

「やあ、こんにちは。僕は櫛備十三という。君は？」

「わ、私が視えるの……？」

質問に答えもせず、私は困惑をあらわにして問い返した。

櫛備は何でもないことのようにうなずいた。私の姿を見て動揺するどころか、むしろ退屈そうに、ゆるく締めたネクタイを指先で弄んだりしている。

「ていうか、視えるんだったら、ちょっとくらいびっくりしてよ」

そして、さっさと出ていって。そう内心で付け足した。

「ははは、それは申し訳なかった。しかし、だ。いくら幽霊といっても、君みたいに若くてか弱い女の子を見てビビるオジサンなんて、この日本には存在しないんじゃあないかな。むしろ鼻息を荒くして喜ぶオジサンの方が多いと思うがねえ」

櫛備はふっと息を吐き出すようにして、どことなくいやらしい笑い方をする。

「なにそれ、キモイ。最低」

私が嫌悪感をあらわにすると、櫛備はばつが悪そうに咳払いをし、すぐに真剣な表情を取り繕った。

「そ、それはともかく。君は今の話を聞いてたんだろう？　僕はいわゆる霊媒師というやつで、その実力は今世紀最強と言われる凄腕だ。まあ実際には僕なんかよりもすごい連中はゴロゴロいるんだが、便宜上そう言われている。ネットもテレビも、そういう謳い文句が好きだからねえ」

愚痴っぽく言いながら櫛備は苦笑した。気さくなタイプ……というか、緊張感が感じられない人物だというのが、私が彼に対して抱いた第一印象だった。

櫛備は驚くどころか、私がここにいることを最初から知っていたかのように、さも当然のように振る舞っている。これまで、管理人や不動産会社の人間がこの部屋に入った時、興味本位で姿を現してやったけれど、誰も私の存在に気づかなかった。しかし、だからといってまったくの無力なのかというとそうではなく、私が苛立っている時には室温が急激に低下したり、部屋の電気がちらついたりして、不気味な気分を味わう者も多かったようだ。必死に何かを訴えようとしても全然気づいてもらえないのに、どうでもいい時に声や姿がほんの一瞬だけ垣間見えてしまう、とにかく勝手の悪い存在。

幽霊というのはそういうものらしい。

けれど今、目の前にいるこの胡散臭いオジサンは、私の姿をはっきりと捉えている。さっきの女とのやり取りを聞く限りでは、ただの詐欺師にしか思えなかったのに。

「じゃあ、あなたは本物の霊媒師なの？」

おずおずと問いかけた私に、櫛備は不敵な笑みを向けた。

「もちろんだよ。そして僕は、この部屋に取り憑いている君の除霊を依頼されてやってきたわけだ。君がいると、新たにここに住もうというお客さんが来てくれないそうなんだよ。不動産会社はそれがとても困るらしくてねえ。破格の報酬と引き換えに、僕に解決を依頼してきた」

破格、のところで揉み手をする櫛備。表情もどことなく緩んでいる。よほどいいギャラで雇われたのか。

「僕は君をこの部屋から力ずくで追い出すことができる。君の意志などに関係なく、荒っぽい方法から荒っぽさすらも感じないほど強い力でねじ伏せることだって可能だ」

「嘘でしょ……」

懐疑的な視線を向ける私に対し、櫛備は勝ち誇ったように鼻を鳴らす。

「嘘じゃあないよ。僕がその気になれば、君なんて蠟燭の火をふっと吹き消すみたいに消滅させせられるんだ。これでも一応、『今世紀最強の霊媒師』だからねえ」

本当は違う、と自分で言っておきながら、櫛備はしゃあしゃあとその肩書を利用する。なんだか矛盾している気もするが、こんな風に脅されると怖くなってしまう。口調はともかく、仄暗い洞穴のような彼の瞳にじっと見据えられ、私は思わず背筋を凍らせた。

すると突然、櫛備は表情を和らげ、脱力するように肩をすくめた。

「だが、僕には君のような年端もいかぬ少女を虐めて悦ぶような趣味はない。できることなら穏便に、合意の上で、平和的に解決したい。わかるだろう？」

噛み砕くような言い方をされなくても言いたいことはわかる。

けれど、私はもう一度彼に逢いたい。彼が戻ってきてくれた時に肝心の私自身がここにいなかったら元も子もない。それに誰かがこの部屋で新しい生活を始めたら、彼が戻ってくることは絶対になくなってしまう。私はそれが嫌だった。だからこそ、そうならないように、できる限りの方法で自分の存在を主張している。よほどの物好きでない限り、幽霊がいる部屋に住みたがる人なんていないだろうから。

もしも私がこの部屋から出て、自由にどこへでも行き来できるのなら、そんなことをする必要もない。でもそれができないから、ここで彼が来るのを待つしかなかった。でなきゃ、私だって罪もない人を驚かせて遠ざけようとなんてしない。そうでもしないと彼に逢えないから、仕方なくやっているだけだ。

「わ、私……」

思わず声が震えた。

消えたくない。こんな形で終わりたくなんてない。そう、祈るような気持ちで唇を噛んだ。泣きたくなんてないのに、ぽろぽろと涙が零れてくる。幽霊になって涙を流すのは初めてじゃないけれど、こんなに恐ろしい気分を味わったのは初めてだった。

「おいおいおい、泣き落としはやめてくれよ。まるで僕が悪いみたいじゃあないか。これもオジサンの仕事なんだから、わかってもらえないかなあ」

困り果てたようにがりがりと後頭部をかいて、櫛備は肩を落とした。

「さっきも言ったが、手荒な真似はしたくない。だから大人しくここから――」

そう、言いかけた櫛備が不意に言葉を切り、開きっぱなしのドアを振り返った。

「先生、不動産会社の人帰っちゃいましたよ。いいんですか――って、ええ？」

そのドアからひょいと顔を覗かせた若い女の人が、空気も読まずに櫛備の言葉を遮ったのだった。

「ちょっと先生、なんで女の子を泣かせてるんですか。ひどいじゃないですか」

私よりもいくつか年上だろうか。セミロングの黒髪。健康的な白い肌。そして整った顔立ちにすらりと通った鼻筋が羨ましい。

「ねえ、あなた大丈夫？　このおっさんに何かされたの？　まさか触られたりしてないでしょうね？」

どうやら、彼女にも私の姿は視えているらしい。慌ただしくそばへやってきて、心配そうに私の顔を覗き込んだ。

「おいおいおいおい、ちょっと待ってくれよ美幸ちゃん。よく見るんだ。その子はこの部屋に憑いている地縛霊だよ。触ったりなんてできるはずないだろう」

櫛備は心外だとばかりに両手をホールドアップさせ、ぶるぶると首を横に振った。無様に狼狽える様子はまるで、霊媒師というよりも痴漢を疑われた中年サラリーマンのようだ。

「いいえ、わかりませんよ。霊を視ることしか能のない先生でも、ちょっと頑張れば触るくらいできるかもしれないじゃないですか。スケベ根性剥き出しにして、まだ未成年の少女に欲情するなんてサイテーです。見損ないましたよ」

美幸、と呼ばれたその女の人は、櫛備を便所コオロギでも見下ろすような眼差しで睨みつけると、嫌悪感を剥き出しにして吐き捨てた。それに対し、櫛備は窒息寸前の金魚みたいに口をパクパクさせ、激しい動揺をあらわにしている。さっきまでの大物然とした振る舞いなどどこかへ消え失せ、もはや、娘にこっぴどく叱られた父親のように縮こまるばかりだった。

今世紀最強の霊媒師をここまで形無しにし、追いつめるこの女の人はいったい何者なのか。

私は半ば唖然として、美幸の横顔を眺めていた。

「ああ、かわいそうに。ひどいこと言われたんでしょう？　本当にごめんね。私は軀田美幸。あなたの名前は？」

「……亜里沙」

「そう、亜里沙ちゃんね。それで、この人でなしにどんなセクハラをされたの？」

おいおいおいおい、とさっきと同じフレーズで否定しようとする櫛備を無視して、美幸は私を促す。

「……ここから出ていかないと、力ずくで私を消すって」

「ええ？　先生があなたを消す？　そう言われたの？」

うなずいてみせると、美幸は眉間にぎゅっと皺を寄せ、再び荒々しい形相をして櫛備を見据えた。

「先生、どうしてそんなこと言ったんですか？」

「い、いや……それは……」

さっきまでの流暢な言葉遣いは影を潜め、櫛備はもごもごと口ごもった。悪戯を見つかった子供みたいに消沈し、でかい図体を縮ませている。

「彼女を消すだなんて、大嘘もいいとこじゃないですか。だいたい、先生にそんなことできるはずないですよね。忘れてるようだからあえて言いますけど、先生には霊を祓う力なんてない、へっぽこインチキ霊媒師でしょう？　ただ霊の姿が視えて、声が聞こえるってだけの、ごく平凡な中年のオジサンなんですから」

「……ええぇ？」

我慢しきれずに、私は素っ頓狂な声を上げた。

美幸は眉を八の字にして私に向き直り、深い溜息をつく。

「ごめんね。そういうことだから怖がらなくていいのよ。この人、何も知らない相手には見栄を張りたくなっちゃうみたいで、口を開けばこうやって嘘ばかりつくのよ。そうやって自己顕示欲を満たしてる哀れで愚かで孤独な負け犬なの」

「いや、美幸ちゃん……それはちょっと言い過ぎじゃあないかなぁ……」

遠慮がちに追い縋ろうとする櫛備をまたしても無視して、美幸はもう一度、私にごめんねと繰り返した。

「それじゃあ、私を消すっていうのは……嘘？」

「そう、嘘。世の中にはそういうことができる人もいるかもしれないけど、このオジサンの場合は百パーセント嘘よ」

「でもさっき、不動産会社の女の人のことを言い当ててた。昨日残業したとか、友達と朝までカラオケにいたとか……」

あたかも、彼女の昨日の行動を霊視したかのような発言だった。あれがイカサマだなんて、とても信じられない。

そんな私の疑惑はしかし、美幸のくたびれたような笑い声で一蹴された。

「それ、先生の得意技なのよ。コールドリーディングっていう、マジシャンなんかがよく使う方法でね、要するに相手を思い通りに誘導したり、さも相手のことを言い当てたようなふりをして、いかにも霊視したみたいに思い込ませるの。そうやって自分をものすごい力を持った霊媒師だと信じさせておけば、適当な筋書きを用意して霊を退治したってストーリーを作り上げても、相手は疑わないでしょう？」

「有名な霊媒師っていうのは……？」

食い下がろうとする私を遮るように、美幸は首を横に振った。

「少し前に、ネット番組の生配信でうまいことやったおかげで、ちょっと騒がれているだけ。それで年甲斐もなく、いい気になってるのよ」

どこまでも皮肉たっぷりな物言いをして、美幸は苦笑する。

「だからこの人の言うことを真に受けちゃだめ。ほら先生、ちゃんと彼女に教えてあげてくださいよ。霊視の種明かし」

美幸に促され、櫛備は極めて迷惑そうな顔をして渋っていたが、やがて根負けしたように、

「わかったよ。話せばいいんだろう？　まったく君は、それでも本当に僕の助手なのかな」

ぶつぶつと恨み言を交えつつ、不承不承、説明を始めた。

「美幸ちゃんはコールドリーディングと言ったが、実際はそんなたいそうなものじゃあない。もっと単純にあの女性を『観察』しただけなんだよ。彼女の着ていたス

ーツには皺が寄り、シャツには細かい食べこぼしの跡があった。同じ服を一日以上着続けていた証拠だ。ということは、彼女は昨夜、家に帰らなかった。まともな大人の女性なら、スーツはともかくシャツくらいは着替えるだろうからねえ」

そうだろう？　と肩をすくめ、櫛備は軽くおどけてみせた。

「念入りに化粧をしていたが、両目が充血していたのは寝不足の証。眠りはしたが、熟睡はできなかった。居酒屋やバーで眠ったのであれば、閉店時間に追い出されるだろうし、髪は整えられていたが洗った様子はないから漫画喫茶は利用していない。二十四時間営業のカラオケで眠ったと推測できる。もちろん、男と出かけて朝帰りということもなさそうだ。高価そうな指輪を首から下げていたから、恋人はいるが問題を抱えている。もしうまくいっているのならきちんと指に嵌めるだろうからねえ。そして貴重な金曜の夜を恋人と過ごすのではないとすると家族か親しい友人。家に帰らなかったことから判断すれば女友達だ」

すらすらと饒舌に語る櫛備からは、さっきまでとは別の意味で大物然とした余裕のようなものが漂ってくる。美幸の言う通り、こういうやり方で相手を驚かせることに慣れているのだろう。

「昨日残業したというのはどうやって見抜いたんですか？」

「彼女のバッグの中にぶ厚い書類の束があった。おそらく、中間管理職として部下の育成を任されているんだ。自分の仕事の他に部下の仕事をチェックしていれば、おのずと残業も増える。持ち帰って片付けようとでもしていたんだろう」

なるほど、と納得したようにうなずく美幸。彼女の後に続いて、今度は私が質問をした。

「この後、仕事に行くっていうのは？」

「実はこのマンションにやってくる途中、僕は偶然にも近くのコンビニで買った栄養ドリンクを飲む彼女の姿を目撃したんだ。僕をこの部屋に案内するだけなら、そんなものを飲んで気合を入れる必要はない。となると、この後会社に行って仕事をするか、取引先や顧客との打ち合わせでもあるんだろうねえ」

「田舎のお母さんのことは？」

続けて訊ねると、櫛備はこらえきれないとばかりに噴き出した。

「それはただの当てずっぽうだよ。親ならば何もなくても子供の心配をするものだろうし、男性よりも女性の方が長命という統計から、可能性の高い方でカマをかけたのさ」

まさしく、悪戯好きの子供みたいに無邪気な笑顔を浮かべ、からからと笑う櫛備。

一通りの説明を受け、私はしばし黙考。そして至った結論を口にする。

「つまり霊視なんかじゃなくて、インチキ……ってこと？」

「できれば鋭い洞察力と言ってほしいところだが、まあ、そうとも言うな」

悪びれもせず、さらりと言ってのけた櫛備を前に、私は呆れ半分、安心半分の複雑な心境に陥った。それはきっと、助手だという美幸も同様だったのだろう。無言で責め立てるような私たちの視線に気がつくと、櫛備はようやく我に返り、ひどくばつが悪そうに、咳払いを何度も繰り返した。

「それにしても美幸ちゃん、君はどうしていつも、馬鹿正直に僕の正体をばらしちゃうんだい？　嘘も方便って言葉があるだろう。せっかく彼女を説得できそうだったのに、君のせいで台無しじゃあないか。依頼主の要求に応えるのが僕の仕事なんだから、少しの嘘くらい大目に見てくれないと」

「馬鹿は先生の方です。幽霊だからって軽く見ていいんですか？　彼女だって意志を持った人間ですよ。ちょっと幽霊になったからって、人権まで軽んじられるのは見ていられません」

美幸は腰に手を当て、胸を突き出すようにして鼻息を荒くした。

これではどっちが助手だかわからない。この人たちが仕事を抜きにしたらどんな関係なのか、私には見当もつかないけれど、櫛備が怒った美幸に頭が上がらないのは、一目瞭然である。

何か、弱みでも握られているのだろうか？

「それに、どこをどう解釈すれば説得になるんですか？　か弱い女の子を力ずくで言うこと聞かせようなんて、クズのすることじゃないですか」

　図星を指され、櫛備はむぐぐ、と押し黙った。

「前から感じてましたけど、先生は本当にろくでなしですね。そうまでしてお金が欲しいですか？　自尊心てものはないんですか？　親御さんはきっと草葉の陰で泣いてますよ」

「ぼ、僕の両親は健在だ。縁起でもないことを言わないでくれ」

　美幸はあっと声を漏らしたが、すぐに真剣な表情を取り戻す。

「とにかく、私の目の黒いうちは先生の横暴を許すわけにはいきませんからね。彼女のことは責任を持って対処してください」

　ぴしゃりと言い放ち、改めて向けられた美幸からの視線を前に、私は思わず身構えた。

「じゃあ、やっぱり私を消すつもりなの？」

　自分でも驚くほど、しおらしい声が出た。天国から一気に地獄へ突き落とされたような気持ちで、私はぎゅっと自分の手を握り締める。

「ううん、安心して。なにも力ずくでどうこうしようってわけじゃないの。さっきも言った通り、この先生にそんな力はないから。あなたの姿が視える以外、そこらのオジサンと変わらない——ううん、社会的地位で言えばただのペテン師だから、それよりもずっと下ね」

「美幸ちゃん……君ねえ……」

もはや言い返す気力も削がれてしまったらしい。櫛備は眉間の辺りに手をやって、深く項垂(うなだ)れている。

「事実なんだから仕方がないでしょう。わかったら、さっさといつも通りにやりましょうよ」

責め立てるような口調を向けられ、櫛備は気の進まない顔をして何度目かになる溜息を吐き出した。悪だくみを邪魔され気分を害したのか、恨みがましい目を美幸に向けているが、当の彼女は潑溂(はつらつ)とした笑顔を浮かべており、ちっとも意に介していない様子。

「——わかったよ。仕方がないなあ」

渋々そう答え、杖で床を不満そうに小突(こづ)いてから、櫛備は鋭く引き絞ったような鋭い眼差しを私に注いだ。言葉とは裏腹に、一分の隙もない張り詰めた雰囲気を纏(まと)う櫛備に気圧(けお)され、私は無意識に後ずさる。

カラン、と乾いた音がして櫛備の手から離れた杖が床に倒れる。

「どうか……」

低く、くぐもったような声で櫛備が呟いた。彼はゆっくりと、両手を左右の太ももの辺りにぴったりと張り付け、腰を折り曲げて深々と頭を垂れた。

やはり、力ずくで私を除霊するつもりなんだ。言い知れぬ強い力が、今まさに放たれようとしている。彼の全身から立ち昇る禍々しい気配が、私をがんじがらめにして離さない。

もうだめだ。そう心の中で叫び声を上げて、私は両目を固く閉じた。

そして次の瞬間、櫛備の口から、裁きの雷とばかりに放たれた言葉――。

「ここから消え去っていただけないだろうか。この通りだ」

「……え？」

奇妙な沈黙の後で、私はおそるおそる目を開く。深く下げられた櫛備の後頭部と、その隣で腕を組み、問題児を抱えた教師みたいな顔をしている美幸とを交互に見据えた。

「……駄目かな？」

顔を上げ、ちら、と上目遣いに、櫛備は私を窺った。

「ていうか、何やってるの？」

「何って、こうして礼儀正しくお願いしているんだよ。きちんと合意の上で君にこの部屋から消え去ってもらうために」

開いた口がふさがらないとは、まさにこのことである。こんな馬鹿げたやり方で私が納得すると、この自称霊媒師は本当に思っているのだろうか。

「い、嫌です……」

「なに？　嫌だって？　消えてくれないというのかい？」

櫛備は勢いよく上体を起こし、信じられないとでも言いたげに大きく目を見開いた。

「はい、嫌です。消えたくなんてありません」

「ちょ、ちょっと待ってくれ。君は本気でそう言っているのかい？　僕みたいないい大人が、君のような若い子に対して頭まで下げて、こんなに丁寧に『お願い』しているのに？」

「嫌なものは嫌なんです」

強い口調で言い切ると、櫛備は言葉を失って愕然と立ちすくみ、この世の終わりみたいな顔をする。

やっぱり、この人はどこかおかしいらしい。

「当たり前だよ。丁寧にお願いされたからって、はい了解、なんて気持ちにはならないよ。それに私……まだここでやらなきゃならないことがあるから……」

黙っていると、こっちが悪者になったような気がしてくる。言い訳するような感覚に少しばかりひっかかりを覚えながらも、私はそう反論した。

「そう、なのか……。最近の若い子というのは、そういうものか？」

ぐるりと首を巡らせて、櫛備は美幸に問いかけた。

「若かろうが若くなかろうが、大抵はこういう反応をすると思います。お願いした程度でどうにかなるなら、そもそも先生が呼ばれることもないでしょうしね」

容赦のない美幸の指摘にますます肩を落とした櫛備は、「だったら、どうすればいいんだ」などと呟きながら、ひとり途方に暮れている。

「彼女の言うことはもっともですよ先生。死んでしまったにもかかわらず、何か理由があるからどこへも行けなくて留まっているんじゃないですか。だから、まずは彼女の話を聞いてあげましょうよ」

「いや、しかしそれはなぁ……」

「それは――なんですか？」

美幸に突っ込まれ、櫛備はまたしてもばつが悪そうに、もごもごと口ごもる。

「……だって、色々と面倒じゃあないか。霊というのは、やれああしろこうしろと注文が多い。そのくせ一銭にもならないし、最後は自分だけすっきりしていなくなってしまうんだ。生きている人間よりもずっとタチが悪いよ」

「それをどうにかするのが先生の仕事でしょう？　もう、子供みたいなこと言わないでくださいよ」

　部外者の私が聞いても、美幸の発言は正論だと思う。櫛備自身、そのことはわかっているからこそ、それ以上の反論ができないでいるんだろう。

「くそっ、こうなったら土下座でも何でもする。だからどうか、どうかここから消えてくれ！」

　ついになりふり構っていられなくなったのか、櫛備は大きな声で喚きながら懇願し始めた。私は反射的に後ずさりし、ぶるぶると首を横に振る。

「い、嫌ですっ！」

「頼むよ、僕の名誉のために。そうだ、なんならギャラは山分けでも……いや、六対四でどうだ？」

「いい加減にしてください！　先生、みっともないです！」

　美幸に一喝され、櫛備は肩で息をしながら、ぐっと呻くように押し黙った。恨みがましい目を私に向け、寒々としたリビングをうろうろと歩き回る。

「……わかった。わかったよ。どうして消えたくないのか、まずはその理由を教えてくれ」

「私の話を、聞いてくれるの？」

　思わず問い返すと、櫛備はぎりぎりと歯嚙みしながら、不服そうに首を縦に振った。美幸に視線を移す。彼女もまた、静かにうなずいて私が話すのを促してくれた。

「私は……」

予想外の展開に、つい言葉が詰まる。まさか、こんな形で誰かに話を聞いてもらえるとは思ってもみなかった。でも、これは大きなチャンスだ。ここでじっとしていても、きっと事態は好転しない。たとえ櫛備が除霊を諦めても、今度はもっとちゃんとした霊媒師が私を除霊しにやってくるかもしれない。まともな霊媒師が相手では、それこそ有無を言わさずに消されることだって十分にあり得るのだから。

話を聞いてもらえる。それがどんなに貴重なことかを実感しながら、私は意を決して口を開いた。

「――私は、大切な人を待ってるの。彼に逢えるまでは、ここを離れたくない」

確かめるように言葉を紡ぎながら、私は左手の薬指に嵌められた指輪にそっと触れた。

2

淳くんがこのマンションに引っ越してきたのは、去年の春のことだった。

年度末に高校を中退した私はその頃、何をするでもなく一日中、部屋に籠っていた。食事を作ったり、最低限の家事はこなしていたから、気性の荒い父親に家から追い出されることはなかった。

バイトをしようと思って近所のコンビニに履歴書を持って行ったこともあったけど、笑顔で元気よく挨拶ができるのかと訊かれ、できませんと答えたら落とされた。見知った人と顔を合わせて話すことすら難しい私に接客なんてできるわけがないから、まあ当然の結果だったんだろう。

引っ越しの挨拶に来た淳くんの私に対する第一印象は最悪だったと思う。ろくに目を合わせようともせず、気さくに話しかけてくれる淳くんの問いかけに答えもせず、差し出されたのし付きのタオルをぎゅっと胸に抱いたまま、私は壊れた人形みたいにうなずくばかりだった。

彼は電車でひと駅の所にあるＩＴ系の企業に勤めていると言った。就職を機に住み慣れた地元を離れて一人暮らしを始めたのだという。毎朝早くに出かけて、帰りは夜も遅くなってからだった。土曜も日曜もなく出かけては、疲れ切った顔をして帰ってくる彼の姿を部屋の窓から見るたびに、最初は何とも思っていなかった彼のことが、だんだんと気になるようになっていった。

私には、やりたいこととか将来の夢だとか、そういったものは何一つない。むしろ、この退屈でただ長いだけの人生をあと何年、生き続けなければならないのかという鬱屈（うっくつ）とした考えがあるばかりだったし、高校を中退した自分にこの先、ろくな仕事が得られるはずもないということを早い段階で理解してもいた。だからこそ永遠にも感じられる日々の時間を無為（むい）に過ごすことに対して、これといった危機感を覚えることもなく、ただ気の向くままに怠惰な日々を送っていた。

　淳くんの存在が、そんな私の唯一の楽しみになるまでに、そう長い時間はかからなかった。

　朝、ゴミを捨てに行くと、出社する淳くんとよく鉢合わせした。最初はなんてことのない挨拶をかわすだけだった。愛想（あいそ）のない私に対して、淳くんはいつも晴ればれとした笑顔を向けてくれて、「今日も暑いね」とか、「いい天気だね」というたわいのない会話をしてくれた。酒臭い父親と違って、淳くんからはとてもいい匂いがした。シャンプーの香りか、香水でもつけていたのかもしれない。少し寝ぐせの残っている頭を撫でつける淳くんの背中を見送りながら、私は初めて感じる異様な胸の高鳴りに戸惑いを覚えていた。

　夜、人通りが少なくなってからの買い物や、父親に言われて近所の酒屋にビールを買いに行かされた時なんかに、仕事帰りの淳くんと偶然遭遇（ぐうぜんそうぐう）することもあった。彼は仕事で疲れているはずなのに、ただの隣人である私に対して無理に笑顔を向けてくれた。そんな淳くんと接しているうちに、私の中に宿った淡い恋心は際限なく膨れ上がっていった。

彼に逢いたい。もっと話がしたい。そんな気持ちが大きくなるにつれて、私は彼が出社するタイミングや帰宅するタイミングを見計らい、偶然を装って彼の前に姿を現した。

世間話以上に会話は発展しなかったけれど、そのことに不満なんてなかった。短い挨拶の中に彼の優しさを感じ取ることができたし、私自身その時は多くを望んではいなかった。ただ、彼の顔を見てその声を聞けるだけで、他に何もいらないと思えるほど幸せな気持ちになれたから。

私たちの距離がぐんと近づいたのは、半年ほど過ぎた頃だった。

ある日を境に、彼は仕事に行かなくなった。毎朝決まった時間に出かけていく彼を待ち構えて玄関の前で耳を澄ましていたのに、いつまで経っても隣室の扉が開く気配はない。風邪でもひいているのかと思ったけれど、その次の日も、そのまた次の日も、彼は部屋から出てこなかった。

何か事情でもあるのだろうか。マンションの壁越しに耳を澄ましてみると、微かに生活音が聞こえてくることがあったから、部屋にいるのは間違いなかった。毎日のように顔を合わせていた淳くんと逢えなくなって、私の胸にはぽっかりと大きな穴が開いた。

　そんな日々が続き、いよいよ耐え切れなくなった私は、思い切って彼の部屋を訪ねた。ベタだけど、夕食のおかずを作りすぎてしまったからお裾分けしますとか、そんな理由だったと思う。寝巻のまま扉を開けた彼は眠そうな顔で、それでも嬉しそうにお礼を言ってくれた。

　私は勇気を振り絞って、何故会社に行かなくなったのかを訊いた。彼は少しだけばつが悪そうにしていたけれど、仕事を辞めたことを打ち明けてくれた。毎日、それこそ深夜まで続く激務のせいで体調を崩してしまったのだという。

　あとでネットで調べてみたら、彼が勤めていた会社はずっと前に過労による自殺者が出たというニュースが報じられていた。行政からの指導が入り労働環境は見直されたようだったけど、それでも仕事内容に変化があるわけではなく、根付いた悪しき体質はそう簡単に抜けなかったらしい。

　私はショックだった。淳くんがそんなブラック企業の餌食になり、身体はもちろん、心まですり減らしていたことに、まるで気がつかなかった。すぐそばにいるのに、淳くんの苦しみに気づけなかった。そのことが悔しくて、弱っている彼を助けてあげたいと思った。

　どう思われても構わない。腹をくくった私はそれから定期的に彼に食事を持って行くようになった。時には図々しく上がり込んで部屋の掃除をしたこともあった。

私は高校を中退して一日中家にいたから、好きな時に彼に逢いに行けた。酒浸りで仕事をしているよりも家にいる時間の方が長い父親の目を盗み、わずかな時間でも淳くんのお世話ができる。高校に行ってそりの合わない同級生たちと過ごすよりも、その方がずっと幸せを感じることができた。

そんな風にしてこまめにやってくる私に、彼は最初は戸惑っていたけど、すぐに受け入れてくれた。言葉なんてなくても、私が彼を思いやる気持ちがちゃんと伝わっているんだと思うと、まさに天にも昇る気持ちだった。

淳くんを知っていく過程で、いいことばかりではなく、悪いことも少しずつ目につくようになっていった。その一つが彼の交友関係だった。

淳くんには私以外にも女がいた。彼はすごくかっこいいし、優しいし、モテるのも当然だ。それに私はその当時、まだ十六歳だったから、正直、遊びだと思われていても仕方がないと覚悟してもいた。

このマンションの壁は薄く、淳くんの部屋に女の人がいる時はすぐにわかる。彼が他の人と一緒にいると思うだけで叫び出したくなったけど、私は涙をこらえて耐え忍んだ。他の女の人と会うのはやめてとお願いしたかったけど、それも我慢した。それは決して諦めというわけではなく、私なりの彼に対する誠意でもあった。本当の愛というのは、相手の不貞行為を責めることじゃなくて、すべてを受け入れることだから。

　あの頃の彼は深く傷ついていた。体調を崩したせいで好きな仕事ができなくなって、再就職もうまくいかない。実家からの仕送りでどうにか生活はできているけれど、それをこの先ずっと続けるわけにもいかない。

　真面目な淳くんにとって、それはかなりのストレスだったんだと思う。だから他の女の人との火遊びくらい、どうってことない。淳くんの外見だけが目当てで近づいてきたような連中よりも、私の方がずっと彼のことを理解している。その自信が私にはあった。

　やがて再就職が決まり、淳くんはまた仕事に行くようになった。仕立ての良いスーツに身を包み、颯爽（さっそう）と出かけていく姿はやっぱり素敵だった。

　彼が忙しくなるにつれて、二人で過ごす時間は必然的に少なくなった。新しい職場の付き合いもあるから、仕方がなかった。

　それでも私は幸せだった。合鍵で彼の部屋に入り、掃除をしたり洗濯をしたりする日々は、私に本当の意味での幸福を与えてくれた。相変わらず、他の女の人が出入りしている形跡はあったけれど、そんなものに動じる必要はなかった。

彼との間にある絆は本物だと、私は強く確信していたから。

そんな生活が一年近く続いたある日、何の気なしに淳くんの部屋の片付けをしていると、彼がタンスの奥に隠していた指輪を見つけてしまった。内側には「ＴｏＡｒｉｓａ」とある。その時、嵌め込まれた小さなダイヤが放っていた優しい輝きは、この世のどんなものよりも愛らしく、そして美しかった。

淳くんが私のためにこんなものを用意してくれたことが嬉しくてたまらなかった。彼のために生きていけると、本気でそう思った。彼と一緒なら、どんな困難も乗り越えられる。けどそうするためには、二つの壁が私たちの間には立ちはだかっていた。

一つは私の父親だった。私が小学校の頃に母親が出ていって以来、私は父と二人暮らしだった。そのおかげで家事や料理をすることに抵抗はなかったけれど、ろくに仕事をせず、しても長続きしない父のせいで、生活は楽ではなかった。日雇い労働で稼いだお金はギャンブルと酒に消え、酒が切れると父は私を殴(なぐ)った。中学に上がってからは暴力を振るう頻度が高くなり、意識を失って病院へ運び込まれたりもした。父から受ける虐待(ぎゃくたい)にはそうした暴力行為だけではなく、見知らぬ大人が家にやってきて、私に乱暴を働こうとしたこともあった。必死に抵抗して難を逃れ、数時間後に帰宅した父にそのことを伝えると、父は烈火のごとく怒り出して私を殴った。借金のかたに私を売ろうとしていたのだと気づいたのは、その時だった。

私は周囲の大人たちに何度も助けを求めた。教師や近所の住民、もう顔も思い出せないような親戚にまで。けれど助けてくれる人はいなかった。一度だけ訪ねてきたことのある児童相談所の職員は父に恫喝されてあっさりと逃げ帰り、二度とやってこなかった。

ある夜、お酒が切れたイライラを解消するため私を殴ろうとした父に、私は咄嗟に淳くんと結婚することを告げた。ここを出ていく。もう関わらないでと。

父は激昂し、私のお腹や背中を散々蹴とばした後で隣室の扉を叩き、真夜中にもかかわらず彼を部屋から引きずり出して口汚く罵った。あんな父親でも、まだ未成年である私に手を出した淳くんに怒りを抱いたのか、いや、そうじゃない。父は単に、自分の所有物に他人が手を触れるのが許せなかっただけだ。

いずれにせよ、このことがあってから、父が酔っぱらって眠りこけてでもいない限り、彼の部屋に出入りするのは難しくなってしまった。

もう一つの問題は、淳くんの会社の上司だった。彼よりも七つ年上の三十女が、仕事にかこつけて事あるごとに彼にアプローチを仕掛けていたのだ。仕事上の付き合いがあるので、滅多なことでは逆らえず、彼はのらりくらりとその女の誘惑をかわしていた。女は執念深くて、何かと理由をつけて玄関先に押し掛けたり、会社の飲み会で酔っぱらった彼を自宅に連れ込もうとしたりと、やりたい放題だったらしい。

一度、部屋の前で彼とその女が押し問答しているところを見つけた時は、病気の父が寝ているから静かにしてほしいと嘘をつき、女を追い返したことがあった。その時の女の恨めしそうな目を、あともう少しでも見続けていたら、私は石にされていたかもしれない。

せっかく見つけた再就職先だから、事を荒立てたくない。淳くんはそう言っていた。だから私は彼に婚約してしまおうと提案した。

あの女にだって世間体はある。いくら何でも既婚者に言い寄るなんてできないはずだ。このマンションを出て別の場所で二人で暮らせば、父もそうそう手出しはできなくなる。二人にとってまさに最良の選択である。淳くんの心労を少しでも軽くしてあげられるなら、駆け落ちだって何だって、私は構わなかった。

彼は最初は驚いていたようだけれど、すぐに私の提案を受け入れてくれた。そして、ちらほらと雪の降る寒い夜に、彼はタンスから取り出した指輪の箱を開き、私にプロポーズをしてくれた。

数日後、淳くんが婚約したことが職場に知れ渡ると、その女上司は驚くほどあっさりと彼から手を引いた。仕事は多少しづらくなったようだが、致命的ではないと言って彼は安堵(あんど)していた。

それから少しして、二人で暮らす新居を物色し始めた頃に事件は起きた。

その日、彼の出張中に部屋を訪れると、普段とは明らかに様子が違っていた。

リビングの真ん中に女の人が倒れていて、その傍らにあの三十女が佇んでいた。

彼女の手には血濡れた包丁が握られていて、先端からは血が滴っている。見慣れた部屋はまさに血の海と化していた。

倒れている女の人には見覚えがあった。同じマンションに住む二十代のＯＬで、たまにエントランスなどですれ違うと、挨拶をかわしていた。

何故その人が彼の部屋にいるのか。しかも彼の留守中に……。

女性のすぐそばにあの指輪が落ちていた。家に持ち帰って父親に見られでもしたら大変だから、二人で引っ越しをするまでは彼に預かってもらうことにしていた。私は彼の部屋を訪れるたびに指輪を取り出して眺め、頬を緩めていた。

その指輪が倒れている女性のそばに落ちている。そのことが何を意味するのかを、私はすぐに悟った。

実は、この少し前にマンションの管理人室に泥棒が入り、マスターキーが盗まれるという事件があった。その後でいくつかの部屋が空き巣の被害に遭ったため、管理会社は注意喚起と共に各部屋の鍵の取り換え作業を進めていた。

つまりこのＯＬはマスターキーを盗んだ張本人で、それを使って住人の部屋に空き巣に入っていたのだ。彼女はこの日、淳くんの部屋に入り込み、金目のものを物色していたのだろう。そこへ、あの三十女がやってきた。淳くんを手に入れられず思いつめた三十女がＯＬを淳くんの婚約者だと思い込み彼女を襲ったのだ。

ＯＬはすでに事切れていた。うつぶせに倒れ、顔をこちらに向けて、苦悶の表情を浮かべている。見開かれた瞳からは光が失われ、ぼんやりと虚空を見つめていた。

元は白かったコートの背中は赤く染まり、溢れ出した血液がカーペットを濡らしている。三十女は返り血に濡れそぼり、包丁の刃先から滴る赤い雫が、ぴちゃんぴちゃんと不気味な音を立てていた。

あまりに衝撃的な光景を前に、呆然と立ちすくむ私と目が合うなり、三十女は奇声を発しながら躍りかかってきた。必死に抵抗したけれど、相手の力は圧倒的だった。私はそのまま押し倒され、胸やお腹を何度も刺された。私が抵抗する力を失ってもなお、三十女は壊れた機械みたいに腕を上下させ続けた。途中から痛みは感じなくなり、焼けるような熱さだけがいつまでも続いていた。

私は薄れていく意識のなかで、ずっと淳くんのことを考えていた。全身血まみれで、汚れてしまった姿を彼に見られたくないと思った。こんな風に殺されてしまった私の姿を見たら、彼はきっと立ち直れない。私を失った彼を一人で残していくなんてできない。だから死にたくない……。

私のその願いは、神様に受け入れられることはなかった。

暗く澱んだ闇の中に意識が沈む直前、私が最後に見つめていたのは、床に投げ出された婚約指輪だった。

そして次に気がついた時、私はこうなっていた。

この部屋はすでに空き部屋で、淳くんの姿はどこにもなかった。たまにやってくるマンションのオーナーと不動産会社の社員の話を聞いて、自分が死んでから半年が経っていることと、父が事件から二週間後に酔っぱらって公園で眠ったまま凍死したことを知った。私が殺されたショックから自棄になったんだろうってオーナーは言っていたけど、それが事実かはわからない。それこそ、死んだ父に確認でもしない限りはね。


憶えているのはこれだけ。

私を殺した女はまだ捕まっていない。有力な目撃証言がなくて、犯人の目星もついていないらしい。でも、そんなことはどうでもいい。あの三十女が捕まったからって、私が生き返るわけでもないんだから。

私にとって大切なのは淳くんのことだけ。

こんな姿になってしまったけれど、もし彼がこの部屋に来てくれたなら、きっと私の存在に気づいてくれる。そう強く思える。だから、もう一度だけ淳くんに逢わせてほしい。

ひと目だけでもいい。最後にもう一度だけ……。

3

話を終えた私を、二人は複雑そうな顔をして見ていた。

「亜里沙ちゃん、すごくつらい思いをしたんだね……」

美幸は口元を手で覆い、声を震わせた。細められた両目には涙がいっぱいに浮かんでいる。その隣で櫛備十三はじっと押し黙り、眉間に深い皺を寄せていた。

「先生、なんで黙ってるんですか。せっかく亜里沙ちゃんが話してくれたのに」

「ん、ああ、いや。ちゃんと聞いていたよ」

奥歯に物が挟まったような口ぶりで応じ、櫛備は肩をすくめた。

「だけどねえ、なんというか、ちょっと出来すぎな感じがするなあ」

「はぁ？　どういう意味ですか、それ？」

すかさず、美幸が異を唱えた。腕組みをして、今にも食ってかからんばかりの勢いで櫛備に詰め寄る。

「亜里沙ちゃんが嘘をついているとでも言うんですか？」

「いやいやいや、そんなことは言ってないじゃあないか。ちょっと落ち着いてくれよ」

両手を振りながら、櫛備は慌てて弁解する。

「だったら、ちゃんと説明してくださいよ。何がどう出来すぎだっていうんですか？」

「なんていうかなあ。まあ、よく出来たラブストーリーだとは思うよ。うん。でもねえ、君は少しこう、直情的というか、周りが見えていないんだよなあ。そのせいで、物事を客観的に見ることができないんだよ」

どこか哀れみを感じさせる口調を発しながら、櫛備は再び私の方を向いた。

「その淳くんとかいう男も、君に対して不義理を働いているようだし。君というものがありながら、他の女とも関係を持っていたんだろう？」

「それは……」

否定のしようもない事実だった。彼のことを信じていたとはいえ、私がつらい思いをしたのは間違いないし、彼の行動が誠実だったかどうかという点では疑問を持たれて当然だ。

「それに、そもそも君は未成年だ。彼と恋愛を始めた時は何歳だったの？　十六？

十七？　そんな君に平気で手を出していたのなら、僕はその淳くんとやらをあまり好きにはなれないなあ」

「か、身体の関係はありません。淳くんは、私が十八歳になるまではそういうことは我慢するって言ってくれました」

「ほう、プラトニックな関係というやつかい？　それはご立派だねえ。しかし、それが成立していたのも、彼が他の女で欲求を満たしていたからだろう？」

　私は返す言葉を失って黙り込んだ。すでに実体はないはずなのに、嚙みしめた唇に痛みが走る。

「もうやめてください先生。人生の酸いも甘いも経験して、身も心もすっかり汚い中年に成り下がった先生には、彼女の純愛は理解できないんですよ」

　沈黙を遮るようにして、美幸が横槍を入れた。

「そ、それはちょっと言い過ぎってもんだよ。僕にだって、報われない恋の炎に身を焦す気持ちくらい分かるさ」

「さあ、どうだか。それに亜里沙ちゃん達は結婚を考えて、付き合っていたんでしょう。相手がちゃんとした成人男性で、お互いに真剣なら何も問題ないじゃないですか」

「それはまあ、そうなんだろうけどねえ……」

「それに、霊だって広い意味で言えば一人の人間ですよ。誰かに話を聞いてほしかったり、慰められたい時だってあって当然じゃないですか。それなのに、ろくに話も聞かず一方的に霊力を振りかざして立ち退きを命じるなんて、とても人道的な行いとは言えません。そんなの、タチの悪い地上げ屋と一緒ですからね」

「うぅむ……」

追い打ちのように厳しい言葉を向けられてもなお、櫛備はまだ、私の願いを受け入れるかどうかを決めかねているようだった。

というか、面倒ごとに関わりたくないという本音があからさまに態度に現れている。しかし助手の美幸に強く求められた手前、無下にもできずジレンマに陥っているんだろう。

困り果てた末に、櫛備はがりがりと頭をかきむしる。きれいにセットされた髪の毛がもしゃもしゃと乱れた。

「もう、先生はいったい、何が不満なんですか？　亜里沙ちゃんを彼に会わせてあげましょうよ。それで彼女は満足するんですから。何もせず、ただここから消えてくれなんて、一方的にこっちの要求を突きつけるのは理不尽てものですよ」

「本当に君は正論をぶつけてくるねえ。僕にだってそれくらいわかっているんだよ。でもなんていうかなあ、そういう甘酸っぱいのはどうにも苦手なんだ。映画なんかでも、恋人同士の愛の囁きみたいなのを見ると、こそばゆくて蕁麻疹が出るんだよ」

　やや大げさに首の辺りに爪を立てる仕草をして、櫛備は顔をしかめた。それに対し、美幸はまるで理解を示そうとはせず、呆れたように首を振る。

「先生の趣味嗜好や敏感肌な体質なんてこの際どうだっていいんですよ。くだらないことを言っている暇があるなら、少しでも人様の役に立つ行動を取ってください。たまにはまともな人助けをしてくださいよ。じゃないとこの先、先生のことを本格的にクズ呼ばわりしますからね」

「むぅ……美幸ちゃん、今日は一段と僕のハートを抉ってくるじゃあないか。なんだか悪くなった牛乳をがぶ飲みした時みたいに腹を下しそうな気分だよ」

　櫛備は青白い顔をして、下っ腹を手でさすった。

「私は別に先生を攻撃しているわけじゃありません。同じ女の子として、彼女の味方になってるだけです。それがいけないことですか？　先生がここまで血の通わぬ機械のような人だとは思いませんでした。マッチングアプリで運命の人を選んでくれるＡＩの方が、よっぽど人間味がありますね」

　などと、その後も延々と吐き出され続ける美幸の小言を喰らいながらも、櫛備は頑固一徹、首を縦に振ろうとしない。私のために動くのが嫌というより、ただ単純に、厄介ごとを抱えたくないという気持ちの方が強いのかもしれない。

そんな彼の様子を見つめながら、私はたとえようのない虚しさに襲われていた。

生きていた頃、私と淳くんの関係は他の誰にも言えない秘密だった。もちろん、言ったところで理解されないことはわかっていたし、そのつもりもなかった。

あのろくでなしの父親ですらも、常識の範疇(はんちゅう)でものを考えろと諭(さと)してきたくらいだ。みんな自分のことなど棚に上げて、誰が決めたのかもわからないような常識を守ることに一生懸命なのだ。その秩序(ちつじょ)を破る人間は容赦なく攻撃される。この世界は、そういう風にできているから。

小さい頃から周りとうまく打ち解けられず、常に息苦しさを感じていた。悩みを打ち明けられる友達なんていなかったし、私自身、他人に興味なんて持てなかった。気づけばいつも独りぼっちで、どうすればそんな状態から抜け出せるのかすらもわからない。そんな私に、世間の常識や秩序などというものは、何もしてはくれなかった。

こんな姿になった私が、それでもこの世にしがみついているのは、すべて淳くんのためだ。淳くんの存在だけが、私の生きる意味だった。

最後にもう一度だけ彼に逢いたい。そう願うことは悪いことなんだろうか。

大それた願いなんだろうか。

「初恋、だったんだ……」

気づけばそう、呟いていた。

「こんなに誰かを大切に思ったことなんてなかった。今までずっと、誰にも必要とされてこなかったけど、淳くんだけは違った。私のこと、大事にしてくれた」

口に出すと、言葉が次々に溢れてくる。会ったばかりの人の前で、こんな風に喋るのは初めてだった。この人たちにはわかってほしい。そう、祈るような気持ちで、私は言葉を紡いでいく。

「淳くんはきっと苦しんでる。最後の瞬間に私のそばにいられなかった自分を責めてる。だから、その苦しみから解放してあげたい。私は大丈夫だよって言ってあげたい。彼に逢えないのはつらいけど、私のいない場所で彼が苦しむのはもっとつらいの」

「亜里沙ちゃん……」

美幸が悲痛な面持ちで一歩、私に歩み寄った。私が幽霊であることを忘れて、抱きしめようとしてくれたのかもしれない。

「だからお願い。ほんの少しでいいから、もう一度彼に逢いたい。そしたら、すぐにここから……いなく……」

最後まで言葉を発することができなくて、私は声を震わせ、その場に膝をついた。すぐに駆け寄ってきた美幸が、あたふたしながら「先生……」と控えめに、懇願するような声色で櫛備へ呼びかけた。

櫛備は低く唸るような声を漏らし、しばしの沈黙。

「まいったねえ。どうも」

それから、溜息混じりに吐き出した。

微かな希望を抱いて顔を上げると、櫛備はおもむろに上着の内ポケットからスマホを取り出し、どこかにコールした。

「――やあ、僕だ。悪いがちょっと頼みがあるんだよ。半年ほど前に扇町駅のそばのマンションで起きた殺人事件、確か君の署の管轄だろう？　現場に住んでいた男性の転居先なんてわかるかなあ？」

私ははっと息を呑み、反射的に美幸の方を向いた。彼女はそっと微笑み、「よかったね」と小声で囁く。

「え？　捜査情報は教えられない？　違うんだよ。そういうことじゃあなくて、その男性の居場所が知りた……ええ？　個人情報？　そう言わないでくれよ。僕と久我くんの仲なんだから。この前だって、殺人事件の情報をこっそり教えてくれただろう。なに？　誰かにバレたらマズい？　そんなこと僕にだってわかっているよ。……だめ？　この前のは一度きり？」

なにやら、手こずっている様子である。

櫛備はヘラヘラと軽薄な笑みを浮かべたまま、一応、困ったふりをするみたいに狡猾な光が宿っていた。

「弱ったなあ」などとのたまっているが、双眸には獲物を前にした蛇のように狡猾な光が宿っていた。

「そうか、わかったよ。だったら僕もこれ以上、君をかばいだてできないな。ん？　ああ、そうさ。二年前の『ししがしら』の件だよ」

――ししがしら？

何の脈絡もなく登場した意味不明なワードに、私は頭の中で疑問符を浮かべた。

「おいおいおい、そんなに大声を出さないでくれよ。僕だって本意じゃないんだ。でも、一市民としていつまでも黙っているわけにはいかないだろう？　もしもあのことが公になれば、君の立場は大いに脅かされるだろうけれど、まあ仕方がない。できることなら僕の胸の内に留めておきたいが、やはりねえ……」

櫛備の顔に、更に陰険そうな笑みが刻まれる。

「――え？　わかってくれたのかい？　いやあ嬉しいよ。やはり持つべきものは友達だ。君のように権力を持つ友達なら尚更だねえ。それじゃあ、連絡を待っているよ」

電話を終え、櫛備は小さく息をつくと改めて私を見下ろした。

「ということだよ。淳くんとやらの居場所はすぐにわかるだろう」

　何がどうなっているのか理解が追いつかず、私はただ呆然と櫛備を見上げた。

「おっと、勘違いしないでくれよ。僕は別に少女漫画からそのまんま持ってきたような汚れのない純愛物語に心を動かされたわけじゃあない。分別のある大人として、あくまで親切心から手を差し伸べようというだけだ」

　訊いてもいないのに、櫛備は言い訳がましい御託を並べたてる。その様子を見て、美幸は含み笑いを浮かべていた。

「本当ですかぁ？　先生、実は心の中で感動してたんじゃ？」

「違うったら違うよ。僕は本当に、お涙頂戴の感動話になんか興味はない。ただ、見てみたいんだ。うら若き少女をそこまでの気持ちにさせるろくでなしのプレイボーイのご尊顔というやつをさ」

　どこか皮肉げな口調で、櫛備は手中の杖を弄んだ。

「じゃあ、そういうことにしておきましょう。でも、私は最初からわかってましたよ。先生ならきっとどうにかしてくれるって。なんと言っても、先生は今世紀最強のインチキ霊媒師ですから」

　美幸が何故か得意顔になって鼻を鳴らした。褒めているのか、けなしているのかよくわからないが、櫛備の決断に安堵した様子ではあった。

「う、うん、あまり褒められている気がしないけれど、まあ良しとしようか」

不満げに漏らしながらも、櫛備はどこか照れくさそうに鼻の頭をかいた。

「……ありがとう……あり……がと……」

頬を伝う涙に構いもせず、私は何度もそう繰り返した。

4

二日後の夜、櫛備と美幸は再びこの部屋にやってきた。

「会ってきたよ、横江淳くんに」

真っ先にそう言って、櫛備は感慨深そうに息をついた。

「君が夢中になるのも無理はない。顔良し、人当たりも良し、清潔感あふれる好青年だったねえ。まあ、身長は僕の方が高かったが」

「それ以外は全部彼の勝ちですから、大した問題じゃないです」

美幸にバッサリと切り捨てられ櫛備は恨めしそうに舌打ちをする。

「とにかく、だ。君が想像した通り、彼はひどく落ち込んでいたよ。突然訪ねた僕に対しては気丈に振る舞っていたが、婚約者が殺されたダメージはしっかりと彼を憔悴させている。事件の後で、十キロも痩せたと言っていたしねえ」

そう聞いて、私はひどくやりきれない気持ちになった。彼のことだから精神的に参っているのではないかと思っていたけれど、改めてそう言われると心臓をわし摑みにされたみたいに息が詰まる。

「淳くんはどうしているんですか？　ちゃんと……」

思いばかりが先走り、うまく言葉を吐き出せない。そんな私の心中を察してか、櫛備はなだめるような口調を向けてきた。

「なんとか生きようとしている。というのが率直な感想だよ。休んでいた仕事にも最近復帰してね。事件のことは忘れたいのだとしきりに言っていたが、そうするにはまだ時間が必要だろうねえ」

そう言われて束の間、私は安堵した。しかし続く言葉を聞いて、更に胸が締めつけられる。

「だからこそ、彼にありのままを話すのは心苦しかった。君が旅立てずにここに留まっていると伝えることは、ぱっくりと開いた彼の傷口に塩を擦り込む行為に他ならないわけだし。ああ、もちろん犯人のことは黙っておいたよ。あんな状態の彼に真実を告げたら、何をするかわからないからねえ。とはいえ、君ともう一人の女性を殺した三十女に関して、警察が動き出すのは時間の問題だ」

それを聞いて、私は思わず胸をなでおろしていた。

先日、櫛備が電話をかけていた警察関係者に働きかけてくれたのだろうか。私はもはや、あの三十女に対して何も感じてはいないが、それでも野放しにされているよりは捕まえてくれた方がいいに決まっている。

「それで、淳くんはなんて……？」

話の先を促すと、櫛備はわずかに美幸を一瞥し、二人揃って言いづらそうに眉を寄せる。

「最初はとても怒っていたわ。当然だと思う。先生があなたの頼みを聞いてやってきたということが信じられなかったみたい」

美幸がどこか申し訳なさそうに言った。すると間髪入れずに、櫛備が口をへの字にして、

「その点に関しては、僕は非常に憤りを感じたよ。君の婚約者はあろうことか、僕をインチキ呼ばわりしてねえ。ふざけるなだの帰れだのと暴言を吐かれ、危うく門前払いにされるところだった。まったく失礼極まりない侮辱じゃあないか」

「いえ、先生がインチキなのは事実ですから、侮辱とは違います。もう一度亜里沙ちゃんに会わせてやるから、報酬をよこせなんて図々しく要求したのはどこの誰ですか」

美幸が鋭く切り返すと、櫛備は痛いところを衝かれたとばかりに顔をしかめて狼

狽えた。

「う、嘘はついてないだろう。ちょっと仲介料をもらおうとしただけだ」

「そういうところがこすいって言ってるんです。金目当てのペテン師だと思われたって、文句は言えませんよ」

「ぐっ……しかし、僕だって霞を食べて生きているわけじゃあない。最低限の生活費は必要なんだよ。僕が金を稼がないと、美幸ちゃんだって困るだろう？」

「だからって、罪もない人からせしめるのは詐欺行為です。訴えられてもいいんですか？　先生はもう少し、一般的なモラルってものを身に付けてください」

二回り近く年下であろう女性にこうまで言われて、櫛備はさすがに自尊心が傷ついたのか、むっつりと不服そうにそっぽを向いた。

「あの、それで淳くんは……？」

話がこれ以上脱線しないよう再度促すと、櫛備は取り繕うように咳払いをして、話を再開した。

「結論から言うと、彼がここへ来るかどうかは五分五分といったところだよ。僕の熱心な説得のおかげで、君が幽霊になって彼を待っているということは信じてもらえた。それに彼自身、もともと魂の存在に肯定的だったようだし、最後にもう一度君に会いたいという気持ちが強いみたいでねえ」

「よかった。それで彼はいつ来てくれるの？」

私が身を乗り出すのを、櫛備は頭を振って冷静に制した。

「だから言ったはずだよ。五分五分だと」

「え、どうして……？」

困惑する私に助け舟を出すように、美幸がその先を引き継いだ。

「彼はいま、亜里沙ちゃんのいない人生を懸命に歩き出そうとしてる。まだ半年しか経っていないのにって思うかもしれないけど、彼なりに必死に前を向こうとしているの。たぶん、支えてくれる人がいるんじゃないかな」

「それって、新しいひとがいるってこと……？」

美幸は複雑そうな顔でうなずいた。

私は息が詰まる思いで彼女の顔を見つめていた。その事実をどう受け止めるべきか判断がつかず、対処しきれないあらゆる感情が胸の内でせめぎ合っている。

美幸の言う通り、私が死んでからまだ半年しか経っていない。それが長いのか短いのかも今の私にはわからない。

幽霊になってからの私は、いつもこうして意志を持って行動しているわけじゃなく、眠っているような状態と覚醒している状態を交互に繰り返している。それは睡眠を取るようなものとは違い、数日空く時もあれば、数時間単位で覚醒する時もある。そこに決まった法則はないように思うけど、一つ確かなのは誰かがこの部屋に入ってきた時、まず間違いなく私は覚醒するということ。

生きていた頃のように、毎日決まった時間に何かをすることはなくなったし、時間という概念に縛られないのはある意味で気楽だった。それに話し相手がいなくても、淳くんのことを考えたり、二人の思い出に浸っていれば退屈せずに済んだ。だから、この半年間はどちらかというと、長いようで短い時間だったと言っていい。

けれど淳くんは私とは違う。生きていればお腹は減るし、お金だって必要だ。彼は掃除や洗濯が苦手だから、部屋は荒れていくだろう。私がしているように、思い出の中に閉じこもって生きていくなんてできないというのも理解できる。

でも……それでも……。

「亜里沙ちゃん、大丈夫？」

美幸が心配そうに覗き込んでくる。私は気丈に頷いてみせ、零れそうになる涙をぐっとこらえた。

「仕方のないことだと思います。そのひとが淳くんを支えてくれたおかげで、彼が自暴自棄にならずに済んだと思えば、感謝しないと……」

かろうじて口にする。目頭が熱くなった。

これが本当に自分のものかと疑いたくなるほど、私の声は無様に震えていた。

「彼は新しい人生を歩み始めている。これからゆっくりと時間をかけて君のことを忘れていくだろう。だが、それは彼が薄情だからじゃあない。美幸ちゃんが言ったように、前に進もうとしているだけなんだ。君の時間は止まってしまったが、彼の時間は刻まれ続けている。彼の意志とは無関係にね。君たちの間には、何をしても埋められない大きな溝ができてしまったんだよ」

　教え諭すような口調で櫛備はそう告げた。うつむいた私は、返す言葉を見つけられない。

「だが、そう悲観することもないさ。悲しみに向き合うことが本当の意味での決別に繋がることだってあるんだ。もう一度君に会ってさよならを言えば、彼の中にわだかまる苦悩が晴れるかもしれない。だからこそ彼は迷っているんだ。重要なのは彼がそういう覚悟を決めてここへ来ることさ。無理強いをせず、決断を彼に委ねたのもそういう理由があるからだよ」

　そこで一呼吸置いてから、櫛備は私を励まそうとするみたいに、熱の入った声でこう続けた。

「だから待つとしよう。もし彼が君に会う決意を固められたなら、今夜零時までにここへ来る約束になっている。逆にやってこなければ、そのまま君を忘れるということだ。どちらの結末になるにせよ、君自身も踏ん切りがつくだろう」

私たちは輪になってリビングの床に座り込んでいた。

二人がやってきてからすでに数時間が経過している。最初のうちは、櫛備がこれまでに関わった心霊現象についての武勇伝を聞かされていたが、私がさほどいい反応を見せないせいか、徐々に口数は減っていった。こんな状況だからか、美幸も少し気づまりな様子で黙り込んでいる。

結局、会話らしい会話もないまま、無為な時間だけが過ぎていった。

「――先生、今何時ですか？」

「ん、ああ。十一時四十五分を過ぎた」

あと十五分。やっぱり、来てくれないのかな。

そう内心で呟いてから、それも仕方がないのかもしれないと思い直した。

淳くんは本当に私を大切にしてくれた。愛してくれていた。私に彼しかいなかったのと同じように、彼が本当に気を許し、素顔を見せてくれる相手も私しかいなかった。その私が死んでしまったことは、淳くんにとってまさしくその身を引き裂かれるような出来事だったに違いない。

淳くんが私に会うのを躊躇う（ためらう）のは、単にその決意が固まらないだけではなく、今も捕まらぬ犯人に対し、絶え間のない怒りを覚えているからだろう。婚約者を奪われた憎しみの炎はそのまま彼の優しい心までをも焼き尽くし、復讐という言葉が四六時中、頭の中を埋め尽くす。けれど、彼は犯人の正体を知らない。復讐は果たされず、宙ぶらりんになった彼の気持ちは行き場を失って彷徨うばかりだ。

そんな状態で私と再会しても、苦しむだけなのは火を見るよりも明らかだった。

――でも、それでも私は、彼に逢いたい。

犯人なんてどうでもいい。そんなことよりも、もっとずっと伝えたいことがある。復讐なんか考えないで、もとの心安らかな彼に戻ってほしい。

姿が見えなくても、存在を感じられなくても、私はそばにいる。いつだって見守ってる。たとえ彼が私を忘れてしまっても、私は絶対に忘れない。

だから、安心してと。

そう、決意を新たにする私をあざ笑うかのように、時間は刻一刻と過ぎていく。

櫛備が言ったように私の時間は流れないけれど、この世界は着実に先へ進もうとしている。どれだけ祈ろうとも、決して待ってはくれないだろう。

「あと、十分だ」

櫛備が再び時計を確認した。

美幸が息をするのも苦しそうな表情で私を見やる。焦っているんだろう。言うまでもないけど私だって同じだ。

焦れば焦るほど、時間の流れが早く感じられ、それに伴って感情の泉の中から、諦めの気持ちが浮上してくる。

「……ふたりとも、ありがとう」

ふと、そんな言葉が口をついて出た。

「どうしたの、亜里沙ちゃん？」

美幸が軽く首を傾げ、怪訝そうに眉を寄せた。

「私のために色々してくれて嬉しかった。あなたたちには本当に感謝してる」

「ふむ、随分と殊勝(しゅしょう)な発言だ。若いのに感心だよ。だが、らしくないな。まるで別れの挨拶でもしようとしているみたいじゃあないか」

櫛備の指摘が何故か面白くて、私はぷっと噴き出してしまった。揃って不思議そうに眉根を寄せている二人に向かい、私は宣言する。

「――もし彼が来なくても、私はここからいなくなります」

「……ほう」

「えっ、本気なの？」

各々の反応を見せる二人を交互に見据え、私は立ち上がった。窓ガラスの向こうには、ぽつりぽつりと街の明かりが瞬(また)いている。

「だって、淳くんに逢えないんだったら、もうここに留まる理由もないから。今まではいつか来てくれるって期待してたから寂しくなかった。待っていれば淳くんに逢えるって思ってたから耐えられた。その望みがないんだったら、もう頑張れそうにないから……」

無理して浮かべた笑顔は、二人には自虐的に映っただろうか。美幸は哀しげな眼差しで私を見つめ、櫛備は険しい表情のまま無言を貫いている。

「それにね、時間が経てば経つほど、自分の中から何かがちょっとずつ無くなっているのがわかるんだ。記憶とか、感情とか、人間性みたいなものが少しずつ溶けて崩れる南極の氷みたいにね。そのことがどうしようもなく嫌で、ムカついて、誰かに八つ当たりしたくなる。この部屋で物音がするとか、叫び声が聞こえるとかそういうのは、全部私がそういう気分の時に起きているんだと思う。やめようとしても自分ではどうしようもできないし、だんだん抑えがきかなくなってきてる。もしかすると他の幽霊もそうなのかな？」

どちらに訊ねるでもない曖昧な問いかけ。

答えたのは櫛備だった。

「これはあくまで僕がそう理解しているだけの事柄になるんだが、魂や霊魂、あるいは霊体である君のような存在は、そのままの状態で永劫の時を過ごせるわけではない。本来なら肉体に収まっているべきものが裸のままでこの世界に放り出されている以上、必ず弊害はあるんだよ。その一つとして、意識の混濁（こんだく）や記憶の消失、あるいは人間性の欠落が挙げられる。簡単に言えば、自分を失ってしまうんだ」

　自身のこめかみを人差し指でつつき、櫛備は続けた。

「自分が何故ここにいるのかがわからないばかりか、名前すらも思い出せない。家族の顔も記憶から消え去り、自己を自己たらしめる思い出が波にさらわれるようにして失われていく。やがて、自らの境遇に怒りを覚え、その矛先（ほこさき）は呑気（のんき）に生き続けている人間へと向けられるのさ。わざわざ説明しなくても、君はそのことを理解しているようだがねえ」

　私はそっとうなずいた。彼の言葉は私の感じていることを的確に示している。

「このまま留まり続けていたら、君は本当に自分を見失ってしまい、誰彼構わず危害を加えるようになる。芸のない表現だが、文字通りの悪霊（あくりょう）になる可能性が高いということさ」

　櫛備の言う通り、このままでいたら確実に私は私でなくなる。淳くんという心の支えを失った後なら、尚更だ。自分の境遇に怒りを覚えるのは当然だけど、だからって無関係な人を傷つけてまで存在していたくない。

　だから、私は消えることにする。

彼との思い出が私の中から消えてしまう前に今度こそ、この世を去るんだ。

「亜里沙ちゃん、あなたはそれで本当に満足なの？」

美幸は目に涙を浮かべ、けれどそれを悟られまいとして、懸命に唇を嚙みしめている。その表情にぐっとくるものを感じて、私の視界は涙にぼやけた。

「うん。ありがとう、美幸さん」

震える声で告げると、美幸はそれ以上何も言わなかった。ただ苦しそうに、そしてどこか悔しそうに視線を伏せ、私に背を向けてごしごしと目元をこすっている。

「櫛備さんも、ありがとう」

「僕は別に、感謝されるようなことはしていないよ。前にも言った通り、君の彼氏のご尊顔を拝したかっただけだからねえ」

照れ隠しのつもりなのか、それとも本当にそう思っているのか判断に困る物言いで、櫛備は手にした杖の柄を弄ぶ。

でも、そんなのはどっちでもいい。私が感謝しているのは事実だった。

「あのね、私、本当は――」

口にしかけた言葉は、ピピ、と鳴り響いた電子音によって遮られてしまう。

「――約束の時間だ」

腕時計のアラームを止めて、櫛備が静かにそう告げた。

これで、終わり。

油断するとまだ未練がましくなってしまいそうな自分を抑え込むためにも、私はそう内心で呟いた。

次の瞬間、真夜中だというのに、どこからともなくまばゆい光が私を照らしていることに気がついた。温かくて心地いい。まるで生まれたばかりの赤ん坊になって、母親の腕に優しく抱かれているかのような感覚。

これが、私が次に向かう場所……？

そう思うと同時に、胸を占めていた恐怖や不安が嘘みたいに消え去り、安らかなぬくもりが心の中を満たしていった。

二人には、この光は見えていないらしく、困惑しながら、きょろきょろと室内を見回している。

もうすぐ私の姿も、彼らには見えなくなってしまうんだろう。

「亜里沙ちゃん……！」

思い詰めたような声で美幸が私を呼んだ。てっきり最後のさよならを告げるつもりなのかと思ったけれど、そうじゃないことがすぐにわかる。

がちゃ、と音がして、玄関の扉が開いた。外廊下の明かりを背負い、誰かが中に入ってくる。

「……淳くん？」

呼びかけるように呟き、リビングにやってきた彼の顔を見た瞬間、私は雷に打たれたような気持ちで我に返った。

今の今まで私を包み込んでいた暖かな光は瞬時に消え去り、頼りない台所の明かりだけが、冷え切ったリビングを照らしている。

「……アリサ……なのか？」

長い時間を共に過ごしたこの部屋で、私たちは再び向かい合っていた。互いに言葉が見当たらず、淳くんは私の姿が幻ではないかと心配するみたいに、何度も目をこすっている。

そんな私たちの様子を前に、杖をつき、右脚をかばいながら立ち上がった櫛備は、ひどいショックを受けたように顔を強張（こわば）らせて、淳くんへと歩み寄った。

「――どういうことだ。あれほど来てはいけないと言ったじゃあないか」

「はぁ……でも俺、どうしても……」

ばつが悪そうに視線を伏せた淳くんを前に、櫛備は自らの額に手をやって深く嘆息した。

「忠告したはずだ。ここへ来れば君に危険が及ぶと。彼女はもう、君の知る彼女では……」

「それはわかってます。でも、やっぱり彼女に謝りたいんです。彼女がこんなことになったのは、そもそも俺のせいだから。俺はただ、ちょっとした不満を口にしただけで……」

「やめるんだ。今はそんな話をしている場合では……」

淳くんの言葉を遮って、櫛備は小刻みに頭を振った。それから、肩越しに私を窺うように見る。その顔からは、さっきまでの余裕は嘘のように消え去っていた。

その様子に何か不穏なものを感じはしたけれど、そんなものは、ようやく再会できた淳くんを目の前にした今となっては、取るに足らない些細なことでしかなかった。私は改めて淳くんの姿をじっと見つめる。久しぶりに見る淳くんの頬はこけ、身体はほっそりしていたけれど顔色は良かった。声だって、予想していたより元気そうだ。そのことが素直に嬉しくて、私の胸は知らず高鳴っていた。

「ちょっと先生、どうしたんですか？　何を慌ててるんです？　せっかく二人の再会が叶ったのに。あ、もしかしてアレですか。恋人同士の涙の再会に感動しちゃってるとか？」

からかうように言った美幸に対し、櫛備はかっと目を見開いて怒声を発した。

「そんなことを言っている場合じゃあない！　とにかく彼をここから――」

言いながら、櫛備が淳くんの肩に手を触れようとした瞬間、その身体が凄まじい勢いで跳ね飛ばされた。リビングの壁に激突し、そのまま床に倒れ込む。

「先生！」

美幸が悲鳴混じりの声を上げながら、櫛備のもとへと駆け寄った。

「うぐ……うぅっ！」

美幸が手を触れるより早く、櫛備の身体は見えない力によって引きずられ、フローリングの床の上を滑っては淳くんの横を通り過ぎ、廊下へ放り出されていった。

「何よこれ、どうなってるの？　まさか亜里沙ちゃん、あなたが……？」

疑惑に満ちた美幸の声が私に向けられる。驚愕と怯えに満ちた彼女の顔をじっと見返しながら、私は口元にだけ微かな笑みを浮かべた。

「——外野は黙ってて」

自分でも驚くくらいに冷徹な声が出た。

美幸は何か言いたげに私をじっと見つめていたが、やがて視線を外し、廊下でうめき声を上げる櫛備の後を追ってリビングを出ていく。

何が起きたのかと目を白黒させている淳くんの傍らで、リビングのドアがひとりでに閉まった。

一瞬にして静寂に包まれる室内、そこに残されたのは私と淳くんだけだった。

「淳くん……嬉しいよ……やっと逢えた……」

一歩、また一歩と彼に近づきながら、私は声を震わせた。

「どうしたの淳くん？　なんで黙ってるの？」

気づけば淳くんは何かに怯えるような顔をして、私の顔をじっと覗き込んでいた。まるで見知らぬ誰かに対するようなその視線がひどく他人行儀に感じられ、私の胸がキリキリと痛む。

「……ごめん、驚くよね。久しぶりに逢えたのに、私こんなだから……。でも安心して。何も変わってないよ。どんな姿でも私は私だからね」

「あの……」

淳くんはようやく何か言おうとして口を開いたけれど、それっきり言葉を失ってしまったみたいに押し黙った。

怪訝そうに細められていた目はいつしか、疑惑と驚きの色に転じつつある。

とにかく声をかけなくては。少しでも彼の不安を取り除いてあげよう。そう思いながら、私は更に一歩足を踏み出す。

「淳くん、ずっとつらかったよね。私もつらかったよ。毎日逢いたいと思ってた。何もかもどうでもよくなったけど、淳くんのことだけはずっと忘れられなかった。当然だよね。だって私たち、もうすぐけっこ――」

「――君は、誰だ？」

私の言葉を遮って、淳くんははっきりとそう告げた。

私は、彼の言ったことがすぐには理解できなくて、信じられなくて、数秒間固まってしまった。

「なに言ってるの？　私、亜里沙だよ」

混乱してしまうのも無理はない。死んでしまった人間がこうして目の前にいるのだから、それを事実と受け止めるのは簡単なことじゃない。それくらい私にも想像がつく。淳くんの混乱を解消してあげるためにも、私は努めて明るく振る舞った。

それでも淳くんの表情は強張る一方で、小刻みに首を横に振りながら、彼はわずかに後ずさった。

「……違う。君は……アリサじゃない」

「どうしたの淳くん。ほら、もっとよく見て？　私、亜里沙だよ。あなたの婚約者じゃない」

淳くんは更に首を大きく横に振る。それから私を指差して声を荒らげた。

「違う、違う違う！　アリサは俺の婚約者だった人だ。君じゃない！」

「だから、それが私だってば。ねえ、大丈夫？　いくらショックが大きいからって、私の顔を忘れちゃったなんてことないよね？」

手を伸ばした私から逃げるようにして淳くんは後退し、背中をリビングの壁に押しつけた。

「ほら見てこの指輪。あなたがくれたものだよ。ちゃんと名前も彫ってくれたよね？『Ｔｏ　Ａｒｉｓａ』って」

　突き出した私の左手と顔とを交互に見据えながら、淳くんは半開きにさせた口から小刻みな呼吸を繰り返す。天敵に襲われた小動物のように怯え切ったその表情は、やがてゆっくりと、驚愕へと転じていった。

「……もしかして、君はアリサが殺された事件の時に、巻き添えを食って殺された女の子か？　この隣の部屋の……」

　淳くんは呻くような声で呟きながら、自分の言葉に納得したように何度もうなずいた。けどそれは事実と違う。私は巻き添えを食ったわけじゃない。犯人は淳くんの婚約者である『私』を殺そうとしたんだから。

「違うよ。巻き添えになったのは、この指輪を盗もうとした泥棒女の方だよ」

「そうじゃない！　彼女は泥棒なんかじゃないんだ。彼女は——乾有紗（いぬいありさ）は、俺の婚約者だった人だ」

　そう告げてから、淳くんはかわいそうなくらい震える指先で私を指した。

「君はこの部屋の隣に住んでた、あの頭のおかしな男の娘だろう。何度か顔を合わせたことがあるから覚えてる。高校に行かずに引きこもってた暗くて陰気な子だ」

私は言葉に詰まった。淳くんの言う通り、確かに私は隣に住んでいたし、父親は頭のおかしい飲んだくれだった。引きこもってもいたし、暗くて陰気なのも認める。けど、私は淳くんの婚約者だ。それだけは絶対に譲れない。彼はきっと混乱して、そのことを忘れているんだ。

「……かわいそうにね。淳くん、そこまで思いつめてたんだ。私のこと忘れたくて、そんな風に事実をねじ曲げて理解しようとしてるんでしょ？　でももう、そんな無理はしなくていいんだよ」

「違う。何度言わせるんだ。君は有紗じゃない。俺と君はただの隣人で、何度か食事をお裾分けしてもらったことはあるけど、それ以上の関係じゃないだろう？」

そう、諭すように言った淳くんは、とにかく必死の形相をしていた。自分の妄想を私に押しつけようとして、もう破れかぶれという感じなのだろう。

私がちゃんと、事実を教えてあげないと。

「淳くん、いいんだよ。私怒ったりしないから。ちゃんと教えてあげるね。私と淳くんがどんな風に出会って仲を深めていったのか。どれだけ愛し合っていたか。あなたが忘れてしまっても、私が全部覚えてるからね」

「何を言って……」

反論しようとする淳くんを強引に遮って、私は続けた。

「ご飯だけじゃない、掃除だってたくさんしたよ。淳くんが仕事に行ってる間、私はあなたのベッドで何度も眠ったし、脱ぎ散らかした服とか下着も持って帰って洗ってあげた。お風呂やトイレだって、いつもきれいだったでしょ？　それに淳くん、歯ブラシを滅多に替えないから、私が代わりに交換してあげてたんだよ。古いのは持って帰って全部取っておいたんだけど、きっとお父さんに処分されちゃったよね。淳くんに気づかれないように、押し入れの中とかベッドの下で夜を明かしたこともあったんだよ。仕事の愚痴とか、テレビを見ながら独り言ばかり言う癖も知ってる。他の女の人を連れ込んでる時だってそう。ほら、このマンション壁が薄いじゃない？　自分の部屋の壁に穴を開けて、耳を澄ましていたら淳くんの話し声がよく聞こえたもの。いつも同じ部屋にいられなくても、私はずっと淳くんの声を聴いてた。生活する音を聴いてた。疲れて眠ってる時、おかしな寝言を言う癖があること、知ってた？」

「やめろ！　なんなんだよ君は……。俺のストーカーなのか⁉」

悲痛そうにその顔をわななかせて、淳くんは喚き散らした。

「ストーカー？　何それ、そんなわけないでしょ。私たち愛し合ってるんだよ？」

「そんなの、君の一方的な思い込み……」

何か言おうとする淳くんを再び遮って、私はもう一度、左手の薬指に嵌まった指輪を掲げて見せる。

「この指輪が証拠じゃない。気づいてなかったかもしれないけど、淳くんがプロポーズの練習してたこと、私知ってるんだよ。『アリサ、一生僕と一緒にいてほしい。死んでも君を愛してる』って、言ってくれたよね。私、あの言葉が嬉しくてたまらなかった。面と向かってプロポーズされたわけではなかったけど、淳くんの気持ちはちゃんと受け取ったよ。タンスに隠してたこの指輪を見つけた時は、私、こらえきれずに泣いちゃった」

自分でも驚くほど言葉が溢れてくる。この半年間、彼と逢えなかった間に溜まりに溜まった愛情が濁流となって押し寄せてくるのがはっきりとわかった。

淳くんは呆然として、つぶらで愛らしいその瞳を白黒させている。きっと驚いて言葉も出ないんだろう。

「でもごめんね。嬉しくてつい、お父さんに淳くんと結婚してこの家を出ていくって言ったら、お父さん怒って淳くんの所に押しかけたんだよね。まだ未成年の私に手を出すなんてどうかしてるなんて言ってさ。でもあんな人のことなんて気にしなくていいんだよ。だって私はもう大人だもん」

「……そうか、それであいつ、俺を……」

今更ながら合点がいったように、淳くんは呟いた。

ようやく事態が飲み込めてきたのか、怯え切っていた彼の顔に、少しずつ理性の光が戻ってきている。

「……もしかして、君は犯人の顔を見たのか？　何か話をしたのか？」

しばし黙り込んだ後で、淳くんはふと顔を上げ、そう訊ねてきた。

「犯人？　そんなの、もうどうでもいいじゃない。犯人がわかったって私は生き返らないいんだもん。それに私の頭の中は淳くんでいっぱいなの。他のことなんてもうほとんど忘れちゃったよ。今はこうして一緒にいられるんだから、それ以上に大事なことなんてないよ」

「……違う。違うんだよ。その指輪は有紗のために用意したんだ。あの事件の後もこれだけは捨てられなくて持っていたんだ。この間、彼女に渡すまでは……」

そこで不意に言葉を切って、淳くんは私から視線を逸らした。まるで言いづらいことを隠そうとするみたいに。

「……だから、君がその指輪を持ってるわけがないんだ」

——捨てる？　持っているはずがない？

それらの意味不明な言葉を怪訝に感じながら、私は改めて自分の左手をまじまじと見つめる。

次の瞬間、見慣れた指輪にノイズが走り、やがてふっと私の指から消え去った。

「なに、これ……どういうこと？」

呆けたように呟き、淳くんへと視線を転じた。私には戯言にしか聞こえない彼の言葉が、少しずつ実体を持とうとしている。

彼の思い込みが、私たちの思い出を壊そうとしているんだ。

そう感じた瞬間、私の胸の中で、何かが大きな音を立て砕け散った。

ずっと抑え込み続けていた、黒くて汚らわしい何かが。

「わかっただろ？　全部君の妄想なんだよ。たぶん、病気だったんだ。ずっと家に引きこもってたようだし、母親も出ていったんだろう？　あんな父親がいたんじゃ当然さ。だから君は、誰かの愛情に飢えてたんだよ。それで俺に執着して……」

自分の言葉に酔いしれるかのように、淳くんは何度もうなずき、訳のわからないことを並べ立てている。

「だから、目を覚ましてくれよ。俺は君のことなんて一度も……」

「私はちゃんと覚えてるの！」

いい加減なことばかり言う彼に怒りを覚え、私は声を荒げた。

ぴし、と大きな音がして、窓ガラスに亀裂が走る。目に見えない力の波動のようなものが全身から発せられたのがわかった。

自分の顔を守るように両手を上げた淳くんは、突然の出来事に困惑しながら肩を震わせている。

「目を覚ますのは淳くんの方でしょ？　私たちはたくさん愛し合ったんだよ。確かにお互いに触れ合ったことはなかったけど、心ではちゃんと通じ合ってた。私たちは二人で一つだったじゃない。あなたは私を求めてくれた。私もそれに応えた。今だってそう。だからこうして逢いに来てくれたんでしょう？」

　どうしてわかってくれないの。と内心で叫んだ瞬間、全身の毛穴から噴き出した強い力が再び室内の空気を震わせた。部屋のあちこちでビシバシと何かを叩きつけるような音がして、淳くんはその顔を恐怖に歪めた。彼の吐き出す息は白く、全身が小刻みに震えている。

　私はもう一度、左手の薬指を見た。消え去ったはずの指輪は、いつもと変わらずそこにあった。目を細めたくなるほどの輝きをもって。

　なぁんだ。やっぱり淳くんの勘違いじゃない。

「ねえ淳くん。どうしてわかってくれないの？　本当は忘れてなんかいないんでしょう？」

　一歩前に踏み出すと、淳くんは再び壁に背中を押し当て、どうにかして私から遠ざかろうとする。何か恐ろしいものでも見るようなその目が、私の心を逆なでした。ちりちりとささくれだった神経が刺激され、イライラして仕方がない。

った。

「やめろ……もうやめてくれ……」

淳くんはリビングのドアに取り縋りノブを回した。けれどドアは開かない。まるでそこだけ凍りついてしまったみたいに、ぴったりと張り合わさてびくともしなかった。

「どこにも行かないで。私と一緒にいてよ」

「ひ、ひぃぃぃ！」

耳元で囁くと、淳くんは腰が抜けたみたいにしゃがみ込んで、頭を抱えてうずくまった。

「わかった。もうわかったから！　俺が悪かった！」

「どうして謝るの？　淳くんは何も悪くない。少し混乱してるだけだよね？」

怯えきった彼の姿に、私はたとえようのない高揚感を覚えていた。おばけを怖がる幼い子供が夜中、トイレに行けなくて困っている姿によく似ている。

今まで以上に、こらえきれないほどの愛しさがこみ上げてきた。

「怖がらないで。思い出せなくてもいいんだよ。もう怒ったりしないから」

優しく語りかけると、淳くんはおずおずと顔を上げ、私の表情を窺った。涙で濡れそぼった瞳は、わずかな希望を見出したかのように揺れている。

「解放してくれるのか？　ここから出してくれるのか？」

一つ、うなずいて見せると、その希望の光は更に強まった。

「櫛備さんとの約束もあるし。私もうここにいる必要はなくなったから」

「……そ、そうか。ありがとう。ありがとう――」

心からほっとした様子で繰り返す淳くんがとにかく愛しくて、つい笑顔がこぼれてしまう。これ以上彼を不安にさせないためにも、私は最高の提案を口にした。

「だからさ、一緒に行こう？」

へ、と空気の抜けるような声を発して、淳くんは表情を失った。

私はめいっぱい愛情を込めた眼差しで彼を見つめたまま、ブラウスのボタンを一つ、二つと外していく。

私の行動の意味を計りかねたのか、あるいはもう反応する気力すらも残っていないのか、淳くんは無言で私を見つめたまま、微動だにしなかった。

「二人一緒なら、怖くないからね」

ボタンをはずし終えて胸元を開くと、そこには大きな穴が開いていた。本来あるはずの私の身体はすでに存在せず、ただ黒く塗りつぶされた底なしの闇が大口を開けている。

淳くんは瘧にかかったみたいにがくがくと震えながら、もはや抵抗する意志すらも失った様子でその目を大きく見開いている。

私は両手を広げ、ゆっくりと慈しむような動作で彼の頭を包み込み、そっと抱き寄せた。

私の中に、彼が入ってくる。その感覚を味わいながら、私は眩暈がするような恍惚感に満たされた。彼と私は一つになり、そしてごうごうと嵐のように吹きすさぶ闇の窖へと真っ逆さまに落ちていく。

やっぱり、ひと目見るだけなんて耐えられない。

淳くんを置いて、一人でどこかへ行くなんてできない。

もう、離さないから――。

5

翌朝、静まり返ったマンションの一室にやってきた不動産会社の女性社員は、廊下の壁にもたれかかって座り込んでいる櫛備を前にして、ひっと悲鳴じみた声を上げた。

白濱というその女性社員は、櫛備が夜通し除霊を行っていたと勘違いしたらしく、彼を労るように声をかけ、手を貸して立ち上がらせた。

「それで先生、除霊の方はいかがでしたか？」

「……ええ、この部屋から、霊は消え去りました……」

昨日のような軽口も、軽妙なやり取りもなく、どこか沈んだ様子の櫛備に不信感を抱きはしたものの、白濱は櫛備の言葉を鵜呑みにし、リビングに踏み入る。それから、大きく息を吸い込んだ。

「わあ、さすがは櫛備先生ですね。部屋の空気が全然違います。なんだか新築の物件みたいに晴れやかですわ。気のせいかもしれないけど、リビングの日当たりも良くなった気がします」

それはたぶん気のせいだろう。と思いながらも、美幸は二人の会話を邪魔しないように無言を貫いていた。

「先生はいったい、どんな方法で霊を退治されたんですか？」

興味津々、とばかりに白濱が問いかける。

「いえ、特別なことは何も。前回説明したように、この部屋は多くの浮遊霊の通り道――いわゆる霊道と化していました。ですから、密教の本山である高野山の寺院で厳しい修行を積んだ高名な僧侶より伝授されし秘術でもって霊道を塞ぎ、悪しきものが入ってこられなくしたのです」

もちろんデタラメである。多くの霊など最初からいないし、密教系の秘術など櫛備は知りもしないはずだ。しかし彼の無責任な大嘘はかえって白濱を納得させるだけの説得力を発揮したらしい。彼女は「はぁー」とか「ふぅーん」とか大げさなほどに感心を示し、興味深げに何度もうなずいていた。

「素晴らしいお仕事ぶりですわ。これで近隣住民からの苦情もなくなるし、新しい借り手もつきます。窓ガラスは交換しなくてはならないけれど、必要経費と思えば安いものですね」

白濱は嬉々とした表情で言いながら、亀裂の入った窓ガラスを指でつついている。

「オーナーもきっと喜びます。櫛備先生には本当にお世話になって――あ、そうだ。忘れちゃいけないわ。これ、お納めください」

白濱はバッグから取り出したぶ厚い封筒を櫛備へと差し出す。「これはどうも」と封筒を受け取った櫛備の顔に、普段のような浮ついた表情は浮かんでいない。昨夜の出来事が、いまだ尾を引いているのだろう。

美幸は改めてリビングを見渡し、昨夜のことを思い返す。

この部屋に留まっていた少女は想い人である横江淳と再会した。そして、彼と共にいずこかへ消えてしまった。

亜里沙の力によって締め出された櫛備と美幸が、再びリビングへと足を踏み入れた時、すでに二人の姿は無くなっていた。何が起きたのかをすぐに悟った櫛備は、半ば放心状態となり、深い落胆の色を見せた。

この部屋に留まっていた亜里沙が横江淳の本当の婚約者でないことに、櫛備と美幸は最後まで気づけなかった。

彼に会いに行った櫛備が「婚約者の霊があの部屋に留まっている」と伝えると、淳はどうしてもひと目会って謝りたいと申し出た。ところが櫛備は、そんな彼に対し「来てはいけない」と強く言って聞かせた。その場には美幸も居合わせたのだが、櫛備が何故そんなことを言ったのか、その時は意味がわからなかった。

櫛備はきっと、亜里沙の態度に危険を感じていたのだろう。彼女が想い人に焦がれるあまり、相手を連れ去ってしまいかねないと。そしてその懸念は見事に的中してしまった。

亜里沙の口上にまんまと乗せられ、櫛備も美幸も、彼女を信じきっていた。まさか彼女が横江淳の婚約者ではなく、ストーカーだったなんて……。

夜明けを待つ間、櫛備はこのような推測を口にした。

横江淳は、二人のアリサを殺害した犯人を知っている。そして、その犯人と彼はおそらく親密な関係にあると。

婚約者の霊が出ると聞いた彼は、しきりに「謝りたい」と言っていた。それは単に守ってやれなかった後悔からではなく、彼の何かしらの発言が原因で、その親密な関係にあった人物が婚約者を殺害し、その場に居合わせた亜里沙をも殺してしまったからではないか。亜里沙の話に出てきた、一方的に淳にちょっかいを出していたという女上司。彼とその女が、実は深い関係にあったと考えれば合点がいく。淳を独占したいという情念の赴くままに、女は二人を殺したのだ。事件から半年が過ぎてもなお、彼が罪悪感に苛まれ、恋人に『会いたいから』ではなく、『謝りたいから』ここへやってきたというのも、おそらくはそういう動機からだったのではないだろうか。

いずれにせよ、この部屋に取り憑いていた亜里沙の霊は消え去った。そういう意味では、除霊は成功したといえるだろう。だが櫛備も美幸も、そのことを喜べるような気分には到底なれそうにもなかった。

「……あら、どうしたのかしら」

取り出したスマホの画面を見ながら、不意に白濱が呟いた。

「どうかされましたか？」

櫛備が訊ねると、彼女は少しだけばつが悪そうに苦笑し、

「いえ、実は私、このあと婚約者と会う予定なんです。来年に式を挙げるので、会

場の下見をしようと思いまして」

「ご結婚ですか。それはめでたい」

櫛備がさほど感慨深くもなさそうに言った。

それでも白濱は嬉しそうに笑ってみせたが、またすぐに表情を曇らせる。

「でも昨日の夜から連絡がつかなくて……。彼、少し前にとてもつらいことがあったんです。少し精神的に弱ってしまって、私がそばにいないと危なっかしくて」

「なるほど、それで連絡がつかずに心配だと」

櫛備は形だけでも同情するふりを見せて相槌を打った。

「最近はだいぶ明るくなってくれて、仕事にも復帰したんです。もともと職場恋愛だったので、仕事中でも彼の様子が見られますし、同僚と関わることで彼にも笑顔が戻りました。それで、そろそろ正式に結婚しようって私から持ちかけたんです」

嬉しそうに語る白濱を遠目に見つめていた美幸は、この人意外に肉食系なんだな、などと呑気な感想を抱いた。

「苦労した甲斐（かい）がありました。実は私、彼がうちの会社に入ってきた頃からずっと片思いしてたんですよ。私はもう三十を過ぎているし、彼は私より七つも年下だから、少し頼りないけれど、でもそういうところがたまらなく可愛くて」

白濱は照れくさそうにはにかんだ。苦労が実って結婚にこぎつけられたために、喜びもひとしおなのだろう。

浮気でもしてたら許さないんだから……などと、最後は独り言のように呟いて、白濱はスマホをバッグにしまい、首から下げたチェーンに触れる。チェーンの先には、銀色に光る指輪があった。

そこで会話は終わったかのように思われた。だが櫛備はどこか怪訝そうに眉を寄せ、

「——失礼ですが、お聞きしても?」

「ええ、何でしょう?」

小首を傾げた白濱に対し、櫛備は慎重に言葉を選ぶようにして訊ねる。

「その男性——あなたの婚約者のお名前は?」

「名前ですか?」

白濱は不審そうに顔をしかめていたが、やがておずおずと質問に応じた。

「……淳です。横江淳」

その瞬間、美幸は空気が凍りつくような感覚に襲われた。櫛備もまた、表情にこそ出さなかったが、明らかな動揺を浮かべている。

「先生……」

美幸が櫛備にだけ聞こえる程度の小声で呼びかける。彼はそれに反応しようとせ

ず、いつもと変わらぬニヒルな笑みを頬に刻んだ。

「あの、それがどうかしたんですか？」

問い質すような白濱の顔を、美幸は正視することができなかった。

「……いえ、何でもありません。それでは僕はこれで」

質問に答えず、一方的に話を切り上げた櫛備は、軽い会釈の後に踵を返した。

彼は決して急ぐことなく、動揺を気取られぬように慎重な動作で玄関の扉を開き、二〇三号室を後にした。

扉が閉まる間際、部屋の中からこちらを見つめる白濱の顔は能面のように白く、一切の感情を宿してはいなかった。

第三話　自慢の兄

1

赤く燃えるような夕陽が、山の稜線に重なって細く鋭い光を放っている。

昼夜の境から、まさしく夜へと転じる間際のわずかな時間。

群青色の闇を引き裂くかのようにきらめく緋色の輝き。遠くの空に鎮座する三日月と、その周りに点在する星々。

息を呑むほどに幻想的なその光景を飽きもせずに眺めながら、ぼくは深く息をついた。

やがて陽の光が消え失せ、すべてを呑み込む漆黒の闇に閉ざされる寸前の、悪あがきにすら思えるこの一瞬が、ぼくは大好きだった。

どこにでもあるような地方都市の町外れにある小高い丘陵地。鬱蒼と茂る杉の木に囲まれたこの場所は、町の光に邪魔されず空を眺めるのにちょうどいい。

かつてこの場所には廃棄物処理場があって、市内から集められた大量の粗大ごみが、所狭しと肩を寄せ合っている。各家庭や企業の事務所なんかから出た家具や家電、事務用品などがここに集められ、やがて処分されるのを待つ。長い年月を人間と共にし、役目を終えたそれらが堆積したこの場所を、町の住民たちは『ゴミ山』

だとか『ゴミ墓場』などと揶揄していた。

ずっと前に、ここを管理していた会社の社長が資金繰りに失敗し首を吊って以来、この場所は放置されている。今は市が管理しているようだが、これらのゴミの処分が再開される様子は見られない。今の時代、行政も資金難にあえいでいるのか、放っておいても利害の発生しないものに金をかける余裕はないらしい。あるいは、いずれ誰かがどうにかしてくれると、問題を問題と見なさず、ひたすら先送りにしているだけかもしれない。

いずれにせよ、ぼくには関係のないことだった。

ぼくが毎日この『ゴミ山』で、あちこち生地が裂け、中身が飛び出してスプリングの伸び切ったソファに腰を下ろし、ひたすら沈みゆく夕陽に思いを馳せているのには、れっきとした理由がある。

今では好奇心旺盛な子供たちですら近づこうとしない、無数の無機物たちの墓場であるこの場所で、ぼくはある人物と待ち合わせをしているのだ。

じゃり、と地面を踏む靴音がして、ぼくは視線を転じた。傾いた状態で置かれた業務用冷蔵庫の陰から、ひょいと顔を覗かせた人物が、ぼくを見つけて軽く微笑んだ。

「よう、尊」

「――兄ちゃん」

　呼びかけてきたのは、兄の翔太だった。市内にある中学校の制服に身を包み、さらりと風に揺れる黒髪は利発そうに整えられていた。背が高く、すらりとした体躯は母親譲り。父親に似てずんぐり体形のぼくとは正反対の体格をしている。メガネはかけていないが、視力はあまり良くないので、遠くを見つめる時には少し目を細める癖がある。左顎の辺りにある大きめの傷跡は、小さい頃にジャングルジムから落下した時に出来たのだという。目立つ位置にあるため、小学生の頃はよく同級生にからかわれたと、苦笑いしながら教えてくれた。

　ぼくは、そんな兄の背中をいつも追いかけていた。『あんなこと』が起きた後でも、こうして毎日、大好きな兄と一緒にいられるのは嬉しかったし、そのおかげで、一人になっても寂しくなんてなかった。

　どんな時も、兄はぼくを守ってくれている。それだけは今も昔も変わらない。

　だから今日も、兄がいつも通りにぼくに笑いかけ、くたびれたソファに腰を下ろし、辛気くさい顔をしているぼくをからかうように肩を小突いてくれるのが、たまらなく嬉しいのだった。

「どうしたんだ、今日はいつもより何倍もしけた面してるじゃないか。腹でも下したか？」

「そんなわけないだろ」

　心の中で思っていることを見透かされたくなくて、ぼくは半ば照れ隠しのように苦笑し、そっぽを向いた。

「変な奴だな。俺を差し置いて反抗期に突入か？　母さんに見られたら、何言われるかわからないぞ」

　そう言いながら、兄は噴き出すようにして笑った。いつも、こんな風に軽口を叩いて、反応の薄い僕を笑わせようとするのだ。

　ぼくたちを取り巻く環境が大きく変化してからというもの、ぼくは兄のことを、どこか別の世界の住人みたいに感じていた。

　そんな風に感じてもおかしくないくらい、ぼくがこうして兄と一緒にいるということは、常識では考えられないことなのだ。それこそ、死を超越した信じがたい現象である。

　最初は戸惑った。けど、こうして毎日欠かさずに僕に会いに来てくれる兄と話をするうちに、そんなことは些細なことだと思うようになった。

　ぼくらの身に起きた悲惨な現実から目を背けられるのなら、それでいいと思ったんだ。

「――でさ、俺たちと同じように市外から引っ越してきた女子がいるんだよ。西村香奈っていうんだけどな、その子、この町に来てからもう二年以上になるのに、全然馴染めてないっていうか、浮いてるんだよな」

兄は少しだけ遠い目をして言った。

「へえ、だったら兄ちゃんが間を取り持ってあげたら？」

「馬鹿言うなよ。俺だってそれほど仲良くねえんだよ。それに、頼まれてもいないのにそんなことしたら、周りに冷やかされるからな」

「でも、その子のこと好きなんでしょ？」

カマをかけたつもりだったけど、兄は途端に顔を赤くして、ぶるぶるとかぶりを振った。まんざらでもないといった感じである。

「な、なに言ってんだお前。ませたガキだな、このっ！」

兄がぼくにヘッドロックを仕掛け、ぼくは「痛い」だの「放して」だのと喚き散らす。もう何度繰り返したかわからない兄弟のやり取りだ。兄がどう思っているかは知らないが、この何でもないやり取りがどうしようもなく大切なものだということに、あの頃のぼくは気づけなかった。

いつの日か、このロスタイムのような時間が唐突に終わりを告げ、二度と兄と会えなくなるのかと思うと、ぼくのちっぽけな胸はやりきれない気持ちに包まれる。

そのたびに、ぼくは神様に縋る思いで、「もう少し」「あと少し」と懇願するのだった。

「――ああ、そろそろ日が沈むな」

不意にそう言って、兄は目を細めた。遠くを見る時の癖だ。視線の先を追うと、太陽は山々の陰に沈み、まばゆく空を照らしていた陽光はすっかり消え去っていた。

「うん、沈んじゃうね」

そのことを惜しむように呟くと、兄はまた笑ってぼくの肩を小突いた。

「明日も、学校が終わったらここで待ってろよ。兄ちゃん遅くなっても絶対に来るからな」

「――うん、わかった」

「退屈だからって、一人でゴミ山に登ったりするなよ。崩れたりしたら危ないぞ」

兄は強い口調で言いながら、敷地の奥の見上げるほど重ねられたがらくたの山を指差した。あらゆる粗大ごみが集められたこのゴミ山では、いくつかの塊がそうやって積み上げられ、不安定なままで放置されている。

ずっと前に、高校生の集団がそこで遊んでいて、何名かが崩れたゴミの下敷きになるという事故があって以来、兄は口うるさくぼくに言い聞かせるようになった。

「しないよ、そんなこと」

「本当か？　前にここで失くした野球ボール探してるの、知ってるんだぞ」

うっと息を詰まらせたぼくを見て、兄は呆れたように肩をすくめる。

「もう諦めろって。今度、新しいの買ってやるから」

「当たり前だろ。ふざけて投げて失くしたのは兄ちゃんなんだからさ」

ぼくがやり返すと、兄は呻くように言葉を彷徨わせた。ばつが悪そうに頭をかく姿を前に、ぼくはつい笑いをこらえきれず噴き出してしまう。

「わ、笑うなよ。とにかくわかったな？　近づくのも駄目だ。絶対にな」

「大丈夫だよ。ちゃんとわかってるって。兄ちゃんが来るの待ってるからさ」

「本当かぁ？　お前って奴はいつも慎重すぎるくらい慎重なくせに、たまに信じられないようなことをやり出すからな。危なっかしくて見てられねえんだよ」

「大丈夫だって。約束するから」

言い聞かせるように告げると、兄は満足そうにうなずき、最後にもう一度、ぼくの肩を軽く小突いた。

「また、明日な。尊――」

それから踵を返し、傾いた業務用冷蔵庫の向こうへ立ち去っていった。

深まり始めた宵闇に吸い込まれるようにして、坂道を下りる後ろ姿が見えなくなっていく。最後まで見送ってから、ぼくは兄が来たのとは違う方向へ進もうとした。

　その時――。

「あー、君が大貫尊(おおぬき)くんかな?」

　男性の声だった。低くて渋みのある中年の声だ。たぶん、知り合いのものではない。思わず立ち止まり、周囲を見渡した。

　ぼくと兄が座っていたソファのちょうど背後、数メートル離れた位置に、背の高いタンスやクローゼットがいくつも投げ出されている。それらの後ろから、そっと身を乗り出すようにして、二人組の男女が姿を現した。

「あなたたち、誰ですか……?」

　ぼくの声は自然と固くなった。当然だ。突然現れた、見も知らぬ男性に名前を呼ばれたのだから。

　警戒心を強めたぼくをなだめるように、中年の男性が手にした杖を軽く持ち上げた。

「おっと、警戒する必要はないよ。突然話しかけてしまってすまないねえ」

「あなた方は……いつからそこに……?」

「君が来る前からずっといたさ。でも、せっかくのお兄さんとの時間を邪魔しちゃあ悪いと思って、終わるまでこうして待っていたんだ」

一部始終を見られていたらしい。

見た目から想像するに四十代くらいだろうか。男性は軽く背筋を伸ばし、杖を持つのとは逆の手で自身の腰を軽く叩く。その表情には疑問や疑惑といった感情は見受けられず、名前のみならず、ぼくがこの場所で兄と会っていることに関しても、すでに納得済みといった様子であった。

「あなた方は何者なんですか……？　どうしてぼくたちを……？」

我知らず、ぼくは後ずさっていた。質問する声が無様に震える。

——怖い。真っ先に感じたのはそんな感情だった。得体の知れないこの男は、いったいどういう理由でぼくに接触してきたのか。何が目的なのか。

考えても答えの出ないその疑問に翻弄され、ぼくは更に一歩、大きく後ずさった。

「ふふふ、何故、君たちのことを知っているかだって？　そんなもの、いちいち説明などされなくても、この僕にはすべてお見通しなんだよ」

口元を三日月の形に広げ、男が笑う。片脚が悪いらしく、杖をついて脚を引きずるようにしながら更に数歩、ぼくに近づいてきた。

ざざざ、と木々を揺らす風が吹きすさび、男のコートをはためかせた。その下に着ているのは喪服だろうか。全身黒で統一された男の姿が藍色の闇に浮かび上がる。より深い闇と化したその姿はまるで、羽根を生やした悪魔か死神のようだった。

「いいか、聞いて驚くんじゃあないぞ。ある人物からの依頼で、僕は君を――」

「――ちょっと先生、怖がってるじゃないですか。毎度毎度、その芝居がかったよくわからない横柄な態度、やめにしましょうよ」

横から男の言葉を遮って、同行していた女性が非難するように声を上げた。

「み、美幸ちゃん……」と男がばつの悪い声を漏らす。

「前から思ってましたけど、先生って初対面の相手に対してなんかこう、自分を大きく見せようとしてません？　自分はこんなにすごい人間なんだぞ、どうだ参ったか、みたいな。そういうの、正直言ってイタいですよ」

見事なまでにバッサリと、切り捨てるような口ぶりだった。

腕組みをしたその女性は、男よりもずっと若く、言い知れぬ不気味さを感じさせる男とは対照的に、花が咲いたような笑顔の持ち主だった。

「失礼な人で本当にごめんなさい。びっくりしたよね？　私は軀田美幸。こっちは霊媒師の櫛備十三先生」

「れ、霊媒師……？」

思いがけぬ単語が飛び出してきて、ぼくはつい聞き返してしまった。

「っていっても、インチキだけどね。心霊現象に悩んでる依頼人に、それらしい話をして信じ込ませて、除霊したふりをするの。そうやって困っている人から大金をせしめるのがお仕事なのよ」

「こらこらこら美幸ちゃん、そりゃあないだろう。そんな言い方をしたら、まるで僕が嘘つきのペテン師みたいじゃあないか」

「みたいじゃなくて、先生は紛れもなく嘘つきのペテン師ですよ。そんな先生の餌食になる人を一人でも減らすのが、助手としての私の使命ですから」

普通なら気後れするようなことを、平然と言ってのけるこの美幸という女性は、どうやら櫛備の助手をしているらしい。霊媒師と助手。言われてみればそう見えなくもないのだが、この霊媒師は明らかに助手の尻に敷かれている。

そう感じる一方で、ぼくは彼らが何のためにここに来て、なぜぼくや兄のことを知っているのかという疑問を依然として抱き続けていた。

そんなぼくの心中を察したかのように、軽く咳払いをした霊媒師——櫛備十三は、訊いてもいないのに自ら、その経緯を説明し始めた。

「実は、我々がここへやってきたのは、ある目的のためなんだ。少し前から、この町ではゴミ山と呼ばれ放置されているこの処理場をきれいにして、キャンプ場にするという計画が持ち上がっていてね。これといった取り柄のない田舎町に活気をもたらすための一大計画なんだが、差し当たって一つ問題があった。なんでも、このゴミ山には夜な夜な幽霊が現れるというんだ。その霊は怪しげな姿をして、ずるずると脚を引きずりながらこの辺りをうろついて、姿を見た者をあの世に連れ去ってしまうらしい。他にも敷地に立ち入ると良くないことが起きたり、粗大ごみの撤去作業をしようとすると不慮(ふりょ)の事故が起きるなんて噂もある。つまりは祟(たた)りがあるというんだ。そこで高名な霊媒師たるこの僕に白羽の矢が立ったわけだ。この町の市長とは昔馴染みでねえ。是非とも調査してほしいとお願いされたんだよ」

ぼくは内心で、なるほど、と手を打ち合わせていた。

ようやく行政がこのゴミ山の処分に乗り出したということらしい。しかし、その一方で、この場所に幽霊が出るなどという噂があるというのは驚きだった。確かにここは、昼間でもどこか陰気で不穏な雰囲気に満ちている。よほどの用事がない限り、進んで近づこうとは思わないだろう。でも、だからといって祟りというのは少し飛躍し過ぎではないのか。

「もちろん、そんな噂を鵜呑みにしてるわけじゃないのよ」

ぼくの抱いた疑問に思い至ったのだろう。先回りする形で、美幸が口を開いた。

「再開発を推進するプロジェクトの責任者がね、前にここで事故に遭った男の子のことを教えてくれたの。あなたのことよね？」

ぼくの心臓がどくん、と大きく跳ねた。

その反応を見て、彼女は細かい説明の必要はないと判断したらしい。話の主導権を櫛備に譲った。

「情報を得た我々は、君たち兄弟の叔父さんに会った。彼は甥っ子が毎日、決まった時間に家を出て、このゴミ山に通っていることをひどく心配していてねえ。どうにかしてあげてほしいなんて、頭まで下げられてしまったよ。だから僕としても、無視するわけにいかず、こうして君たちの様子を見に来てみたというわけだ」

櫛備は腕組みをし、困ったように眉を寄せて小さく息をついた。

「結果は言わずもがな。ここに霊が出るという噂は本当だった。だからこうして君に接触したんだよ」

「それで、どうするつもりなの？」

「決まっているだろう。ここから去り、二度と現れないでほしいんだ」

ぼくの問いかけに対し、櫛備は平然とした口調で返した。

「成仏でも旅立ちでも何でもいい。とにかく、この場所から幽霊が消え去り、事業計画を安全に進められるようにしたいというのが市長の要望なんだ。以前、市長の所有する別荘で起きた怪奇現象を鎮めた時から、彼は僕の腕を高く買ってくれていてねえ。今回も申し分のないギャラを市民の血税から――」

「――要するに、金儲け（もう）がしたいから、幽霊は立ち去ってくださいってお願いしに来たってことよ」

　櫛備の言葉を遮った美幸が、端的に、そしてやや乱暴にまとめた。

「ちょ、ちょっと待ってくれよ美幸ちゃん。そういう言い方をしたら、まるで僕が彷徨える魂を食い物にしようとしているみたいじゃあないか」

「事実ですし、まあ仕方ないかと」

　ドライに言い放ち、美幸も腕組みをして顎を持ち上げた。便所の虫でも見下ろすかのような冷たい視線を前に、櫛備は困り果てた様子で顎髭を撫でる。

「じゃあ、君は僕にどうしろって言うんだい？　まさか、また今回も霊のお世話をしろとでも？　安心してあの世に旅立てるように手取り足取り指導してやれと？」

「わかっているなら話が早いですね。市長からお礼はたんまりもらう予定なんでしょう？　だったら、報酬分の仕事はしてくださいよ」

　強く、叩きつけるように美幸は言った。

「……よ」

　櫛備はわざとらしく顔を背け、聞こえるか聞こえないかの微妙な声で何事か呟く。

「え、何ですか？　子供じゃないんだから、ちゃんと聞こえるように言ってください」

耳に手を当てて、ずいと詰め寄った美幸に対し、櫛備は口を尖らせ、わざとらしく視線を逸らした。

「……そんな面倒くさいことはしたくないと言ったんだよ。適当な理由をつけて片付けてしまった方が簡単でいいじゃあないか。この場所に留まっていたら、いずれ怖い死神がやってきて、無理やり地獄に連れていかれるとか。本物の霊媒師がやってきて、魂まで燃やし尽くされてしまうとか言ってやれば、霊なんて尻尾を巻いて逃げ出すんだから」

美幸は額に手を当て、「先生……」と狼狽をあらわにした。

「毎度毎度、テキトーな脅し文句で切り抜けようとするのはやめてください。ていうか、それがまともな大人のすることですか？　霊に対して誠実な態度を心がけようとか思わないんですか？」

「世間には、僕よりもずっと汚い大人がうようよいるじゃあないか。これくらい見逃してくれても罰は当たらないと思うがね」

「いいえ、ダメです。私が許しません。罪深い先生に正しい人の道を歩ませるのが私の使命ですから」

きっぱりと言い切って、美幸は腰に手を当て、ふんぞり返るように胸を突き出した。鋼の意志を持つその眼差しで凝視され、櫛備はもはやたじたじである。反論しようにも、鬼の形相で立ちはだかる美幸を前に、その気力はあっけなく削がれてしまったようだ。

この霊媒師、助手を名乗るこの女性に弱みでも握られているのだろうか。ダンディな見た目に反して、ひどく弱腰というか、情けないというか。

「……わかった。わかったよ。話を聞けばいいんだろう？」

「話を聞いて、最善の方法で未練を解き放ってあげてください。ずるはダメです」

はぁ、と口から魂でも出てきそうな溜息をついてから、櫛備は不承不承、ぼくに向き直った。

「――と、いうわけだ。ここはひとつ、僕を助けると思って、協力してくれないだろうか？　どうか、後生だからさ……」

先ほどまでとは一転し、櫛備は殊勝な態度で深々と頭を垂れる。恥も外聞もかなぐり捨てたようなその潔い姿勢を見ていると、彼が何でもかんでも力や権力で解決しようとする横暴な大人たちとは少し違う気がしてきた。思っていたよりもずっと、信頼できる人物かもしれない。

「――あの、ぼくからもお願いします」

「むぅ？　それはどういうことだい？」

櫛備は瞬きを繰り返し、小首を傾げた。

僕は軽く咳払いをして居住まいを正し、櫛備と美幸、二人に向けて言った。

「実はぼくも、いつかは別れを告げなくてはならないと思っていたんです。兄は自分を責め続けてる。そのせいで現実を受け止められず、いつも同じ話ばかり繰り返しているんです。ぼくと兄が、楽しく過ごしていたあの頃の話を……」

「お兄さんは、どうして自分を責めているの？」と美幸。

「兄は何もかも自分が悪いと思ってるんです。家族がバラバラになった原因を作り出したのが自分だと思い込んで、心が壊れちゃったんですよ。ぼくのことを守れなかったのがとにかく悔しくて、認めたくなくて、だから、すっかり変わってしまったぼくの姿を見ても、そのことに気づきもしない。兄の時間はきっと、あの日で止まっているんです」

言いながら、かっと目元が熱くなった。兄の苦悩を思う時、ぼくはいつだって心が苦しくて、やるせなくて、この身を引きちぎられるような苦痛を味わう。

現実から目を背け、時間の迷宮に囚われた兄を解放してあげたい。しかし、そのためには、兄が目を逸らし続けている現実を突きつける必要がある。

わかっているのに、ぼくには、それがどうしてもできなかった。

「罪滅ぼしのつもりなのかもしれないけど、兄はただ逃げてるだけなんです。ぼくを守れなかったことを今でも悔いて、死んでしまった事実を受け入れられない。そして今でもぼくの理想の兄でいようとしている。ぼくは、そんな兄の姿を見るのが苦しくてたまらないんです」

　誰にも言えずにいた胸の内を吐き出し、ぼくは改めて櫛備を見据えた。

「だから、お願いします。兄を助けてください。もう二度と、ここに来ないよう、説得してほしいんです。兄が来ないとわかれば、ぼく自身も諦めがつきます。長い間、この場所に執着していたけど、気持ちの整理をつけて全部終わりにできる。そんな気がするんです。だから……だから……」

　ぼくは崩れるように地面に手をつき、櫛備と美幸に頭を下げていた。

　しばらくの間、二人は何も言わなかった。ゴミ山は深淵(しんえん)の闇に閉ざされた暗黒の世界と化し、互いの表情すらも判然としない。そんな闇の中、ぼくは祈るような気持ちで櫛備の言葉を待った。

「――ふむ、いいだろう。君の願いを叶えようじゃあないか」

　短い沈黙の後にそう呟いて、櫛備は長い息をついた。

「あれぇ、珍しい。先生、今日はやけに素直じゃないですか」

　美幸が茶々を入れる。

「あのねえ美幸ちゃん、つくづく疑問なんだが、君は僕を何だと思ってるんだい？僕だって血の通った人間なんだよ。情けの一つや二つ、かける時だってあるさ。それに僕は、こういう美しい兄弟愛というやつに、とことん弱くてねえ」

ぐす、と洟をすする音がした。はっきりとその表情は見て取れないけど、櫛備の声はわずかに震えている。

「そういえば、先生にはお兄さんがいるって、前に教えてくれましたよね。もしかして、もう……？」

美幸がはっとして訊ねる。すると櫛備はそこで盛大に鼻を鳴らし、

「いいや、ぴんぴんしているよ。小さい頃は随分といじめられてねえ。大人になってからも関係がいいとは言えない。お堅い仕事をしている兄にとって、霊媒師なんぞをしている僕は一族の面汚しらしい。彼のお兄さんとは違って、理想の兄には程遠い嫌味な男だよ」

忌々しげに吐き捨てると、櫛備は不快そうに顔をしかめた。

「それなのに兄弟愛に弱い？　なんか矛盾してませんか、それ？」

納得がいかない、とばかりに腕組みをして、美幸は首をひねった。そんな彼女の反応を軽く受け流すようにして、櫛備は曖昧に笑う。

「だからこそだよ。人というのは手に入らないものに思いを馳せるものだろう？　だから僕は、涙なくしては語れない彼らの兄弟愛の行く末を、是非ともこの目に焼き付けておきたいんだ。僕自身、そういうものとは縁遠い人生を歩んできたもので

ねえ」

2

翌日も、ぼくはいつも通りにゴミ山にやってきた兄と話をしていた。

たわいもない話の合間に両親のことを訊いてみると、二人はかなり落ち込んでいて、ぼくに会いたがっていると言われた。

しかし両親はここに来ることを嫌がるらしい。嫌なものを無理に連れてきても、まともに話はできないだろうと、兄は遠い目をして言った。

仕方のないことだと思った。両親にしてみれば、ぼくの身に起きた事故は何の変哲もない日常に降って湧いた災厄だったのだから。

そう、すべてはぼくのせいなんだ。兄に釘を刺されていたにもかかわらず、言いつけを守らなかったあの時の自分を叱りつけてやりたい。お前があんなことをしなければと、力いっぱい罵(ののし)ってやりたい……。

ふと、兄の横顔を盗み見る。兄はどう思っているのだろう。こうして前と変わらず接してくれているけれど、心の中ではぼくのことを憎んではいないのだろうか。

どうして言うことを聞かなかったのかと、責めてはいないのだろうか。

兄の態度を見ていて、そんな風に感じたことは一度もない。それこそ、小さい頃から忙しい両親に代わってぼくの面倒を見てくれた兄は、ぼくをないがしろにしたことは一度もなかった。放課後は友達と遊びたいのを我慢して、ぼくが退屈しないよう遊んでくれたし、食事まで作ってくれた。慣れない手つきで兄が焼いてくれるホットケーキの味は、今でも忘れられない。

　年の近い兄弟であれば、喧嘩をすることもあるだろう。しかし、六つも年が離れているせいか、ぼくと兄はほとんど喧嘩なんてしなかった。たとえ、ぼくが癇癪を起こしても、兄はまともに取り合わず、へらへらと笑いながらおちょくるだけだ。相手にされていないというより、からかわれているのだと気がつくと、ぼくの方も怒り続ける気力を削がれてしまい、結局はうまくやり込められてしまう。

　そのおかげで、兄と二人で過ごす時間を不満に感じはしなかったし、出かけていく両親に駄々をこねて困らせたりもしなかった。

　兄は、いつだって塞ぎ込みがちなぼくを慰め、励まし、そして元気づけてくれた。ぼくにとって太陽のような存在であった兄は、今でもこうしてぼくを一番に気遣い、そばで見守ってくれている。自分のことなんて後回しで、ただひたすら、ぼくのことだけを思って。

　もしかすると、それこそが兄にとっての罪滅ぼしなのかもしれない。ぼくを守れなかったことを今でも悔いて、兄は自分を責めている。そして、だからこそ現実をちゃんと認識できていないのだ。ぼくたちがあの世とこの世の狭間でこうして再会したことにすら気づいていない。あるいは気づかないふりをしている。

兄は、今のぼくが昔のぼくとは違うことを認めようとしない。というより、まともに見えていないのだろう。たとえばそう、目で見るのではなく、心で見るというように、こうあってほしいという願望から、自分に都合のいい弟の姿を投影しているんだ。

あの事故に遭う前の、傷一つ負っていないぼくの姿を。


都内の有名ホテルでシェフとして働いていた父は、自分の店を持つためにこの町への引っ越しを決めた。

兄は中三、ぼくは小三で、何ら不自由のない都会の生活を捨て、仲の良かった友人たちとも別れ、これといって目立つもののない退屈な地方での暮らしを強いられた。

新鮮な食材を安価で仕入れられ、競合相手の少ない地方都市は、父の長年の夢を叶えるには恰好の土地だった。新婚旅行へ向かう途中、何の気なしに立ち寄ったこの町を、父はとても気に入っていたようで、いつか必ずこの町で店を出すと口癖のように言っていた。

年甲斐もなく生き生きしている父の姿を見せるのは、ぼくたちの教育にも良い影響を与えると考えていたらしく、母もこの移住には大賛成だった。

もともと専業主婦が性に合わなかった母は、都会にいた頃から土日も惜しんでパートに出て家計を支えていた。おかげでぼくたちは平凡な家庭以上の暮らしができていたのだけれど、そのぶん、両親にどこかへ連れていってもらった記憶など一つもなかった。

そのことは、ぼくの中である種のコンプレックスとなっていて、たとえば友人が遊園地に行ったという話を聞けば、兄にせがんで大きな遊具のある森林公園に連れていってもらったし、キャンプに行ったと聞けば、自宅の庭に子供用の小さなテントを張ってもらい、二人で寝袋を並べて眠った。流行りの映画が話題に上れば、兄が借りてきてくれたDVDを大音量で鑑賞した。明かりを落とし、カーテンを引いた我が家のリビングは、たびたび、ぼくら兄弟だけの小さな映画館になった。

内気なくせに頑固なぼくの願いを叶えようと奔走する兄は大変だったと思うけれど、そのおかげで、ぼくは毎日が楽しかった。

何もかも全部、兄がいてくれたからだ。

それはこの町に来てからも変わらなかった。両親は店を切り盛りするためにより一層、仕事に精を出す。当然、ぼくたちはほったらかしになる。だからぼくが新しい学校にうまく馴染めず、意地悪な同級生に仲間外れにされていることには気づかなかったし、仮病（けびょう）を使って休もうとするぼくを注意しようともしなかった。そんな時、そばに寄り添い、親身になって励ましてくれたのは、やはり兄だった。

移住してから三か月が過ぎた頃、亀が歩くようなスピードではあるが、ぼくは少しずつ周りと打ち解けられるようになっていった。気性の荒い同級生がぼくに意地悪を言うのは、自分から仲間に入ろうとしないぼくをもどかしく感じていたからだとわかったことも、要因の一つだった。

打ち解けてみれば、この町の人間は気の好い連中ばかりだった。それまでの鬱屈（うっくつ）した気分は嘘のように消え去り、ぼくは毎日、友人の家でゲームをしたり、公園でぶっ倒れるまで走り回ったり、学校の裏手にある沼地に蛙を捕りに行ったりして、友人たちとの仲を深めていった。兄はそのことを素直に喜んでくれた。ぼくの面倒を見なくて済むので、兄も肩の荷を下ろせるだろう。なんて思っていたけれど、それは間違いだった。

そのことに、ぼくはある日突然気づかされた。

その日、いつも遊んでいる友人の家で不幸があり、放課後の予定がキャンセルになったぼくは、普段よりも少し早く家に帰った。先に帰宅していた兄は洗面所にいて、学生服やワイシャツを洗っていた。

「よお、早かったな」

そう言った兄の口調には、驚きと動揺が入り混じっていた。何があったのかと訊くと、ついうっかり転んで制服が泥だらけになったのだと兄は答えた。

最初はそのことを疑いはしなかったし、ぼくと違って運動神経の良い兄にしては珍しいな、程度にしか思わなかった。けれど、同じようなことが週に何度も続けば、それが嘘だということは馬鹿でもわかる。

兄は、ぼく以上に学校に馴染めていなかったのだ。そして、徐々に周囲との関係を好転させたぼくとは対照的に、心ない仕打ちを受けていたようだった。

そしてある時、兄は顔を腫らし、青あざを作って帰ってきた。普段以上に制服も泥だらけで、泥濘で転げ回ったみたいな有様である。あちこちすりむいて血も出ていたから、それは明らかに故意によるものだとわかった。

さすがに言い訳がきかないと観念したのか、兄は同級生にやられたとぼくに打ち明けてくれたけど、決して一方的にやられたわけではないと言い張った。やられた以上にやり返したから心配はない。そう、いつも通りの明るい口調で話す兄の言葉を、しかしぼくは信じられなかった。

母親の財布からお金が少しずつ無くなっていると両親が話していたことの原因が、わかった瞬間でもあった。

そんな日々が続けば、自然と心は荒んでいくものだ。いわれのない悪意を向けられた人間はたぶん、同じように誰かに怒りをぶつけることで発散しようとするはずだから。

でも兄は、そうはしなかった。自分のつらさなどおくびにも出さず、何ら変わらない調子でぼくに接した。もちろん、ぼくに当たり散らしたりすることなんて一度もなかった。

「俺は兄貴だからな、何があってもお前のことだけは守ってやる」

それが兄の口癖だった。正直、ぼくは自分の身くらい自分で守れると思っていたけど、兄のこの言葉は、気まぐれな通り雨のように襲ってくる原因不明の不安や寂しさを容易く吹き飛ばしてくれた。何があっても、ぼくには兄という味方がいる。たとえ何かがきっかけで友人たち全員に見放されても、両親がぼくを煙たがるようになり、悩みを相談しても取り合ってくれなくても、兄さえいればどうにかなると思った。

そんな兄だから、きっと自らが抱える問題も、うまく切り抜けるはずだと信じていた。

ゴミ山に二人で来るようになったのは、夏が終わろうとしている頃だった。

ここを見つけたのは兄で、ぼくにこっそりと「秘密基地がある」と言って、連れてきてくれたのだ。

実際、秘密基地と呼ぶにはひどく荒れ果てていて、お世辞にも良い遊び場所ではなかったけれど、ぼくにとっては十分に魅力的だった。

狭い町だから、どこへ行っても誰かの目がある。兄はたぶん、学校外で同級生と鉢合わせするのが嫌だったのだ。彼らから普段、どのような扱いを受けているかを、ぼくに知られまいとして、人気のない遊び場でぼくと過ごすようになったのだと思う。

ちょうどその頃、町では不審者が出たり、ひったくり犯が出たりしていて、子供同士での外出は極力控えるようにと警報が出ていた。友達と遊ぶことが少なくなり、兄との時間が増えたぼくにとって、二人だけの秘密の遊び場が出来たことは素直に嬉しかった。

それ以来、学校帰りにはこの場所で待ち合わせるようになった。ぼくたちは、くたびれたソファに並んで座り、遠くに沈んでいく夕陽を眺めながら、その日あった出来事を代わる代わる話した。そして日が沈むと、肩を並べて家へと帰るのだ。

　正直、友達と遊びたくてこの場所での待ち合わせを面倒に感じた時もあった。けれど、それは悩むほどのことではなかった。

　結局のところ、ぼくは兄に憧れていたし、当たり前かもしれないけど、同世代の友達よりも兄の方が物知りで、面白くて、そして聞き上手だった。

　そんな時間がずっと続くと思っていた。いつか、ぼくが兄の年頃になっても、二人が大人になった後ですらも、ぼくたちはこうして肩を並べて、まばゆい緋色の光に包まれながら飽きることなく話をするのだと、本気で信じていた。

　それが、まさかこんな形で叶ってしまうなんて、当時のぼくは夢にも思わなかった――。


「……ごめんな、尊。俺のせいでお前は……」

　少し沈黙が続くと、兄は決まってそんなことを口にする。

　何度繰り返されたかわからない、懺悔(ざんげ)の言葉だった。

「なに言ってるんだよ。あれは兄ちゃんが悪いんじゃない。ぼくの不注意が原因なんだから」

「それでも、俺が守ってやらなきゃダメだった。そうしたら、今でも家族みんなで一緒にいられたんだよな」

そう言った兄の眼差しの中には、普段とは違った種類の色が見て取れた。

後悔、絶望、落胆。そういった感情がせめぎ合いながらも、根底にあるのはぼくに対する罪悪感だ。

ぼくの姿を正しく見つめようとしない一方で、ぼくの身に起きた事実はしっかりと理解している。そして、だからこそ現実をいまだに受け入れられず、兄は心地よい微睡(まどろみ)のようなこの時間にしがみついているのだ。

不意に、左脚に痛みが走った。あの事故で傷を負った箇所が疼(うず)いている。

事故のことを強く思い返すたび、この傷跡は悲鳴を上げるように痛み出す。それはまるで、兄だけではなくぼく自身もまた、当時の記憶に囚われていることを証明しているかのようだった。

やっぱり、終わらせなければならない。

そうしなければ、兄はこの先もずっと悲しみに囚われ続けてしまう。ぼくと繋がれるこの場所から離れられず、身体(からだ)に針を突き刺すみたいにして自分を責めながら、いつまでも足踏みをし続けるのだ。

そんな兄の姿は見たくなかった。どんな形であれ、ぼくが大好きだった兄に戻ってほしいと思った。

いついかなる時でも希望と自信に満ち溢れ、どんな苦しみだろうと笑い飛ばせる兄に。

ぼくの尊敬する、たった一人の自慢の兄に。

3

更に次の日、櫛備十三と助手の美幸が再びゴミ山を訪れた。

兄と話をしたいという櫛備は、ぼくがいてはかえって話がこじれると言って、隠れているよう指示してきた。

これから彼が兄に告げる現実は、兄にとってかなりつらいものになる。ぼくとの繋がりを断ち切り、現実を受け入れさせるためには、ぼくが一緒にいては決心が鈍るからという理由だった。

いつもの場所から少し離れた位置で、雨風に晒（さら）され朽ちかけた洋服ダンスの陰に身を隠しながら、ぼくは成り行きを見守ることにした。

ゴミ山の周囲には澄んだ空気が満ち満ちており、鮮やかな夕焼けが墓石のように点在するゴミたちの影を伸ばしている。

赤々と燃えるような光を背負うようにして、傾いた業務用冷蔵庫の向こうからやってきた兄は、待ち構えていた櫛備と美幸の姿を目にした途端、怪訝(けげん)そうに眉をひそめた。

「やあ、どうも。君が大貫翔太くんだね」

「誰だよ、あんたら……」

兄は警戒心をあらわにし、櫛備と美幸を交互に見据えている。

「突然ごめんなさい。私たちは怪しい者じゃないわ。あなたの弟さんの友達なの」

「尊の……?」

その言葉を素直に受け入れられないのだろう。兄の表情はますます険しくなった。

「まあ、信じられないのも無理はない。彼とはつい二日前に出会ったばかりだから、友達というのも厳密には違うわけだし」

「弟はどこだ。あいつに何をした?」

軽口を叩く櫛備を遮って、兄は語気を強めた。強く握り締めた拳で、今にも櫛備に殴(なぐ)りかかりそうな勢いだ。

「もし、あいつに何かしたら……」

「おいおいおい、落ち着いてくれよ。別に何かしようってんじゃあない。僕たちが話をしたいのは、君なんだからねえ」

「俺と……？」

そう問い返すように呟き、兄は周囲を見渡した。いつもここで兄を待っているぼくの姿が見当たらず心配しているのだろう。そんな兄の気持ちが手に取るようにわかる。

こんな所に身を隠し、櫛備と結託して兄を欺くようなことをしている自分に対し、ぼくは早くも罪悪感を抱いていた。

「何の用だ」

兄のつっけんどんな物言いに肩をすくめて返し、櫛備はおもむろに遠くの空を――オレンジ色に輝く夕陽を仰いだ。

「実に綺麗な空だ。ここは君たち兄弟にとって、とても大切な場所のようだねえ」

兄は答えない。ただじっと黙して、続く櫛備の言葉を待ち構えている。

「おっと、無駄話は嫌いかな？　まあいいさ。僕は話し好きな方だけど、そんな風に睨みつけられてちゃあ、縮み上がってしまって楽しい会話なんかできそうにないし」

そう冗談めかして、櫛備は苦笑する。

回りくどい話はいいからと、美幸が小声で櫛備をたしなめた。

「では、単刀直入に言おう。もう、この場所で弟くんと会うのはやめるんだ。彼もそれを望んでいる」

「はぁ？　なに言ってるんだよ。尊がそんなこと、言うはずないだろ」

予想通りの反応で、兄はいきり立った。

「あんた、何者か知らないけど、弟に変なこと吹き込むのはやめろよな」

「いいや、これは彼の意志なんだよ。きちんと君を説得したいと言ったのは彼の方でね。僕はただ、話をまとめるために間に入っただけだ」

櫛備の言葉が理解できないのか、あるいは最初から受け入れる気がないのか、兄はしきりに首を横に振っている。

その反応を見越していたかのように、櫛備は諭すような口調で話を続けた。

「繰り返すが、これは君の弟くんの意志だ。毎日こうして君と会うために、彼はこの場所に固執している。もうやめにするべきだと頭ではわかっていても、その繋がりを断ち切ることができないんだ。そのおかげで、彼はいつまでも前に進めないでいる。君が本当に弟くんのことを思っているというのなら、いつまでも縛り付けるのはやめて解放してやるべきじゃあないのかな？」

櫛備のその言葉に、兄は息を詰まらせてたじろいだ。だが、すぐに我を取り戻し、食ってかかるような勢いで反論した。

「デタラメを言うな。あいつはそんなこと言わない。あいつには俺が必要なんだ。俺が守ってやらないといけないいんだよ！」

一息で言い切ると、兄は頭をかきむしるようにして、荒々しい呼吸と共に肩を上下させた。

「……尊があんなことになったのは、俺のせいなんだ。俺は兄貴だから、あいつを守らなきゃならなかったのに、それができなかった。母さんが尊を産んだ時、ちっぽけな手で俺の指を摑んだあいつを見て、俺は誓ったんだよ。何があっても、俺が守ってやるんだって。そう父さんと母さんにも約束したんだ。尊のことは任せろってな。まだ六歳のガキが両親にそんなこと言えるくらい、尊の存在は俺に力をくれた。弟を守る強い兄貴になるって目標をくれたんだ」

強い口調で訴えかける兄の声に、櫛備と美幸は言葉を挟むことなく聞き入っていた。

「だから、尊がいないと俺は何にもなれない。わかってるんだ。本当は俺の方があいつを必要としてたんだってこと。寂しがっているのを慰めてたんじゃない。俺があいつに慰められてたんだ。なのに……あんな……」

最後の方は言葉にならず、兄は悲痛に顔を歪めた。

ぼくは思いがけぬ兄の心情の吐露に戸惑いを隠せなかった。

あの兄が、そんな風に思っていたなんて、想像したこともなかった。いつも自然体で、しっかり者に見えた兄の姿が、急に現実味を帯びて甦る。

でも、考えてみれば当然のことではないか。いつもぼくを気遣ってくれていたからといって、兄自身が寂しい気持ちを抱かないわけではない。両親の帰りが遅いと言って泣きじゃくるぼくを慰め、絵本を読んで寝かしつけてくれた時、兄もまた、両親の帰りを待ちかねていたに違いないのだ。

時にはめいっぱい両親に甘えたいことだってあったはずだ。けれど、そんな姿をぼくに見せようとせず、兄はいつだって明るく気丈に振る舞っていた。

六歳も違うといったって、結局は兄も子供だったのだ。その兄にとって、自分の存在が支えになっていたと知り、ぼくはたまらなく胸が熱くなった。

「――君が今、強い罪悪感に苛まれて苦しんでいるのは僕にもわかるよ。だが、それだけじゃあないんだろう？」

その一言に、兄ははっとした。櫛備は畳みかけるように言葉を重ねる。

「君はその守るべき弟くんに対して隠していることがある。ずっと打ち明けられずにいるそのことが、君の心に深い根を下ろし延々とその心を蝕んでいるんだよ。弟にすべてを打ち明けてしまいたい。けれど本当のことを知ったら、弟はきっと失望する。それが怖くて言い出せないまま、ずるずると長い時間が過ぎてしまった。違うかい？」

兄は視線を逸らして俯いた。その反応は、口で言うよりもずっと雄弁に兄の心情を物語っている気がした。

「……だったら、なんだっていうんだよ」

「君が抱え込んでいるその秘密を、是非とも僕に聞かせてほしいんだ」

「あんたに？」

兄は再び、不信感をあらわにした。

「なんであんたにそんなこと言わなきゃならない？　カウンセラーか何かのつもりか？」

「まさか。この僕がそんな風に見えるかい？　こう言っちゃあなんだが、僕ぁね、君のような見栄っ張りのガキになんて、まるで興味がないんだよ。そりゃあ涙なくしては語れない美しい兄弟愛には頭が下がるよ。ああ、感動するさ。素直にねえ。心が洗われるっていうのは、こういうことだと思うわけだよ。しかし、だからといって僕が貴重な時間を割いて君たち兄弟の面倒を見てあげる義理なんて、これっぽっちもないんだよねえ」

大仰な素振りで肩をすくめた櫛備は、さも面倒くさそうな顔をして鼻を鳴らした。

兄の表情が、更に険しくなっていく。

「ちょっと先生、そんな言い方は……」

慌てて間に入ろうとする美幸を押しとどめて、櫛備は先を続けた。

「美幸ちゃんだってそう思うだろう？　さっきから聞いていれば、この少年の言うことは全部ああしていたら、こうしていればっていう『たられば』ばかりだ。うじうじしていて、とても聞いていられたもんじゃあないよ。弟を大事に思う気持ちは認めるけれど、こんな体たらくでは、その弟だって愛想をつかしてしまうだろうねえ」

ぐっと押し黙り、兄は唇を噛みしめて櫛備を睨みつけている。反論したいのに、何をどう言えばいいのかわからずに怒りだけが膨らんでいく。そんな感じだった。

「でもまあ、君たちには同情するよ。これだけの人間が生きている世の中で、君たち一家は犯罪に手を染めたわけでも、誰かを利用して苦しめたわけでもない。真っ当に生きていたにもかかわらず、とてつもない不幸に見舞われてしまったわけだからね。昨日、一日かけて君たち家族を知る人々に話を聞いて回ったんだが、誰もが口をそろえて君たちの両親を褒めていたし、君たち兄弟もご近所さんの覚えは良かった。だからこそ、余計に君の弟の事故は悲痛なものに感じられたよ。君たちのような善良な市民がどうしてこんな目に遭わなければならないのか。もっと他に、罪深くて地獄に堕ちても文句は言えないような連中はたくさんいるのにと、理不尽を呪いたくなるのもわかる」

　櫛備はそこで一旦、言葉を切ると、小さく溜息をついた。

「けれど、それが人生というものだろう？　そもそも、この世界が愛に溢れた素晴らしいものだなんて、誰が言ったんだ？　そんなものは都合のいい幻想に過ぎない。人は人を憎み、殺し、奪い合う生き物だ。愚かで残忍なその本性を隠すために、おためごかしを言うんだ。耳に心地いい戯言をほざいていれば、馬鹿な連中が騙されて大金を落としてくれる。だから嘘や欺瞞がなくならないんだよ。まさに理不尽で不条理な世界というやつさ。だが、そんな世界の中で唯一平等に与えられたもの。それが死だ。早いか遅いかの差はあれど、死は必ず訪れる。同じように、性難もまた、ある日降って湧いたようにやってくるんだ。それが犯罪だろうが事故だろうが、はたまた病気だろうが、そこに納得のいく理由なんてものはない。たまたまそこにいたから。運悪くそこを通りかかったから。もともとそういう性質だから。あるいは神が無作為に選び出しでもしたかのように、我々は不幸に見舞われる。可能な限りそれを回避することはできるかもしれない。しかし、人が死というゴールを定められている以上、すべての危険から家族を守り抜くことなどできないのさ。それが予期せぬ事故なんかであれば尚更だ」

櫛備は兄をじっと見据え、淡々と語り続ける。最初はひどく冷徹な印象を受ける口調だったが、その一方で、あえて感情を込めないようにしている。そんな風にも感じられた。

「君が自分を責めたくなる気持ちは嫌というほどわかった。だが、それが何の解決にも、誰の慰めにもならない行為だということに、そろそろ気づくべきだよ。起きてしまったことに正しく目を向け、理解し、そして納得することで、死者は次のステージへと向かう。君と弟くんの間にも、ようやく『その時』がやってきたということさ」

神妙な顔つきでそう結んだ後、櫛備は気持ちを切り替えるかのように、手にした杖で戯れに地面を小突き、ややおどけた仕草で肩をすくめた。

「なに、我々に事情を話すのは、ある種の予行演習だと思えばいい。いきなり実践に挑むよりも赤の他人で練習した方が、本番でとちったりすることもないだろうからねえ」

兄は何か言おうとして口を開きかけたが、ついぞ何も言わなかった。

長い時間、迷いの中にいるような表情を浮かべていたが、やがて観念したように両目を閉じ、静かに口を開く。

「――俺は、弟との約束を破ったんだ。学校が終わった後、いつも通りにここで待ち合わせだと言ったのに、あいつがここで待ってるのを忘れて、俺は……」

　そうして兄は、あの日のことを語り始めた。

4

　あの頃、俺はこの町の暮らしになかなか馴染めなくて、学校ではいつも一人だった。最初は尊も同じ様子だったから、ある意味では仕方のないことだと思っていた。でも、徐々に友達が出来ていくあいつを見ていて、俺は少し焦っていた。

　別に友達なんかいなくたって生きていくには困らない。実際、前の学校でも特別仲のいい友達がいたわけではなかった。中学からは美術部に入っていたけど、ほとんど幽霊部員だった。みんなが遊んでいる昼休みにせっせと絵を描いて、放課後はまっすぐ家に帰り、尊の相手をする日々。そんなんで他の部員と仲良くなれるわけがない。

　正直、弟を疎ましく感じたことは何度もある。特に小学校の頃は、弟の世話を理由に友達の誘いを断るのがひどく苦痛だった。昨日は楽しかったねと話すクラスメイトたちを見て、何度羨ましいと思ったかわからない。

　でも、俺はそのことを理由に弟をないがしろにしたり、冷たくしたりはしなかった。少なくとも記憶にある限りでは。

　尊がどう感じ、どう受け止めていたかは知らないが、俺はいつだってあいつの理想の兄になろうと努力していた。宿題を見てやって、遊び相手になり、下手なりに食事を用意して食わせ、寝かしつけた。もちろん、そんなことが最初からできたわけじゃない。必要に迫られてこなすうちに、習慣として身についただけだ。

　尊はとにかく泣き虫で、寝る時に両親がいないと毎日のように泣いた。あまりに泣きじゃくるので、俺自身、親に会えない寂しさを感じる暇がなかったほどだった。けれどそのくせ、親の前では「兄ちゃんがいるから全然さみしくないよ」と強がってみせたりする。そういうところは、俺の真似をしていたのかもしれない。

　そんな弟だから、俺が守ってやらなきゃならない。それが俺の使命だと思っていたし、自分を励まし奮い立たせる動機にもなっていた。

　だからこそ、尊がこの町の生活に馴染んでいく姿をそばで見ていると、無性に焦りが生じた。周囲との関係を築き、友達と遊ぶ時間が増え、あいつは生き生きしていた。一方で、弟の世話から解放された俺には、誰もいない。

　転校先である中学には、この町でも有名な悪い連中がいた。特にリーダー格の吉村は、表向きはごく普通の優等生面をしていて教師の受けもいいのだが、裏ではいつもクラスメイトの誰かを標的にして、人目のない所で痛めつけるか、あるいは親の財布から金を抜いてこさせるか企んでいるような奴だった。誰もが吉村の標的になるのを恐れ、標的になった者に手を差し伸べたりはしない。

よそ者の俺には、最初から市民権がないようなものだった。表立っていないとはいえ、傍から見て俺があいつらのターゲットにされているのは、誰の目にも明らかだった。

最初は、何気ない風を装って近づいてくる。学校帰りにゲームセンターに連れていかれ、ジュース代をせびられる程度だった。それが徐々にエスカレートし、さも当然のように金を要求されるようになると、俺ははっきりと拒絶した。

すると奴らはあからさまに態度を変えた。大勢の見ている前で、奴らは絶対に尻尾を出さない。いつも人目のない所で俺を殴った。金を要求され、持ってこなければ両親の店に客が寄り付かないようにすると脅された。

一介の中学生が両親の店にどんな嫌がらせができたのか、今となってはわからないが、狭い町だから悪評が広がれば最悪営業していけなくなる。そうならないように、俺がどんな気持ちで母親の財布から金を抜いていたのか、たぶん、あいつらには一生かかっても理解できないだろう。

無様な兄の姿を、尊には見せたくなかった。いつだって俺は、弟が目標にできる兄でいたかった。両親が安心して弟を任せられる、良き息子でいたかった。

だから、誰にも相談なんてできなかった。教師に話したところで、「じゃれているだけだ」とか言われてはぐらかされるとわかりきっていた。それに、告げ口したのがバレて両親の店に何かされるのは、やはり避けたかった。

　俺はひたすら耐えた。毎日、吉村たちに何をされるかとびくびくしながらも、普段と変わらぬ風を装って弟と接した。連中にしこたま殴られて、隠しようのない怪我を負った時にも、苦しい言い訳をして隠し通した。

　放課後、俺の通学路で待ち構えているあいつらをまくために知らない道を通り、その途中でこのゴミ山を見つけた。

　弟は今日も友達と遊んでいるだろう。家に帰っても誰もいない。何をするでもなく自分の部屋に一人でいると、どんどん気持ちが落ち込んでしまう。それが嫌だった。同じ一人でいるにしても、家の外にいたかった。

　このソファに腰かけて、大嫌いな町を一望したり、ゆっくりと沈んでいく夕日を見ていると、つらいことや苦しいことから束の間解放された気がした。

　きっとどうにかなる。いつかあいつらも俺をいたぶることに飽きて手を出してこなくなると、楽観的な気持ちになれた。

　尊にも、この景色を見せてやりたいと思った。ちょうど、町で物騒な事件が相次ぎ、子供だけで出歩かないよう学校などでも呼びかけていたから、尊も友人と遊ぶのを控えなくてはならない。そういう意味では、あいつをここに連れてくるにはちょうどいいタイミングだった。危ない事件が起きているからといっても、ここにはひったくりが狙うような金目のものはない。案の定、俺たち二人以外に、ここを訪れる人間はほとんどいなかった。

晴れている日は、学校帰りにいつもここで待ち合わせて、暗くなるまでその日の出来事を互いに報告し合った。俺が話したのは、ほとんど適当に拵えた嘘ばかりだったけど、尊は楽しそうに聞いてくれた。

俺が置かれている状況に、たぶん、尊もうすうす気づいていたと思う。でも、あいつは一度も訊いてはこなかった。そして、それが俺にとってはありがたかった。尊の前でだけは、俺は強くいられる。あいつの兄でいられるなら、他のことなんてどうでもいいと思った。

だからこそ、俺はあの日、尊との約束を破らずにはいられなかった。決して見過ごせない――いや、見過ごしちゃいけないあいつらの悪事を目撃してしまったからだ。

俺たちが引っ越してくる前まで、吉村たちの標的になっていたのは、西村香奈という女子生徒だった。

彼女は痩せていて肌が白く、やや栗色の髪はいつもショートカットに切り揃えられていた。勉強の成績は良いけど、体育はからっきしの文化系タイプ。絵に描いたような図書委員といった感じで、いつも窓際の席で文庫本なんかを読んでいる物静かな子だった。

一年生の頃は、彼女にはちゃんと仲の良い友人がいて、行事の際には率先して働き、皆に好かれる朗らかな笑顔の持ち主だったと誰かに聞いた。でも俺が引っ越してきた時には、彼女を取り巻く環境は大きく変化していたようだ。

始まりは教室で起きた窃盗事件だった。体育の授業中に数人の生徒の財布から金が抜き取られたという、お決まりのやつだ。その犯人が吉村ではないかと教師に進言したのが、香奈だったという噂が広まった。それが巡り巡って吉村の耳に入ったために、事態は悪化の一途を辿ることになる。

結果的に、窃盗犯は吉村ではないという結論が出た。念入りな身体検査で見つかったのが、煙草とライターだけで、クラスメイトらの財布から抜き取られた金は出てこなかったのだ。

吉村は正真正銘、性格の歪みきったクズだったが、そんな彼でも、己の無実を信じてもらえなかったのには心を痛めたのだろう。いや、そういう奴だからこそ屈辱だったのかもしれない。聞くところによると、騒ぎが起きた日の夜に、土建屋を営む父親にかなりこっぴどく痛めつけられたらしく、顔に青あざまで作っていたという。それもこれも、すべては香奈のせいだと考えた吉村は、彼女への報復行為を開始した。

今思い出しても胸糞が悪くなるような執拗さで、奴らは香奈をいたぶった。来る日も来る日も、大勢の前で卑猥な言葉を浴びせ、勝手に撮影した写真を学校の掲示板に張り出し、援助交際をしているなどと事実無根の噂を流した。

クラスメイトたちは、あまりにも陰湿なそのやり方を目の当たりにして恐怖を抱き、下手に手を差し伸べたら、自分にまで危害が加えられると怯えた。かつて香奈を擁護していた女子たちも見て見ぬふりをし、やがてクラスの全員が香奈をいないもののように扱った。なかには「告げ口をする香奈も悪いよね」などと的外れなことを言い出す恥知らずもいたらしい。

一か月もする頃には、香奈はすっかり神経をすり減らし、学校も休みがちになった。だが厳しい親の言いつけによって、再び、登校せざるを得なかった。

ちょうどその頃に、俺たち家族がこの町にやってきた。吉村たちは馴れ馴れしく近づいてきて俺に金をせびる一方で、香奈に対する仕打ちを自慢げに語った。

俺が奴らを嫌悪するようになった最大の理由はまさしくそこだった。

群れをなして弱いものを——しかも、何の抵抗もできない気弱な女の子をいたぶり、それをさも正しい行為であるかのように振る舞う吉村を、俺は心の底から軽蔑した。

結果的に、俺と香奈のクラス内での地位はほぼ同列となった。吉村たちも、少し飽きていた部分があったんだろう。その頃になると、香奈が登校してきても構うことなく、俺をターゲットにすることが多くなっていった。

あいつらの行為に耐える一方で、俺はひそかに香奈を守った気になっていた。もちろん、そんなこと香奈にとっては気休めにもならなかったと思うけど。

俺にとっても香奈にとっても、学校生活は苦しみ以外の何ものでもなかった。誰に助けを求めることもできず、手を差し伸べてくれる人もいない。心配をかけたくないから親にも相談できない。そんな深みにはまって、自分の心がすり減らされていくのを、俺は確かに感じていた。弟と笑顔で話をしながらも、翌日の学校のことを考え、息苦しさに襲われていた。時折、尊はそんな俺を心配そうに見ていたが、本当のことなんて話せるはずなかった。俺個人の問題で、あいつにいらぬ心労を与えたくなかったからだ。

弟には、いつも笑っていてほしい。その気持ちだけが、くじけそうな心を奮い立たせる唯一の希望だった。

そして、あの日がやってきた。

あいつらはその日、いつも以上に浮かれていて、授業中にも下卑た笑いを浮かべながら香奈を見ていた。

何か悪いことが起きる。そんな予感を俺はひしひしと感じていた。

放課後、急いで教室を後にした俺は、グラウンド脇にあるウサギ小屋の陰に隠れてあいつらが校舎から出てくるのを待った。

その日はテスト期間中で部活動は行われていなかった。思った通り、下校する生徒たちの流れが途絶えた頃、あいつらは校舎から出てきた。そして周囲の目を気にしながら、嫌がる香奈を体育館裏の使われていない倉庫へと無理やり引っ張っていった。どうやって鍵を持ち出したのか、倉庫入口の南京錠を外し中に入った奴らを見て、俺は取り返しのつかないことになると確信した。

悪ふざけも、ここまでくるともう悪戯では済まない。でも、そんな風に自制をきかせるほど、あいつらはまともな連中じゃなかった。

そのまま回れ右をして帰るという考えが頭に浮かばなかったと言えば嘘になる。関わりたくないと思ったし、これ以上、吉村やその取り巻きたちを刺激してしまうと、そのツケが全部自分に回ってくるとわかりきっていたからだ。

今すぐ逃げ出して、ゴミ山で待っている弟の元に行きたいという気持ちが強く沸き立った。けれど、頭の中で尊の顔を思い返した瞬間、その考えは嘘みたいに霧散した。

ろくに話したことはないと言っても、香奈は知らない相手じゃない、しかも何の罪もない彼女がこれからどんな目に遭うかを知りながら、無視して逃げたと知ったら、尊は俺のことをどう思う？

俺は、どんな顔をして弟に会えばいい？

そう自分に問いかけた時、すでに答えは決まっていた。

倉庫に近づくと、言い争うような声が聞こえた。入口はしっかりと閉じられていたけど、窓ガラスが一部割れていたので、中の様子は簡単に窺えた。

想像した通り、あいつらは三人がかりで寄ってたかって香奈を押さえ付けていた。スカートはめくれ上がり、白い太ももが露出している。外れたタイが埃塗れの床に投げ出され、乱れたブラウスの胸元からはブラジャーが覗いていた。

両手と右脚を押さえ込まれ、唯一自由の利く左足をばたつかせる香奈の顔は悲痛に歪んでいた。それこそ、いわれのない罪状を突きつけられた死刑囚のような表情で泣きじゃくり、「やめて……やめて……」と壊れたラジオみたいに繰り返している。

そんな彼女を見下ろして、吉村は笑っていた。ごく当たり前の光景を目にしているかのようなその笑顔が、俺は何より恐ろしかった。

これから起ころうとしている出来事が、何より卑劣(ひれつ)でおぞましく、人の尊厳を踏みにじる最悪の行為であることは、きっとあいつらにだってわかっているはずだ。けれど、吉村の浮かべる笑みには、その決して踏み越えてはいけない一線を軽々と飛び越えてしまうような危うさがあった。

吉村がまともな精神の持ち主ではないと改めて確信したのは、この時だったと思う。それまでは、心のどこかであいつにも人が本来持つべき良心のようなものがあると思っていた。いつか自分の行いに気づき、愚かさに失望し、傷つけた人に対する謝罪の気持ちを抱く日が来ると、俺は本気で思っていた。

それが完全に打ち砕かれたのが、まさしくあの瞬間だったんだ。

まともじゃないどころか、人間じゃない。吉村の口車に乗せられ、人として持つべき最低限のモラルを簡単に捨てようとしている取り巻きの連中だって同罪だ。

奴らは自分自身を納得させようとするみたいに、しきりに引き攣(ひ)った笑みを浮かべて互いに視線をかわしていた。目の前に横たわる香奈の身体に目を奪われ、数日ぶりの食い物を前にして涎(よだれ)を垂らす獰猛(どうもう)な野犬と化していた。

そんな奴らに、香奈の命乞いが届くはずはない。それがわかるからこそ、俺はたまらなく怖くなった。

どうすれば彼女を無事に救出できるか。そのことばかりを考えていた俺の視線の先で、吉村が制服のポケットから何かを取り出した。

「おい西村、ちゃんとこれを使ってほしかったら、大人しくしろよ」

ピンク色をした小さな箱を香奈の目の前にちらつかせて、吉村は嗜虐的な笑みを刻む。ぞくり、と背筋が粟立つような笑い方だった。

それまで泣きじゃくるばかりだった香奈の顔には、はっきりと絶望の色が浮かんでいた。これから自分の身に何が起きるのかを悟り、同時に逃げ場などないことを突きつけられ、あまつさえ、吉村は香奈を黙らせるのに最も有効で最も残酷な選択肢を提示したのだ。その狡猾で残忍なやり口を目の当たりにし、絶望した彼女が抵抗を諦めてしまうのも無理はなかった。

奴らの笑い声が倉庫に響くなか、俺は怒りと恐怖に打ち震える一方で、強い焦りに囚われていた。

もしこの中に飛び込んでいっても、結果は変わらない。無力な俺がどうあがこうが、一度に四人を相手にはできない。誰かに知らせるにしても、すでに吉村は香奈のブラウスを脱がしにかかっている。とても間に合わない。

だから、俺は倉庫に火をつけた。数日前、ゴミ山からの帰り道に尊と寄ったホームセンターで花火を購入した時に一緒に買ったものが、制服のポケットに入れっぱなしだったのだ。それを使って教科書やノートに手当たり次第に火をつけ、割れている窓の隙間から投げ込むと、古びたマットや跳び箱に次々と火が燃えうつった。

あっという間に火の手は回り、倉庫の中にはもうもうと煙が立ち込めた。そこでようやく事態に気がついたあいつらは、まさしく蜘蛛(くも)の子を散らすように逃げ出していった。荷物も持たず、制服のズボンをずり下げたまま転げるように逃げていく吉村の姿は、忘れられないくらい滑稽(こっけい)だった。

あいつらがいなくなるとすぐに、俺は倉庫に駆け込んで香奈を連れ出した。訳もわからず俺に手を引かれる香奈は、味わった恐怖から冷めやらぬ様子だったが、俺があいつらの仲間ではないことをすぐに理解してくれた。

俺たちが裏門から出ていく頃には、校舎から飛び出してきた何名かの教師が体育館裏に駆けていくところだった。悪いとは思ったけれど、放火犯として名乗りを上げるわけにもいかず、見つからないよう学校を後にして、香奈を家まで送ることにした。

香奈の家は、長い坂を上った先にある豪奢(ごうしゃ)な一軒家だった。

彼女の母親に事情を説明し、すぐに帰ろうとしたけれど、父親が帰ってくるまで待ってほしいと引き留められた。母親は、やはり娘が学校でどんな目に遭っているのかを知らされておらず、話を聞いた時は卒倒しそうになっていた。香奈が俺のことを命の恩人だと大げさに表現した時も、それこそ仏を拝むみたいにして、俺に何度も礼を言ってくれた。

夕方のニュースで火事の件が報道された。教師たちの迅速な対応もあり、倉庫の火はすぐに消し止められたという。また、逃げていく吉村たちの姿も何人かの教職員が目撃しており、放火は彼らの仕業だと考えられた。少し前に、煙草を所持していた前科もあり、今度は吉村が無実を訴えても、信じる大人は一人もいなかっただろう。

焼け跡から奴らの荷物が出たり、直前に鍵を拝借するため職員室に出入りしていたこともあって、いよいよあいつらは言い逃れができなくなったわけだ。

二時間後に帰宅した香奈の父親から、俺は丁重に礼を述べられた。

実は香奈の父親は弁護士をしており、奴らを全員訴えると言った。娘の受けた苦痛を考えれば当然だっただろう。その時、俺もできる限りのことをすると約束すると、香奈の父親は目に涙を浮かべ、「ありがとう」と強く俺の手を握った。

家族以外の誰かにあんな風に感謝されたのは初めてだった。誘われるがまま夕食をご馳走になり、香奈や彼女の両親と様々な話をした。

前にいた街の事、両親の店の事、そして六歳離れた弟の事……。

それぞれの境遇こそ違えど、俺の家族と香奈の家族は、根本的なところで似ていた。娘に深い愛情を注ぐ両親——仕事に燃える父と、それを支える母。その両親を想い、心配をかけまいと必死に歯を食いしばっていた香奈。

温かな家庭は、それこそ俺が日々求めていたものだった。それまで漠然と感じていた香奈に対するシンパシーのようなものは確信へと変わり、同時に俺は彼女に好意を持っている自分に気づかされた。

香奈も同じ気持ちだったのではないかと思ったのは、さすがに調子に乗りすぎかもしれないけど。

温かい食卓で気分よく話をしている間、弟のことが頭をよぎったのは確かだった。それでも、香奈の家族と過ごす時間は楽しかった。初めてこの町に受け入れられた気がした。だからこそ、途中で帰ると言って席を立つことができなかった。それに俺が待ち合わせに来なければ、弟は自分で家に帰るだろうとも思っていた。一人じゃ何もできない幼稚園児でもあるまいし、腹が減れば家に帰りたがるのはいつものことだった。

何より俺は、この時ばかりは弟よりも自分を優先したかったんだと思う。記憶にある限り最初で最後の、弟のことをないがしろにした瞬間だった。

今日からは、弟に嘘の学校生活の話をしなくて済む。きっと何もかもがうまくいく。そんな清々しい気持ちで香奈の家を出た時、すでに陽は落ちて辺りは真っ暗だった。帰る途中、コンビニで適当なお菓子を買って、尊の機嫌を取ろうとした。

今日の出来事を土産(みやげ)話にすれば、弟はきっと目を輝かせて喜んでくれるに違いない。本気でそう思っていた。

でも、そうはならなかった。

帰宅した時、家は真っ暗で、弟の姿はどこにもなかった。まさかとは思ったけれど、部屋に荷物を置いた形跡もないし、寄り道をしているにしても、こんな遅い時間まで一人で出歩くはずはない。

あいつはまだゴミ山にいる。そう、否が応にも理解できてしまった。

いつまで経っても来ない俺を待っているうちに、あの座り心地の悪いソファで寝入ってしまったのだろうか。そんな想像をしながら、自転車を走らせた。

ゴミ山に辿り着くと、いつもと様子が違っていた。それは単に周囲が暗いとか、そういうことじゃない。明らかに何かが違うという強烈な違和感。

家から持ち出してきた懐中電灯で周囲を照らしながら進むと、うず高く積まれた粗大ごみの山の一角が崩れていることに気がついた。

そして俺は、尊を見つけた。

あいつはボロボロの洗濯機やら、キッチンシンクやら、半分に折れ曲がった二段ベッドやらのがれきの下で、左半身を押し潰された状態で倒れていた。

自分でもおかしくなったんじゃないかと思うほどに尊の名前を叫びながら、しかし強引に引っ張り出すこともできなくて、俺はパニックに陥った。

あれほど駄目だと言ったのに、ゴミの山に登ろうとしたのだろうか。それとも、たまたまそばを通った時に山が崩れ、押し潰されたのか。その真相はわからなかったが、少なくとも俺が一緒だったら、あいつは絶対にこんな所に近づいたりしなかった。

全部、俺のせいで起きたことだ。そう理解した瞬間、同時にこれまでの生活が――香奈の家で感じた家族の温かみや大切さみたいなものが、音を立てて崩れていくのを、俺ははっきりと感じていた。

麓のコンビニで事情を話し、救急車が駆けつけるまでの間、意識を失った尊に呼びかけながら、俺はひたすら自分を責めた。

運び込まれた病院で緊急手術が行われる間、俺は警察官に状況を説明させられた。もちろん詳しい状況などわからない。そんな俺に制服姿の警官が告げたのは、弟が二時間近く、あの状態で放置されていたということだった。つまり、俺が香奈の家で食事をしている間、尊はひとり冷たいがれきの下に横たわり、助けを求めていたことになる。

その事実は俺を完膚なきまでに叩きのめした。けれどその一方で俺は、心のどこかで弟があんな目に遭った責任が自分にあると認めたくなかったんだ。

このことは誰にも知られたくない。もちろん、両親にもだ。

だから、俺は嘘をついた。何度駄目だと言っても、弟はあそこへ遊びに行っていたのだと。

待ち合わせをしていた事実はもちろん、二人であの場所で過ごしたことも、あそこを秘密基地だと言って弟に教えたことすらも、ないものとして振る舞った。

警察官は俺の話を信じたらしく、気を落とすなと肩を叩いてくれた。

両親を待つ俺の目の前を、医者や看護師が慌ただしく駆け回るなか、「意識不明」「重篤」「危険な状態」といった言葉が漏れ聞こえてきて、俺はたまらず耳を塞いだ。心の中では、ただ一心に弟に対する謝罪を叫びながら、それこそガキみたいに縮こまり、無様に震えていた。

警察から知らせを受けた両親が店を放り出し、大急ぎで病院へ向かう途中、赤信号の交差点に侵入し、大型ダンプトラックと衝突したと知らされたのは、そんな矢先だった。

5

一通りを語り終えた後で、兄は深く息をついた。

「ご両親はそのまま……？」

櫛備の問いかけに対し、兄は重々しく首を縦に振った。

「二人とも即死だった。死んだことにも気づかないくらい、あっという間だったんだろうな」

兄は苦笑した。普段の兄からは想像もつかない苦しげな口調。長い時間が過ぎているとはいえ、両親の死は兄の心に打ち込まれた楔（くさび）となって、決して抜けることはないのだろう。

もちろん、ぼくだって同じ気持ちだ。兄はああやって自分を責めているけれど、同じくらい、ぼくはぼく自身を強く責め、責任を感じている。

「これでわかっただろ。うちの家族が壊れちまったのは、全部俺のせいなんだ。何よりも大切にしなきゃいけなかったのに、それができなかった。こんなことになるってわかっていたら、違う選択をしたかもしれないけどな……」

兄の声が微（かす）かに震えていた。

ぼくは今すぐ飛び出して、そんなことはないと叫びたかった。兄ちゃんが責任を感じることじゃない。そう心の中で繰り返す言葉に嘘はなかった。

この場所で再会してから、ぼくはただの一度だって兄を責めようとは思わなかった。むしろその逆で、背負っている罪悪感に今にも押しつぶされ、バラバラに砕け散ってしまいそうな兄のことが、ずっと気がかりだった。助けてあげたいと思った。けれど、そうしてやれない自分の無力さが心から情けなかった。

ぼくたち兄弟は、それぞれが同じ罪を背負い込み、しかしそのことを互いに悟られぬよう、ずっと胸に秘めたまま、あまりに長い時を共にしてきた。

だから、もうそろそろ終わりにしなきゃならない。

そんなぼくの心中を察したかのように、櫛備は低く、重みのある声を兄に向けた。

「君の抱えるつらさを寸分たがわずに僕が理解できるなどと言うのは、実におこがましいことだ。だから、あえて同情めいた言葉をかけるような真似はしないでおくよ。その上で僕の意見を言わせてもらうが、君のその、弟を思うがゆえに真実を打ち明けられない苦しみは、そっくりそのまま鎖となって彼を縛り付けている。そのことには気づいているんだろう?」

「……わかってるよ。そんなこと」

今に血反吐でも吐き出しそうな顔で、兄は呻いた。

「俺だって尊に全部ぶちまけたい。本当のことを話して謝りたい。けど、どうしてもできないんだ。怖いんだよ。すべてを知ったら、あいつはきっと俺に失望する。憎まれたって当然だと思うけど、それでも俺は、がっかりされたくないんだ」

兄の声に熱がこもり、喚くような口調になって、櫛備へと詰め寄る。

「尊に嫌われたら、俺にはもう誰もいなくなる。あいつに信頼されて、必要とされてなきゃ、俺がいる意味なんて何もないんだよ」

「たとえ真実を知ったとしても、弟さんはあなたに失望したりしないと思うわ」

割って入った美幸を一瞥し、兄は力なく首を横に振った。

「そうかもしれないな。けど、たとえそうだとしても、今まで通りにはいかなくなる。尊は俺の顔なんて見たくないと思うはずだ。俺たちの関係は決定的に変わっちまう。だから、そうなるくらいなら俺はこのままでいい。嘘でも何でも、あいつをこれ以上苦しめずにいられるならそれで——」

「そういうところが思い上がりだと言っているんだよ」

櫛備の声に鋭く遮られ、兄ははっとして言葉を切った。

「うまく隠し通せていると思っているのかもしれないけどねえ、それは大きな間違いだよ。君がしているのは、まったく見ていられないほどに愚かで救いようのない一人相撲だ」

「……なんだと？」

　鋭く睨みつけた兄の視線を軽くいなして、櫛備はその頬に皮肉げな笑みを浮かべた。

「君の弟は、とっくにそのことに気づいているんじゃあないだろうか。何もかも知ったうえで、抱え込んだ罪の意識に苦しむ君を放っておけず、毎日この場所に来ていた。それこそ気の遠くなるような時間を、何も気づいていないふりをして君と過ごし、君が現実を受け入れることをひたすら待ち続けていたんだ」

「そ、そんなこと……」

　ぶるぶると首を横に振る兄に対し、櫛備はどこか困ったように肩をすくめる。

「弟に限ってそんなことはあり得ない。とでも言いたげだねえ。確かに君の話を聞いている限りでは手のかかる、危なっかしい子供だったかもしれない。だが、誰よりそばにいた君のことだからこそ気づくことだってある。大好きな兄のためだからこそ、何もかもなげうって、そばにいようと思えるんじゃあないか。そこまで健気（けなげ）な思いやりを持つ彼が、たった一つの失敗を責め立てて君を見放すなどと、本当に思っているのかい？」

　兄は言葉を失っていた。何事か思案するように目を泳がせ、疑惑と混乱が渦巻く頭を抱えるようにして俯いた。

そんな兄に対し、櫛備は更に畳みかけるように言葉を浴びせていく。

「君の弟は、ずっと待っているんだ。君が自分からすべてを打ち明け、現実を受け入れる勇気を持つ時を。君がそうであるように、彼にとってもこの場所で君と過ごす時間は特別なものだった。生と死の狭間で不安定に漂いながらも、奇跡的に息を吹き返した彼は、半身に障害を負いながらも毎日、この坂道を上ってやってきた。そのソファに座り、手首を切って自殺した君に会うために」

　櫛備の視線の先、薄汚れたソファには、黒ずんだ血の跡がくっきりと残されている。そう、兄の血だ。事故で死亡した両親。集中治療室でまさに死を迎えるだけとなったぼく。兄は家族の破滅を引き起こした自分を、どうしても許せなかった。

　ぼくの回復が絶望的だと言われ、そのことに向き合うことができずに、兄はこの場所で命を絶ってしまった。そのわずか二週間後にぼくが奇跡的に目を覚ますと知っていたら、兄は今でも生きて、ぼくのそばにいてくれただろう。

　ぼくは左半身に障害を負いながらも順調に回復していった。左腕は人差し指がかろうじて動く以外、まともに動かせないし、左脚も膝から下を失ってしまったけれど、それ以外は事故に遭う前と変わらなかった。

　義足を装着して歩けるようになると、ぼくは真っ先にゴミ山にやってきて、二度と戻らない日々を回想した。

あの日、兄が待ち合わせに来ないのをいいことに、ちょっとした好奇心から駄目だと言われていた粗大ごみの山に近づき、失くしていた野球ボールを見つけてしまった。そこでやめておけばよかったのに、安易に手を伸ばしたせいで何もかもが変わってしまった。

ぼくが助からないと思い込み、責任を感じた兄が自殺したこの場所に来るのはとても抵抗があったけど、家族の思い出が詰まったあの家にいるのはつらかった。

この場所でなら、つらいことよりも兄と過ごした楽しい時間を思い出せると思った。兄の血が沁み付いたソファに座り、遠くの山々に沈んでいく太陽を眺めていた時、業務用冷蔵庫の向こうから兄がやってきて、「よう」と当たり前のように声をかけてきた時は、自分の頭がどうかしてしまったのではないかと思った。

けれどそれ以上に、ぼくは嬉しかった。幽霊だとか魂だとか、その定義はわからないけれど、また兄に会えたのだから。

肉体はこの世から消えてしまったはずなのに、それでも兄は、その理を捻じ曲げてでもぼくのところに戻ってきてくれた。

そのことが、嬉しかったんだ。

「君の存在は確かに弟くんの助けになった。下手をすれば、彼だって家族を追いかけて命を絶つという選択をしていたかもしれない。そういう意味で、死者となって舞い戻った君との時間は、必要不可欠だったといえる。だがその一方で、彼は毎日この場所に通うことだけを考えて生きるようになってしまった。人ならざる君との交流を大切にする一方、現実の世界をないがしろにし、社会に踏み出すことができなかった。夕陽が沈むまでのわずかな時間のためだけに、彼の人生は存在していたようなものだ。これが、いかに不健全で厭世的であるか、君にも理解できるだろう？」

そう言って、櫛備はあの日の——中学の頃から何一つ変わらない姿をした兄をじっと見据えた。

「なに言ってるんだ、あんた……？　あいつはまだ小学生だ。友達なんて、ゆっくり作っていけばいいだろ。社会に出るのなんか、ずっと先の……」

最後まで言い終えることなく、兄は押し黙った。

じっと射抜くような眼差しを向ける櫛備の迫力に気圧されたのか、あるいは自分でも気づき始めている事実に、ようやく目が向いたのだろうか。

その場は奇妙な沈黙に満たされていた。ずっと物陰に潜んで様子を窺っていたけれど、もうその必要はなさそうだった。

ぼくは立ち上がって歩き出した。砂利を踏みしめるたび、不揃いな足音が静寂に響く。義足をつけた左脚をぎこちなく引きずりながら、兄の前に姿を現した。

「――尊？」

兄はそう、自信なさげな声で呼びかけた。その調子から、兄が本来のぼくの姿を目にしていることがわかる。腕と脚に障害を負ったぼくの姿。小学生ではなく、二十四歳になった今のぼくの姿を、兄は目の当たりにしているのだ。

「本当に、尊なのか……？」

「そうだよ。兄ちゃん」

何故かわからないけれど、ぼくは場違いな照れくささに見舞われ、少しだけ笑った。驚いた顔をしてぼくを見上げる中学生の兄を前に、ぼくはこの時初めて、本当の意味で兄に再会できた気がした。

「どうなってるんだよ。お前、なんで……？」

「十五年、経っているんだ」

静かに告げたのは櫛備だった。

「君が死を迎え、そして霊体となってこの場所に留まり、弟くんと再会してから、十五年という月日が流れた。彼はその間、この町に越してきた叔父夫婦に引き取られて育てられたが、学校には行かなくなった。友人付き合いはなくなり、心を閉ざして誰とも話をしようとしなかった。毎日夕暮れ時に家を出ていき、日が暮れると戻ってくる彼を、叔父夫婦は最初の頃こそ心配していたが、やがて好きにさせてくれるようになった。中学に進学しても、その生活は変わらず、高校には入れなかった。いや、入ろうとすらしなかった。そうだろう？」

　叔父さんたちから話を聞いてきたのだろう。確認するように問われ、ぼくはうなずいた。

「なんでだよ尊。どうしてお前……」

　その理由がわからないのか、兄はぼくに詰め寄ろうとした。だが、続く櫛備の言葉が兄を制止する。

「翔太くん、君にとってこの世界に留まる理由が弟であるのと同じように、尊くんにとっても兄である君こそが生きていくための理由だったんだ。もうこの世にいないはずの兄に再会した日から十五年間、彼は毎日欠かすことなくここへやってきた。そうしないと、二度と君に会えなくなるのではないかという恐怖が、常について回っていたんだろう」

　櫛備の言葉を確認するように、兄がぼくを見上げる。

　ぼくは、再び無言のままうなずいた。

「そっか……十五年か……」

　そう、自らに言い聞かせるようにして兄は呟いた。それから顔を上げると、おもむろに口の端を持ち上げる。

何かをぐっとこらえている時の、兄の笑顔だった。

「ごめんな尊。俺、ずっとお前に無理させてたんだな」

その一言を受け、ぼくは胸の内から溢れ出す感情の波を押しとどめることができなかった。

「にい……ちゃ……」

意図せず流れ落ちた涙が、頰を伝って顎先からぼたぼたと滴る。

それを拭うことすらできずにいるぼくに、兄は絞り出すような声で、

「あの日、一緒にいてやれなくてごめん。嘘をついてごめん。父さんと母さんのことも、本当にごめん……。今までずっと、それが言えなかった」

「……違う、兄ちゃんが悪いんじゃない……」

ぼくはぶるぶると首を横に振る。それこそ子供みたいにしゃくり上げながら、必死に言葉を絞り出した。

「ぼくは兄ちゃんのことを一度だって恨んだりしてないよ。当たり前だろ。悪いのはぼくだったんだから」

「尊……」

「十五年前のあの日、会いに来てくれて嬉しかった。どんな形であれ、兄ちゃんと一緒にいられたから、生きようって思えたんだ。兄ちゃんのおかげで、ぼくはずっ

と……一人じゃないって思えた……」

　切れ切れに吐き出す言葉に対し、何か言おうとする兄の口を塞ぐようにして、ぼくは「でも……」と続ける。

「……できたら……生きててほしかったよ……兄ちゃん……」

　兄ははっと表情を固め、それから少しだけ俯いた。次に顔を上げた時、目尻からいくつかの涙が零れ落ちた。

　濡れそぼった瞳でまっすぐにぼくを見つめた兄は、少し照れくさそうに、それでいてどこか嬉しそうに笑い出す。

「そうだよなぁ。俺ってホント、肝心なところで抜けてるんだよなぁ。いつも、お前の世話ばかり焼いてるせいで、自分のことになると、どうしてもいい加減になっちまうんだ」

　がりがりと頭をかいて笑う兄につられて、ぼくも自然と笑い出す。

「ああ、本当だよ。早とちりなんかしないで、ぼくが目を覚ますのを待っててくれればよかったんだ。兄ちゃんはいつもそうやって、何でも一人で決めて、勝手に結論を出してさ……」

「ははは、お前の言う通り、早とちりもいいとこだ。馬鹿みたいだなぁ……」

　口調とは裏腹に、兄の顔はこの十五年で一番、晴れ晴れとしている。そんな気がした。

兄はふと、何かに気がついたみたいに周囲に視線を走らせ、それから一点を見つめた。

「ああ、眩しいなぁ。もう、こんな時間なのか」

ぼくは兄に倣って周囲を見渡したけれど、すでにほとんど日は沈み、ゴミ山は闇に染まりつつあった。

「何言ってるんだよ。別に眩しくなんか……」

「お前こそ何言ってんだ尊。こんなにあったかくて綺麗なのに」

兄は群青色の空を見上げ、言葉通り眩しそうに目を細めていた。手でひさしを作り、赤々と燃える夕陽を眺めるみたいにして。

ぼくは、はっとして櫛備を振り返った。彼はあえて何も言わなかったが、すべて了解済みといった顔で一つ、うなずいてみせた。

そう、そういうことなのだ。

「兄ちゃん……」

理解すると同時に、ぼくは急激な焦りを感じ、思わず一歩踏み出した。

「待って……まだ……」

まだ言いたいことがある。そう思うのに、何を言うべきかがわからなくて言葉を彷徨わせた。もうやめるべきだと、互いに互いを解放すべきだと、頭ではわかっているのに、いざとなると迷いが生じていた。

いなくなってほしくない。一人になんてなりたくない。そんな、子供が駄々をこねるような気持ちで、ぼくはぐっと拳を握り締めた。助けを求めるように櫛備や美幸を振り返る。美幸は口元を手で押さえ、その大きな二つの目を潤ませていた。櫛備はというと、あの飄々(ひょうひょう)とした表情をどこかへやり、ひたすら真剣な表情をして成り行きを見守っていた。

十五年続いたぼくら兄弟の夢のような時間。その終焉(しゅうえん)を決して見逃すまいとしているかのように。

「――尊」

呼びかけられ、兄に向き直った。

兄はその手をぼくの肩に置いて困ったように笑う。

あの頃、わがままを言うぼくをなだめ、励まし、そして元気づけてくれた時と同じ、強くて優しい笑顔だった。

「いつの間にか、こんなに大きくなってたんだな。全然気づいてやれなかったよ」

そう告げる兄の姿が、ゆっくりと、しかし確実に薄れてゆく。まるで周囲の闇に溶け込んでいくみたいに、音もなく――。

「もう、大丈夫だよな。だってお前は……」

「兄ちゃん……ぼくは……」

「お前はさ……」

「兄ちゃん！」

　何か言おうとするぼくを遮るように、兄は首を横に振る。そして、まっすぐに僕を見つめた。

「――俺の、自慢の弟だ」

　その言葉を最後に兄の姿は闇の中へと溶けていく。

　まるで、最初からその存在が幻であったかのように、兄は今度こそ永遠にぼくの前から姿を消したのだった。

6

　二か月後、櫛備十三は別件の依頼を受け、再びこの町を訪れた。

　知り合いだという市長の頼みで、この町にいくつかある廃墟を霊視するためだった。市役所の職員に連れられ、四件ほど心霊現象に悩まされているという物件を梯子し、それぞれの家屋や店の跡地で霊視をした櫛備は、世にも恐ろしい幽霊の存在を得意げに語っていた。

もちろん、そんなのは全部嘘っぱちで、美幸には彼の語るような怨霊など欠片も見つけられなかった。言うまでもないが、いつも通りの櫛備のやり方である。

こうして櫛備は新たな仕事を請け負い、後日、除霊に来ると約束をして、案内してくれた職員と別れた。

その後、「ちょっと寄っていこうか」と思いついたように言った櫛備の提案で、二人はゴミ山へやってきた。

杖をつきながらでは少々つらそうな坂道を上り終えた時、櫛備は「ほう、見違えたねえ」と驚きの声を上げた。その言葉の通り、かつて無数の粗大ごみに覆われていたゴミ山の光景はすっかり様変わりしていた。

張り巡らされていた鉄柵は撤去され、見渡す限り積み上げられていたゴミは跡形もなく消え去っている。そして、更地と化したその場所には、プレハブ小屋が設置され、地盤をならすための重機が運び込まれていた。

櫛備の働きによって、この場所から霊がいなくなったと報告を受けた市の職員により、土地開発事業は順調に進んでいるようだった。

「あれからまだ二か月しか経ってないのに、あっという間ですね」

美幸がぼやくような口調を漏らす。櫛備は顎髭を撫でながら軽く苦笑した。

「悲しいことがあった土地だからこそ、新たに何か作ることで過去を払拭したいんだろうねえ。実際、大貫翔太の霊は誰かに危害を加えた様子はなかった。霊の祟りで原因不明の事故が起こるというのも、単なるこじつけだったんじゃあないかな」

もしかすると、業者が見たという怪しげな人影というのも、兄に会いに来ていた尊の姿だったのかもしれない。脚を引きずるような姿や斜めに傾いだ体勢などといった目撃証言は彼の風貌と一致する。

そんなことを思い、美幸はひとり心の中で納得した。

「ともあれ、この場所での除霊に成功したことで、市長はたいそうご機嫌だった。今日見てきた四件の除霊もよろしく頼みますと、丁寧に頼まれてしまったよ」

ご満悦、といった様子で櫛備は肩を揺らす。こういう時くらい、金に汚いがめつさを抑えることができないものだろうか。

大貫兄弟のことを思い返し、感傷に浸っていた気持ちが踏みにじられたような気がして、美幸は忌々しげに溜息をついた。櫛備の欲にまみれた顔を見ていると、せっかくの心を洗われるような兄弟愛も霞んでしまう。

「それにしても先生、あの兄弟の件は、ここ最近で一番いい仕事をしましたね。いい加減なやり方で大貫翔太の霊を追い払おうとしませんでしたし。私、ちょっと見直しましたよ」

　自分で兄弟の絆に弱いと言っていたことからも、櫛備自身、互いを思いやるがゆえに離れることができずにいたあの兄弟には、強い思い入れがあったのかもしれない。無関係なはずの美幸ですらもこうして思い出すだけで涙ぐんでしまうほど、彼らの絆の深さには感動を覚えたし、おそらく最良の形で二人の旅立ちを促した櫛備のすごさを、改めて実感してもいた。

「ああ、まあそれはそうなんだけどねえ……」

　ところが、当の櫛備はというと、まるで奥歯に物が挟まったみたいな物言いをして、しきりに視線を泳がせている。手にした杖の握り部分に施された金の装飾を手持ち無沙汰に弄ぶさまは、何か言いづらいことがある時の癖に違いなかった。

「先生、どうかしたんですか？　何か私に言ってないことでもあるんですか？」

　美幸が語気を強めて訊ねると、櫛備は不承不承、口を割った。

「今日、僕たちを案内してくれた職員の女性、いるだろう？　二か月前にも彼女がゴミ山について説明してくれて、詳しい場所なんかも教えてくれたんだが、実はその彼女が少しばかり厄介でねえ」

「厄介？」

「ああ、そもそもゴミ山の幽霊騒ぎを解決するために、市長に僕のことを進言したのは彼女だったらしいんだよ。ネットやテレビでの僕の活躍を見ていた彼女は、市長が僕と懇意にしていることを知って、これ幸いとばかりに上司を説得したそうだ」

「先生に仕事を依頼したのは、市長じゃなかったってことですか？」

その通り、と櫛備は不本意そうに首肯する。

「死んだ兄に会うため、毎日ゴミ山を訪れる大貫尊を救ってあげてほしい。最初に会った時、彼女はそう言ったんだ」

「それってつまり、先生がここに来るより先に、その人は大貫尊が毎日ここへ通って、兄の翔太と会っていたことを知ってたってことですか？」

「そうなんだ。彼女は霊が視える体質ではないようなんだが、尊くんが毎日この場所で兄に会っていることを知っていた――というより、信じていた。大貫翔太の霊がこの場所にいて、弟はその幽霊と会うのをやめられずに苦しんでいる。だから二人が互いに納得の上で、さよならを言えるように手助けしてほしいと言われてしまったんだよ」

櫛備は、さもくたびれた様子で重い息を吐き出した。

「そんな風に、僕が霊視する前から事実を言い当てられてしまっては、デタラメな霊をでっち上げて、適当な仕事をするわけにいかないだろう？」

「……まさか先生、それで素直に彼らに協力する気になったんですか？　いい加減な嘘をついて、自分のインチキがその職員の人にバレるのが怖かったから？」
　ビンゴ、と場違いに明るい声を上げ、櫛備は杖の先で美幸を指した。
「信じられない。そんな理由で？　ああ、もう最悪。さっきの言葉返してくださ
い。先生のことを素直にすごいと思った私の気持ち、全部返してくださいよぉ！」
　辺りをはばからず声を荒らげ、美幸は頰を膨らませた。
　結局はいつもと変わらない、平常運転の櫛備十三に対し、美幸はたとえようのな
い落胆を覚え、額に手をやって嘆息する。
「何を怒っているんだよ美幸ちゃん。結果的にやることをしっかりやったんだか
ら、それでいいだろう？」
「どんなに立派なことをしても、動機が不純なら意味がないんですよ。あーあ、あ
の兄弟の互いを思いやる気持ちにあてられて、先生も少しはまともになったんじゃ
ないかなって思ったのに、違ったんですね」
「ははは、まあそうカリカリするんじゃあないよ。がっかりさせたお詫びに一つ、
いいことを教えてあげよう」
「いいことぉ？」
　どうせ、また金儲けの話なんだろうと美幸は訝しげな視線を向けたが、櫛備はそ
んな彼女の心中をすでに見透かしていたらしい。どこか勝ち誇ったような顔をし

て、ふふんと得意げに鼻を鳴らし、もったいぶった言い回しで話し始めた。

「その女性職員は名前を西村というんだが、彼女の紹介で大貫尊は市のボランティアに参加し、障害を持つ人々を支援する活動に取り組み始めたそうだよ。ああいった活動は常に人手不足だからね。自らも障害を抱えながら、熱心に取り組む彼の姿勢は、多くの人に力を与えているようだ」

「へえ、すごいじゃないですか。彼、ようやく自分の人生を歩き始めたんですね」

思いがけず、本当にいいニュースだったので、美幸は不機嫌な気持ちを一旦引っ込め、軽い拍手と共に笑顔を浮かべた。

「でも、どうしてそこまでしてくれるんですか？　その人――西村さんでしたっけ、尊くんの知り合いか何かですか？」

彼は高校にも行かず、この十五年間、他人と関わる人生を歩んでこなかったというから、その可能性は低いように思えた。その西村という人物が、ゴミ山に通う尊の姿を見て、兄の翔太の霊と会っていると気づいたという部分にも、美幸は妙な引っかかりを覚えていた。

なぜ、一介の市役所職員である女性が、そこまで大貫兄弟について詳しく――。

「――あ」

自分でも驚くほど間の抜けた声が出た。

美幸は、はっとして櫛備を振り返る。相変わらず、人を食ったような憎たらしい笑みを浮かべ、櫛備はそっと首を縦に振った。

「そうだよ。彼女は大貫翔太に救われた西村香奈だ。大学卒業後にこの町に戻り、市の職員となった彼女は開発事業に携わる際に、ゴミ山に足しげく通う大貫尊を目撃した。彼の後をつけ、一人で会話する姿を見て、彼が兄の幽霊と一緒にいることに気がついたんだ。彼女にとって翔太くんは恩人だからねえ。その弟をどうにか助けてやりたいと思ったのは、自然な感情だったかもしれない」

そこで一旦言葉を切り、櫛備は遠くの山々の稜線に沈みゆく夕陽へと視線をやった。

「それで先生を……？」

「ああ、そういうことさ。そこまでお膳立てが済んでいれば、僕だって歯車の一つとして動くしかないだろう。言い換えるなら、今回僕を動かしたのも、西村香奈の大貫尊を救いたいという気持ちが原動力になっている。そして、彼女にそうさせるきっかけとなったのは、十五年前の大貫翔太の勇気ある行動だった。結局、これらの出来事は、あの兄弟の強い絆によって実を結んだ結果だったんだよ」

そう語る櫛備の視線が、美幸へと注がれた。口調とは裏腹に、彼女に向けられる櫛備の表情は真剣そのものだった。いつもならくだらない冗談で美幸を呆れさせるような場面だが、今の櫛備にそんなつもりはないらしい。

「人が何か行動を起こす時、必ず結果が生じる。一見、それが悲劇的な結末に見えたとしても、その結末の向こう側には未来が待っている。大貫一家に起きたことは確かに悲劇だったけれど、十五年の時を経て一人の女性を動かし、巡り巡って大貫尊の未来を切り開いた。そして、西村香奈の行動の根っこの部分には、翔太くんに対する感謝の気持ちがあったはずだ」

「大貫翔太は彼女を救うことで、弟の未来をも救っていた……？」

曖昧に問いかけた美幸に対し、櫛備はややおどけた仕草で肩をすくめ、それから軽く顎髭を撫でた。

「まあ、そういう風に言ってしまうと、あまりにも美談すぎるかもしれない。でも、それがふさわしいと思えるほどに、あの兄弟の絆は美しいものだった」

櫛備はわずかに目を細め、再び赤々と光を放つ夕焼け空を見上げた。

「いいもんだよねえ。兄弟ってのはさ」

そう呟いた櫛備の横顔に、言葉では表せられないような物悲しさが浮かんでいる気がしたのは、美幸の錯覚だろうか——。

第四話　寄り添うものたち

1

躯田美幸が櫛備十三の助手を務めるようになってから、八か月余りが過ぎた。

最初の頃こそ、勝手がわからず、ただ櫛備の近くをうろうろするばかりであったが、最近では、助手業にも少しずつ慣れてきた。

ものぐさで嘘つきな櫛備の尻を叩き、未練を残してこの世を彷徨う幽霊たちを助けるこの仕事に対し、彼女なりのやりがいを感じてもいた。

調べ物や幽霊に関わりのある事件の情報収集はほとんど櫛備か、あるいは彼の知り合いである警察関係者が行うため、実質的に美幸が労力を割くことはないのだが、精神的サポート――主に櫛備の嘘やはったりを看破し、真面目に仕事をさせること――に関しては、板についたものだと自負している。

もともと、美幸に霊を視認する力は備わっていなかったのだが、ある出来事をきっかけとしてその存在を認知できるようになった。そういう人間は意外と多いらしく、実は櫛備も先天的にではなく、何かしらのきっかけによって幽霊が視えるようになったのだという。

そもそも霊というのは、もとは人間であり、生きている者と何ら変わりない、死の延長線上に存在する魂そのものだ。本人にその自覚がなかったり、生前の記憶が欠落している場合もあるけれど、総じて話が通じる相手であるというのがこれまでの通例だった。

彼らは生きていた頃との違いや我が身に起きた悲劇ゆえに怒りを抱えていることが多く、そのせいで生者に危害を加えてしまう場合がある。また、風邪のウイルスと同じように、生きた人間に対して良からぬ影響を及ぼすこともあった。免疫のない人間が、そうとは知らずに霊と関わってしまったり、思念が強く残る場所に踏み入ると体調を崩したりするのは、そういう理屈だと美幸は理解している。

昔の怪談によくある『死んだ恋人と逢瀬を重ねるうち、どんどん生気を奪われる』状況と言えば、わかりやすいだろうか。

だが時には、こうした影響をさほど苦に感じない、免疫力の高い人間がいる。彼らは霊の存在を視覚や聴覚、嗅覚などの五感、あるいは第六感で認識し、一般の人と比べて悪影響を受けづらく苦痛を感じない。そうした体質——霊感の持ち主というわけだ。

櫛備十三もまた、そういう体質を持つ人間の一人である。

そうではない人にとって、幽霊というのは認識するのが難しく、そこにいるのかいないのかすらも、簡単には判断できない。そうした『弱み』に付け込むような霊能者や霊媒師に対して、美幸は強い嫌悪感を抱いていた。だからこそ、櫛備十三がそういう輩の一員に成り下がらないよう、日々彼のそばで、その行動を監視し、管理しているのだった。

霊の話を聞き、困っている場合は手助けをする。そうやって彼らの未練を断ち切り、旅立ちを見守るというのが、美幸の信じる正しい霊媒師像であり、櫛備十三のあるべき姿だと信じてもいた。

確かに櫛備には、お金に汚いところがあったり、霊と向き合うことを面倒くさがって、ありもしない霊能力をちらつかせては強引に立ち退きを迫ったり、番組用に居もしない霊をでっち上げ、ありもしない与太話で周囲を翻弄したりという悪い癖はある。けれども、それは彼のほんの一面でしかない。ものぐさでいい加減な人間であることは認めざるを得ないけれど、美幸にはちゃんとわかっている。

霊媒師と呼ぶにはいささか問題のある彼が、しかし、他のどの霊媒師よりも、霊の存在を重んじ、生者と死者の双方に最良となる解決方法を導き出すプロフェッショナルであることを。

そして、だからこそ、美幸は櫛備の助手という仕事にやる気と誇りを持って取り組めているのだった。

この日、二人は得意先である番組制作会社の仕事で、幽霊騒ぎが起こるという物件にやってきた。とある町の、閑静な住宅街にある西洋風の屋敷だった。

かつては交通の便が悪く、ほとんど手つかずだったこの土地は、十年ほど前に大規模な再開発事業によって活気のある住宅地へと変貌を遂げた。

若い子育て世代を中心とした世代が移り住み、今では町一番の住宅街となったその一角に、場違いな風体で佇んでいるのが、この屋敷だった。

再開発される前、この屋敷の周囲は見渡す限りの草原で、ろくに道も舗装されていなかった。かつて屋敷を所有していた人物は家族以外と関わることを嫌い、訪れる友人もいなかったというから、とにかく厭世的で、人嫌いな性格だったようだ。

今では数十メートル離れた場所にいくつも家が建ち並び、道路や標識も整備されているため、それほど孤独で寂しい印象は抱かないものの、真新しい住宅に囲まれたその姿はなんだかちぐはぐな印象を与え、また景観を壊すという理由もあって、この屋敷は取り壊される予定だった。しかし、そうはならず、こうして今も存在しているということは、取り壊せないだけの理由がこの屋敷にはあるということなのだろう。

「——先生、どうですか？　何か感じます？」

機材をバンから下ろし、撮影の準備に取りかかる番組スタッフたちの邪魔にならないよう、少し離れた位置から屋敷を見上げて、美幸は言った。

「さっぱりだねえ。というか、まだ中に入ってもいないんだから。何か感じろという方が無理な話だよ」

そう欠伸混じりに言った櫛備は、喪服姿に金の装飾が施された杖というお決まりの出で立ちで、吹きつける風に目を細めた。

すでに陽は傾き、もうすぐ夜が訪れる。暗くなってからの撮影に備え、急ピッチで準備が進められていた。

今回は生放送ではないので撮影も気楽にできそうなものだが、スタッフたちの表情は硬い。事前にこの屋敷にまつわる噂話を知っているからこそ、彼らは別の意味で強い緊張状態に陥っているようだ。美幸も例外ではなく、説明のつかないもやもやとした気持ちが胸中を占めていた。

「でも、雰囲気は抜群ですよ。近隣住民の話じゃあ、夜ごと人の叫び声とか、屋敷の中から壁や窓を叩くような音がするとか、人魂みたいな光が目撃されたなんてこともあるらしいじゃないですか」

そんな話をしながら薄汚れたレンガ造りの屋敷を改めて見上げていると、それらの逸話が単なる作り話ではないと思えるような、異様な雰囲気が漂っているのがわかる。

　戦前に建てられたといわれる屋敷の外観はヴィクトリアン様式を彷彿とさせる造りで、玄関や窓の尖塔アーチや切妻屋根の破風に施されたバージボードなどが印象的だ。長らく人が住んでいないため、外壁は至る所が剝がれ落ち、割れている窓ガラスも多い。格子のついた窓枠が剝き出しとなり、取り残された白いレースのカーテンが風で揺れるたび、そこにドレス姿の女の人を幻視してしまいそうなほど、この家の幽霊屋敷然とした佇まいは息を呑むものがあった。

「おいおいおい、どうしたんだい美幸ちゃん。いつになく噂に惑わされているじゃあないか。誰が言ったのかもわからないような目撃談にどれほどの信憑性があるのかねえ」

　早くも霊媒師らしからぬ発言が飛び出す。

「別に噂を鵜呑みにしたわけじゃありません。ただ、こうして現場に来て初めて感じる空気みたいなのって、あるじゃないですか」

「ほう、ということは何かい？　この屋敷を見て、君はここに何かおぞましい存在が棲んでいると、そう感じたということ？」

「まあ、そう、です……」

　美幸が言葉に詰まりながら答えると、櫛備は何故か失笑をあらわにし、バカバカしいとでも言いたげに首を横に振った。

「まったく、勘弁してくれよ。それは単なる先入観というやつさ。君はここが『悪霊の棲む屋敷』なんていう仰々しい呼び名をつけられていると知っているから、そういう目で見ているに過ぎない。僕から見れば、ただの小汚くてボロボロの西洋かぶれも甚だしい、お粗末な屋敷にしか見えないけどねえ」

そう言って鼻を鳴らし、櫛備はさっさと歩き出した。これからこの場所を霊視し、必要とあらば除霊を行う霊媒師とは思えぬ、ひどく現実的な物言いである。人を小馬鹿にしたような態度に不満を感じながらも、美幸は櫛備の後に続いて敷地へと足を踏み入れた。

錆だらけの鉄柵がついた正門を抜けると、左右に分かれた庭がある。どちらも雑草だらけで、右側の庭の奥には忘れられたように、何かの木がぽつんと立っていた。ちょうど人が背中を丸めてかがんでいるような格好を連想させる大きな木で、絡み合った枝が薄闇の空に手をかざしているかのようだった。

石階段を上り、開放されている両開きの扉から屋敷の中に入る。玄関ホールは吹き抜けた天井と、そこからぶら下がるシャンデリアが目を引く造りになっていた。あちこち蜘蛛の巣だらけで、広い廊下の床板は随所で腐り抜け落ちている。ホールの東側の壁に沿う形で、二階に続く階段があった。

「いったい、どんな人が住んでいた屋敷なんでしょう」

ホールをぐるりと見渡しながら呟くと、櫛備が怪訝そうに美幸を振り返った。

「なんだ、知らないのかい？　噂好きなくせに、そういう情報には疎いんだねえ」

何故か勝ち誇ったような口調の櫛備にむっとして、美幸は黙り込む。底意地の悪い笑みを浮かべた櫛備は、頼んでもいないのに説明を始めた。

「まあ、僕も設楽さんに聞いた話なんだけどねえ。かつてこの屋敷を所有していたのは、どこぞの大学教授だったらしい。といっても、優れた人材を育てるよりも自らの研究に身を捧げているような人で、晩年はこの家に籠り、怪しげな研究ばかりしていたそうだよ。そのツケが回って大学をクビになってしまったが、生涯を研究に費やし、最期は孤独のうちにこの世を去ったようだ」

「その大学教授の霊が、この屋敷に出るんですか？」

櫛備は首を横に振って否定する。

「そうじゃあないんだよ。その教授本人は死後、親族の手で丁重に葬られたおかげか、化けて出るようなことはない。この屋敷に出る霊というのは、たとえば若い女であったり、老夫婦であったり、幼い子供であったり、はたまた、タクシーの運転手のような格好をした中年の男だったりするらしい。なんともバラエティ豊かな、まとまりのない目撃談だよねえ」

櫛備は、さも愉快そうにからからと笑った。

「なんですか、それ？　本当にいい加減じゃないですか。私はてっきり、ドレス姿の貴婦人でも出るのかと……」

美幸は内心で苛立ちながらぼやいた。噂を鵜呑みにしていた自分が急に恥ずかしくなる。

「そうなんだよ。だがそれでも話題性は十分らしい。設楽さんはこの屋敷に目をつけ、僕にその霊たちの正体を見極めて除霊するよう依頼してくれたというわけだ」

櫛備はホールの真ん中に立ち、ぐるりと屋敷内を見渡す。

「とはいっても、今のところ霊が潜んでいるような気配はないし、近隣住民の目撃談というのも、どこまで信じたらいいものかわからない。こんな目立つ屋敷だ。探検目的で潜り込む連中や、ホームレスのねぐらにも丁度良いだろうからねえ」

そう言って櫛備が視線で示した先、リビングの至る所に、カップ麺やスナック菓子のゴミが散乱していた。これでは幽霊屋敷も形無しである。景観に配慮してか、設楽が声を張り上げ、スタッフを使ってそれらのゴミを片付けさせていた。

そんな光景を見てしまっては、美幸の緊張感も薄れてしまう。気づけば、ついさっきまでこの屋敷から漂っていた不気味な気配は、すっかり消え失せていた。

美幸の心情を見透かしたかのように、櫛備は軽く肩をすくめ、手にした杖を弄ぶ。

「大抵の幽霊話には見る人の願望が反映される。こういう幽霊がいたら怖いなとか、こういう場所に出るならこういう幽霊だろうな、という風にだ。さっき君が言った、ドレス姿の貴婦人の霊というのが、まさしくそれだろう。そういう意味で言えば、場違いな幽霊が、しかも何人も目撃されるというのは引っかかる。現状、僕が気になる点と言えば、それくらいだねえ。まあ、それだって単なる通りすがりの霊って可能性もあるけれど」

「だとしたら、霊がこの場所に留まっているとは限りませんよね？」

「だろうねえ。留まっていれば、それなりに一貫した目撃談がありそうだし」

櫛備は他人事のように言って顎髭を撫でた。幽霊がいてもいなくても、自分の仕事には支障はないとでも言いたげな、ひどく無関心な態度である。

「とりあえず今は、待つことにしようじゃあないか。屋敷の中を探検でもしてさ。霊がいるかいないかを判断するのは、それからでいい」

「もし霊がいなかったらどうするんですか？」

質問してから、美幸はしまった、と内心で声を上げた。

「決まっているだろう？　ほど良い映像が撮れるように、当たり障りのない幽霊話をでっち上げるだけだよ」

櫛備は悪戯めいた顔をして、さも当然のように言った。

屋敷は二階建てで、一階にはリビングや食堂、キッチン、洗面所やバスルーム、トイレなどがあり、かつては書斎だったと思しき部屋もあった。階段を上がって吹き抜けから玄関ホールを見下ろすと、思いのほか高く感じられ、美幸は思わず尻込みした。二階の廊下は東西にまたがっており、東と西それぞれに寝室が一つずつ。客間も二つ、その他にちょっとした広さの娯楽室や物置、やや小さめのバスルームと洗面所などがあった。

階段脇の扉は地下室へ通じる階段になっていて、深淵に沈む暗闇を覗き込むと、生ぬるい風が吹き上げてくる。靴が汚れることを気にして、櫛備はそこに下りていこうとはしなかった。実際、地下室の様子は外からではわからないため、何かが目撃されたという話はないし、鼠なんかがいて噛まれでもしたら危険だという設楽の判断もあって、撮影時にも地下に下りるのはやめにするという。

そうして屋敷内を一通り見て回った結果、どこにも霊の姿を見つけることはできなかった。櫛備はさもありなんとばかりに溜息をつく一方で、面倒くさい幽霊とのやり取りを省略できることに安堵してもいる様子だった。適当な幽霊話を創作し、テレビ映えする演技で除霊したふりをすればギャラを得られるのだから、櫛備としては万々歳なのだろう。

美幸はいささか拍子抜けしてしまったが、仕方のないことだと割り切ることにした。これまでにも噂ばかりで何の心霊現象も起きない物件というのはいくつもあったから、ここもそういう場所なのだと納得したのである。

このところ、美幸はこの世を彷徨う霊の苦痛を取り除き、旅立ちの手助けをすることに対して、ある種の使命感のようなものを抱くようになっていた。なのでそういった意味では残念だったのだが、肝心の霊がいないのではどうしようもない。

今日は大人しく、櫛備がでっち上げる偽りの幽霊と、その除霊の一部始終をぼんやりと眺めることにしようと決めた。

「櫛備先生、どうですか？　この幽霊屋敷、いい雰囲気出てるでしょう？」

どこか煮え切らない美幸をよそに、何も知らない設楽が揉み手をしながら櫛備に呼びかけた。

「ええ、強い怨念を抱えた霊の存在をビシバシ感じますねえ。今夜は大仕事になりそうですよ」

平気な顔をして口から出まかせを吐きながら、櫛備は大仰にうなずいた。その反応に大喜びで手を叩き、設楽は「そうですかぁ！」と今にも小躍りしそうな勢いである。

「是非とも、前回みたいに強烈なやつ、お願いしますよぉ。あれのおかげで、俺もいい思いさせてもらいましたから」

ちょんまげ髪を短くカットし、白シャツにダークカラーのジャケットとチノパンというシンプルかつ小綺麗な出で立ちをした設楽が、白い歯を光らせながら櫛備に耳打ちする。

「あの廃ビルでの一件以来、俺の企画、ばんばん通るようになっちゃって。この番組もネット配信から地上波に進出ですよ。同僚たちに差をつけて、一気に出世間違いなしって感じです。周りからは妬まれちゃって大変なんすよ。まあ、それもこれも全部、先生のおかげですけどね」

「ほう、そうでしたか。それは何より。設楽さんが偉くなってくれれば、僕も心強いですからねえ。今後ともよろしくお願いしますよ」

「いえいえ、何をおっしゃいますかぁ。先生のお力添えがあってこそですから、こちらこそお願いしますぅ」

男どもは二人でにやにやと、悪徳政治家よろしく下卑た笑いを浮かべて盛り上がっている。いい大人が二人して、なんとも気味の悪い光景だが、本人たちはそんな美幸の冷ややかな視線になど気づきもしない。

「設楽さん、さっさと打ち合わせ済ませないと。撮影時間押してますよー」

ＡＤの脇坂詩織が、さっき起きたばかりのような声で気だるげに言った。

「ああっ？　そんなことわかってんだよ。俺は今、先生と大事なお話し中だぞ。黙って準備進めろ馬鹿野郎！」

設楽は必要以上に大きな声を張り上げ、鬱陶しそうに詩織を追い払う。

「……ちっ。わかってるならさっさとしろっての」

「あぁっ？　おい、脇坂、お前、今なんつった、おい！」

あからさまに舌打ちをして悪態をついた詩織に声を荒らげ、設楽はもう一度、櫛備に満面の笑みでもって会釈をしてから、慌ただしく去っていった。ほどなくして、リビングの方から設楽と詩織の言い合うような声が聞こえてくる。

「あの二人、相変わらず仲が悪いですね」

「む、そうかい？　僕には随分と仲良しに見えるけどねえ」

櫛備の返答に、美幸は思わず「はぁ？」と訝しげな反応をしてリビングの方を見た。そこでは台本を片手に段取りをチェックしている詩織と、何やら彼女にいちゃもんをつけ、しきりに声を張り上げている設楽の姿がある。

「とても、そうは見えませんけどね。設楽さんはいつも詩織さんにパワハラまがいの暴言を吐くし、詩織さんは上司である設楽さんに対して平気で毒を吐くし……」

美幸が首をひねる一方、櫛備は軽く苦笑して、かぶりを振った。

「あれで一応、周囲に対してカモフラージュしているつもりなんだよ。あるいは、そういうプレイなのかもしれないねえ。きっと私生活じゃあ、設楽さんは彼女の尻に敷かれているはずだ。君も気づいただろう？　設楽さんの変化にさ」

「変化？」

美幸が繰り返すと、櫛備はそっと指を持ち上げ、遠くにいる設楽を指差した。

「少し前までの彼は、全身をあからさまなブランドもので固めて、アクセサリーだってじゃらじゃらさせていただろう。しかし、今は一つもつけていない。清潔感がありも手堅い価格の服を上手に着こなした彼からは、年相応の落ち着いた雰囲気が出ている。高い買い物を控えさせつつ、洗練された男性へと設楽さんを変身させたのは、間違いなく彼女だよ」

櫛備の言う通り、数か月前の設楽は今とは雰囲気が違っていた。以前はなんというか、無理に若作りをした業界人という感じだった。美幸自身、ひと目見た時からこの人は苦手だと思ったものだが、今の彼からはそういった雰囲気は感じない。

「でも、それは単に設楽さんの心境の変化じゃないですか？」

櫛備はすかさず首を横に振る。

「それはないねえ。男ってのは、長く続けてきた趣向や習慣を簡単には変えられないものだ。いい大人になっても夜にサングラスをかけて車を運転したり、アロハシヤツにハーフパンツ姿で繁華街をうろつく、ちょい悪気取りの中年男性というのはいなくならないものだろう？」

そのたとえが正しいのかどうか、判断しかねて首をひねる美幸をよそに、櫛備は一人で話を進めていく。

「それと、設楽さんはこの数か月の間に少し痩せたようだが、ジムに通って筋トレをしているわけではなさそうだ。企画がたくさん通って忙しいはずだからねえ。運動せずに痩せているということは、食生活の変化だ。外食やコンビニ飯を控え、彼女の手料理によってバランスの良い食事を続けた結果、健康的な身体になったのさ」

「詩織さんがそこまで管理してるってことですか？」

櫛備は一つうなずき、

「設楽さんのようなタイプがそういう生活習慣の改善を進んでやるとは思えないし、服の趣味が急に変わるというのもおかしなものだ。となると、彼女の申し出を受け入れ、正しく実行しようと思わせる力関係がそこにあるということさ。そして、そうしなければ彼女は設楽さんからのプロポーズを受け入れない」

「プ、プロポーズ？」

思わず声を上げた美幸の視線の先で、言い合いから取っ組み合いに発展した二人を、周りのスタッフが引きはがしてなだめている。

よく注意して見てみると、顔にかかったボブカットの髪を忌々しげに払った詩織の左手には、きらりと光る指輪が嵌められていた。

「結論、あの二人は数か月以内に結婚するだろうねえ。設楽さんの仕事は好調だし、見た目に反して家庭的な脇坂さんなら、内助の功で夫を支えながら、必要とあらば容赦なく尻を叩く良き妻になりそうだ。何にせよ、いずれプロデューサーになる男を捕まえたんだから、彼女も相当なやり手だよ」

反論する余地はなかった。周りのスタッフはあの二人がそこまで深い関係で、しかも結婚まで秒読み段階だなどとは夢にも思わないだろう。美幸は改めて、櫛備の『霊視したのかと思わせるほどの洞察力』に舌を巻いた。

そんな美幸を満足げに眺めながら、櫛備はぴんと立てた人差し指を、芝居がかった仕草で左右に振った。

「物事ってのはねえ、美幸ちゃん。必ずしも見た通りとは限らない。必ず表と裏があるものさ。そして往々にして、裏の姿というのは言葉や行動、身なりや表情なんかに滲み出る。だから、何事も鵜呑みにせずよく観察することで、ほころびを見出すことができるものなんだよ」

その後、リビングでは櫛備を交えて、撮影に向けての打ち合わせが始まった。

美幸はこれといってやることもなく、玄関ホールで暇を持て余していた。何をするでもなく屋敷の中をぼんやりと眺め回していると、不意に、どこからともなく女性の声に呼びかけられたような気がした。

はっとして振り返り、廊下の先を見る。すでに陽は落ち、屋敷の中はいくつか用意された照明によって照らされていたが、それでも至る所に闇が溜まっている。そのいずれかから苦しげに呻く顔が這い出てくるようなことを想像し、美幸は人知れず身震いした。

……ろ……げろ……

微かに声が、再び聞こえた。今度は男性のもので、語りかけてくるような声だった。気のせいではない。何かが――いや、誰かが暗がりから自分を見て何かを訴えている。

どこかに潜んでいる霊が呼びかけてきたのかとも思ったが、いくら見渡してみても、それらしい姿は見当たらない。にもかかわらず、美幸はその存在を確かに感じていた。それも一人ではない、二人、三人……いや、もっと大勢の、助けを求める虚ろな者たちの存在を……。

「誰なの……？　どこに……」

口にしかけた言葉は、しかしぶつりと途切れた。あんぐりと口を開いたまま、美幸は玄関ホールの吹き抜けを見上げる。

そこに、その物体は浮かんでいた。

一階と二階のちょうど中間、中途半端な高さに、黒くて丸い物体が天井から吊り下がっているかのように浮いている。最初はシャンデリアが光の加減で影になっているのかとも思ったのだが、そうではないとすぐに気づく。形も大きさも、どう目を凝らしたってレトロなシャンデリアとは似ても似つかない。何より、その物体が纏う影のような黒さは、屋敷のあちこちに凝った闇の色よりも、ずっと暗く澱んでいたのだ。

黒くて大きな球体の表面からは、細い木の枝のようなものがいくつも突き出している。たとえるなら、運動会で子供たちが転がす大玉に、そこら辺で拾ってきた木の枝を大量に突き刺したような感じだ。

その球体が意志を持っているかのように、ふわふわと中空に浮かんでいるさまは、どこかコミカルに感じられなくもなかったが、美幸としては頬を緩める余裕などなかった。

ふいに、その黒い球体が小刻みに震え出し、同時にけたたましい叫び声のようなものがホールに響き渡った。何かの動物が断末魔の叫び声を上げているかのようなその音は、聞いているだけで精神に異常をきたしそうになるほど、邪悪でおぞましい悪意に満ち満ちている。全身の毛が逆立つような怖気に見舞われ、しかし逃げ出すこともできず、美幸はその場にただ立ち尽くしていた。

やがて、黒い塊はゆっくりと美幸に向かって下降し始める。凍りついたようにその場に佇む美幸は瞬きするのも忘れ、黒い物体を見つめていた。

はっきりと見える距離に迫っても、美幸にはまだこれが何なのか理解することができない。一つの大きな物体なのか、それともこれは……これは……。

自問を繰り返す美幸の目の前で、塊が唐突に蠢いた。犬か猫を袋の中に閉じ込めた時のような激しい動きで、黒い球体はいびつに膨れたりしぼんだりを繰り返す。中から何かが飛び出そうとしているのだろうか……？

――いや、そうじゃない。

得体の知れない違和感が、美幸の胸中にじわじわと広がっていく。

――これには『中身』なんてない。だって、これ自体が……。

「せ、せんせ……！」

美幸が違和感の正体に気づきかけ、助けを求めようとしたまさにその時、ぱっと弾けるように広がった漆黒の闇が、美幸の視界と意識を急速に覆い尽くし、奪い去っていった。

2

目覚めた時、美幸は変わらず玄関ホールにいた。

自分が廊下に横たわっていることに気づき身体を起こすと、それを待っていたかのように背後から声をかけられた。

「よう、目が覚めたのか」

振り返った先にいたのは、よれよれのスーツを着た一人の男性だった。

「……あの、わたし……」

見たことのない男である。年の頃は三十代半ばから四十くらいか。櫛備よりは年下に見えるその男性は、短く刈り込んだ頭をがりがりとかいて、日に焼けた顔をしかめていた。

誰だろう、と考えながら立ち上がった美幸はしかし、軽く眩暈(めまい)を覚えて蹈鞴(たたら)を踏んだ。

「おい、無理するなよ。ここに来た奴はみんな最初は朦朧(もうろう)とするんだ」

訳知り顔で言うと、男は視線をつい、と脇へ逸(そ)らした。つられて美幸が視線を転じると、そこには見慣れぬ女性の姿がある。

年齢は男性と同じくらいだろう。栗色の髪を長く伸ばし、後ろで緩くまとめている。花柄のブラウスと茶色いパンツにゆったりとしたカーディガンを羽織(はお)っていて、季節外れなサンダル履き。大きな垂れ目と柔らかい表情のおかげで、おっとりとした印象を抱かせる。だが一方で、その顔にはどことなく疲れが滲み、頬がこけて生え際には白髪も目立った。

女性は膝に手を置いて軽くかがみ、整った眉を八の字にして美幸を見下ろしている。

「あなた大丈夫？　自分の名前、わかる？」

美幸はおずおずとうなずいてから自分の名を名乗った。

「そう、美幸ちゃんね。とりあえずは無事でよかった。私はリサ、こっちがヤマギさんよ」

リサと名乗った女性が紹介すると、ヤマギと呼ばれた男は「ああ」とぶっきらぼうに答えて腕組みをした。

「それで、あんたはどうしてこんな所に来ちまったんだ。俺たちみたいに無理やり連れてこられたクチか？」

「無理やり……連れてこられた……？」

穏やかではないその発言に、美幸は思わず眉をひそめた。

「違うのか？」

「私は、その……撮影に……」

一見しただけで、彼らが生きている人間じゃないことは理解できた。もちろん見た目はごく普通の人間と同じで、どこかから血を流しているとか、顔の一部がぐしゃぐしゃになっているとか、そういうことはない。彼らからは、幽霊特有の匂いというか、存在が曖昧で頼りない印象を受けるのだ。たとえば瞬き一つしただけで、彼らがこの場から消え去ってしまうのではないかと思わせるような、ある種の幽玄さ。それはこれまでに遭遇してきた霊たちにも共通して感じられた要素であり、美幸が相手を霊だと判断する際の重要な材料でもあった。

「――なるほど、そういうことかい」

ヤマギは「撮影」の一言だけで、すべてを理解したかのようにリサへと目で合図を送る。それはどこかうんざりするような、こんなことは初めてではないとでも言いたげな態度であった。

互いをけん制し合うような居心地の悪い沈黙のなか、リサは説明してくれた。

「あなたたちのように、ここが幽霊屋敷だという噂を聞いてやってくる人たちは初めてじゃないわ。というか、よく来るのよ。肝試しだとか、廃墟探索だとかで、それこそ毎週のようにね。さすがにテレビの撮影っていうのは初めてだけれど」

リサが視線をリビングの方に向ける。そこでは櫛備や設楽をはじめとする、撮影クルーらが台本を片手に打ち合わせを進めていた。

その様子を見る限り、自分が気を失ってから、そう長い時間は過ぎていないようだと美幸は推測する。

「先生、櫛備先生！」

遠巻きに声をかけてみたが、離れているせいか、あるいは打ち合わせに集中しているせいだろうか、櫛備はこちらを振り返りもしなかった。

「あの、櫛備先生、ねえってば！」

再度呼びかけたところで、「ああ、もう。うるせえな」とヤマギに遮(さえぎ)られた。

「呼んだって聞こえねえよ。ここに来ちまったら、何をしたって『向こう側』にこっちの声は届かないんだ」

「向こう側？　それ、どういう意味？」

問いかけた美幸に対し、ヤマギは深い溜息をついて、忌々しげに頭を振った。助けを求めるようにリサを見ても、困ったように俯(うつむ)いて何も言おうとしない。

「待って。わかったわ。まずは状況を理解したいの。あなたたちは、この屋敷に取(と)り憑(つ)いている霊、ということでいいんだよね？」

「おいお嬢ちゃん、馬鹿なことを言うな。誰が好き好んでこんな所に取り憑いたりするもんかよ」

美幸の問いかけに対し、ヤマギはすかさず嫌悪感を剥き出しにして吐き捨てた。

その勢いに思わずたじろいでしまったが、美幸はめげずにこれまでの経験を思い返し、すぐに異なる可能性を弾き出す。

「そう、わかった。それじゃあ、あなたたちは自分が死んでしまったってことに気づいてないのね？　それで、何か強い未練を抱えてここに留まって……」

「いいえ、美幸ちゃん。そうじゃないのよ」

リサが、どこか寂しそうに眉を寄せ、整った顔に儚げな表情を形作る。

「え、違うの？」

「当たり前だろ。自分が死んじまってることくらいわかってんだよ。嫌ってほどな。だから、ここから出られなくて困ってるんじゃねえか」

ヤマギは重々しく言って、不機嫌さを隠そうともせずに大きく息を吐いた。

ダメだ。こんな曖昧な説明では、まるで状況が理解できない。

美幸は低く唸りながら、がりがりと頭をかきむしる。

「――ったく、わかったよ。ちゃんと説明してやるから、少し落ち着けよ」

ヤマギは落ち着きのない子供に言い聞かせるような口調で告げると、美幸の背後、廊下の奥を指差した。

「あれを見ろ。あそこ、廊下の突き当たりだ」

言われるままに、美幸はぽっかりと口を開いた暗がりへと目を凝らす。最初はただ真黒く塗りつぶされた闇があるだけだったが、じっと見ているうち、次第に白く人影が浮かび上がってくる。

「あれって……」

無意識に声が漏れた。おばあさんだ、と内心で続けて、美幸はひゅっと息を吸い込んだ。白い着物姿のおばあさんが、やや前傾姿勢で、両手を身体の前に垂らしている。ぼんやりと呆けたような表情をして、虚ろな眼差しを中空へと向けるその姿から生気は一切感じられない。

「この屋敷には、あなたたち以外にも霊がいるのね？」

「そうだ。あれだけじゃないぜ。あっちの食堂やあんたの友達がいるリビングにだってわんさかいる。もちろん二階にもな」

美幸は半信半疑でリビングや食堂を覗き込んでみた。すると、ヤマギの言う通り、タクシー運転手の制服を着た中年男性や、買い物帰りの主婦らしき女性、身なりの良い老夫婦に、制服姿の少女など、ざっと見ただけで五人もの霊が確認できた。しかも彼らは一様に無言で佇み、魂を抜かれたような――おかしな表現だが――呆けた顔をして、やや上方を見据えている。そんな彼らの姿に、美幸は言いようのない不気味さを感じずにはいられなかった。

「どういうことなの？　あの人たち、どうしてあんな……」

誰にともなく問いかけた言葉が、中空を彷徨った。

これまでに視てきた霊たちは、記憶や感情にいくつかの欠落はあれど、それなりに対話のきく状態だった。今、美幸の目の前にいるヤマギやリサのようにだ。

しかし、屋敷にいる他の霊たちは、美幸が目の前に立ったり声をかけたりしても、一切反応しようとしない。まるで目を開けて眠っているかのように、身じろぎもせずに呆然と立ち尽くしている。

おかしいのはそれだけではない。もし、彼らがこの屋敷に取り憑いている、あるいは留まっている霊ならば、なぜ今の今まで姿を現さなかったのか。櫛備と共に屋敷の中を歩き回り、霊の姿を探した時にはただの一人も見つけられなかったのに、どうして今はこんなにも大勢の霊がいるのだろうか。

美幸が屋敷内を歩き回り、霊の存在を確認しているのに対し、櫛備はそのことに頓着する様子もなく、設楽や他のスタッフたちと呑気に語り合っていた。

撮影の段どりを確認し終え、めいめい、持ち場につく彼らのすぐそばには、物言わず佇む霊たちが何人もいるというのに。

「どうなってるのよ……」

狐につままれたような心地で呟く美幸を、ヤマギとリサはただじっと、無言で見つめていた。放心状態で佇むばかりの霊たちの中で、彼らだけが自我を保っているというのも、なんだか空恐ろしい。

美幸は彼らの視線から逃げるようにしてリビングへ入り、櫛備が一人になったタイミングでそっと声をかけた。

「あの、先生。なんかおかしくないですか、この屋敷……」

声をひそめ、耳打ちするみたいにして語りかける。

ところが、櫛備はその質問に答えるどころか、返事をしようとしない。そればかりか、美幸に対し視線すらも向けようとしなかった。

「ちょっと先生、聞いてます？　ねえったら」

美幸は声のボリュームを上げ、櫛備の目の前でぶんぶんと手を振ってみた。

だがそれでも、櫛備は何食わぬ顔をして窓の縁に寄りかかったまま、やはり美幸を見ようともしない。何かに夢中になっているという風でもなく、行き交う撮影クルーの姿を戯(たわむ)れに目で追いかけているという感じだった。

「ちょっと先生ってば。ふざけてます？　ねえ、私の声、聞こえないんですか？」

耳の遠い老人に話しかけるみたいに、耳元で再度語りかけてみたが、やはり反応は同じだった。この時点でようやく、美幸は自分が何かおかしな状況に陥っているのだと気がついた。それまでの楽観的ともいえる気分が急激になりを潜め、気味の悪いうすら寒さが足元から這い上がってくる。

夜明け前、シャッターの下りた無人の繁華街に一人取り残されたような、急激な孤独感が美幸の心を蝕んでいた。

「わかっただろ。ここじゃ誰に何を言おうが、こっちの声なんて届かないんだよ」

背後からそう言われ、美幸は振り返る。

ヤマギとリサが静かに佇み、こちらを見つめていた。

「どうなってるの？　これ、なんなのよ？　あなたたち、いったい……」

途切れ途切れの声で訊くと、ヤマギはがりがりと後頭部をかきながら、どことなく自嘲気味に顔をしかめた。

「お前と同じだよ。つっても、俺たちは別に、馬鹿みたいな理由でここに立ち入ったわけじゃないけどな」

ヤマギに一瞥され、傍らのリサが軽く顎を引いた。

「私もヤマギさんも、この屋敷に囚われてしまったの。それ以来、ずっとここにいるわ」

——囚われた……？

この時、美幸には、その言葉がまるで獰猛な獣のように感じられた。

知らぬ間に、何かのっぴきならない状況に陥ってしまったという危機感だけが先に立ち、正体不明の不安が我が身を押しつぶす錯覚に襲われる。

「あなたたちは、この屋敷に取り憑いているわけじゃなくて、閉じ込められているの？　でも、どうして……？」

「そんなの知らねえよ。そもそも、俺はこの屋敷の存在なんて知りもしなかったんだ。死んでからこっち、自分が誰かってことも曖昧な状態で彷徨ってたら、吸い寄せられるようにここに来ちまった。んで、気づいた時には出られなくなってたよ」

　ヤマギは吐き捨てた。その口ぶりから、嘘を言っているようにも思えない。リサに視線を移すと、彼女は世を儚むような顔をしてヤマギに同調した。

「私も同じよ。自分の名前はわかるけど苗字までは思い出せない。何か大切な用事でどこかへ向かっていた気がするんだけど、詳しいことまではわからないわ」

「あなたも、気づいたらこの屋敷に？」

　美幸が訊くと、リサは弱々しくうなずいた。

　つまりは二人とも、自分が死んでいることは理解しているけれど、何故この世に留まっているのかについてははっきりと思い出せていない。それぞれの目的で、どこかへ向かっていたけれど、その途中でこの屋敷に吸い寄せられるようにやってきた。その結果、外へ出られなくなっているということらしい。

「そんなことって、あるの……?」

それが正直な感想だった。

これまで、櫛備の助手として美幸が目にしてきた霊たちは、記憶のあるなしに関係なく、自分の意志でこの世に留まっていた。その目的を忘れてしまい、何故留まっているのかがわからずに困っている者は多くいたが、他の要因で——今回のように『屋敷に囚われる』なんてケースは初めてだ。

他の霊も彼らと同じ状況に陥っているのだろうか。だとしたら、この屋敷には何か込み入った事情があり、その結果として無関係の霊たちが自らの意志に反してここへ連れてこられて、閉じ込められている。

そう解釈せざるを得ないような状況だった。

「でも、どうして先生に私たちの姿が視えないの? 先生は除霊なんてできないインチキ霊媒師だけど、霊の姿は視えるはずなのに」

「それもきっと、この屋敷のせいだと思う」

ぽつりと言ったリサの後を、ヤマギが引き継ぐ。

「さっきその女が言った通り、お前らが来る前にも、ここにはいろんな奴が来たんだよ。その中にはもちろん、霊媒師だの坊主だのお遍路さんだの、そういった連中も大勢いた。だが、誰一人として俺たちの存在に気づいた奴はいねえ。お前がさっきしたみたいに、こっちが声をかけても、まるで気づきもしねえのさ。たまに何かのはずみで声が聞こえたり、少しだけ姿が見えたりする時はあるみたいだけどな」

ここが幽霊屋敷と呼ばれる要因となった多くの目撃情報というのが、おそらくはそれに当たるのだろう。屋敷の中には事前に耳にしていた目撃情報と一致する幽霊の姿がいくつか見受けられた。それらは普段、どんなに霊感の強い人間にも視認できず、偶発的に通行人や近所の住民が目にする程度の、ささやかな存在に留まっている。ヤマギの説明からわかるのは、そういうことだった。

彼らの主張は理解した。だが美幸が決して多くはない霊に対しての知識を総動員して考えたところで、その現象がどういう仕組みで起きているのかという点に関しては、納得のいく答えを導き出すことはできなかった。

「どんなに呼びかけたところで、先生には私の声が届かないってことなのね」

美幸はもう一度、櫛備の前に立ってみる。待ち時間の暇つぶしに、櫛備はコートのポケットから取り出したスマホを操作し、何やら熱心に画面に見入っていた。こっちの気も知らないで、と苛立つ気持ちをぐっとこらえつつ、美幸はもどかしさについ身もだえする。

「こっちからは見えるし、声も聞こえる。けど向こうには届かない。何か伝えたくても、それこそ助けを求めようとしても無駄だ。同じ場所にいるはずなのに、決して交わりはしない。俺たちのいるこの空間は、つまりそういう異界じみた場所だってことさ。クソ忌々しいことにな」

再び吐き捨てて、ヤマギは眉間の辺りを指で押さえた。黒く日に焼けたその表情には、怒ることにも疲れ果てたような徒労感が滲んでいた。

「……でも、先生ならきっと、どうにかしてくれる」

美幸の呟きは、彼らに向けたものか、それとも、自分に対してだろうか。

そのどちらともつかない祈りのような言葉を聞きつけて、ヤマギは呆れたように、一方のリサは困ったように顔を見合わせた。

「そこにいる先生とやらがどれほどすごい人間かは知らねえけどな。それは無理って話だぞ。生きている人間ならともかく、俺たちはもうとっくに死んでるんだ。今はかろうじて自分のことくらいは思い出せるがよ、この屋敷に長くいたら、じきにそれも忘れちまう。アイツらだって、俺が来た時は話くらいはできたんだ」

ヤマギはリビングの窓際に立つ老夫婦を顎でくい、と差し示し、「だよな」とリサに同意を求めた。リサは一つ、うなずき、

「あの人たちが、ここがどういう所かを教えてくれたから、私は自分の置かれている状況が飲み込めたわ。でも、しばらくすると、あんな風に何も言わなくなってしまったの。心ここにあらず、っていうのかしら。それからはどんなに声をかけても

答えてくれなくなった。いつか、自分もあの人たちのようになると思うと……」

　やりきれない、とばかりに顔を覆い、声を殺してしゃくり上げるリサを横目に、ヤマギは何度目かになる溜息をついた。

「わかっただろ。この屋敷にいたら、いずれ全員があんな風になるんだよ」

「でも……それでも先生は私を見捨てたりしない。だって先生は……」

「お前だって見たんだろ。あの黒い塊をよぉ」

　ヤマギは声を荒らげ、美幸の言葉を遮った。

　あの異様な存在に捕まり、意識を失った美幸はここに連れてこられた。その時に感じた、言葉にできないおぞましい感覚。それはあたかも、冷たい水の底に沈められ、腹をすかせた魚や無数の水棲（すいせい）生物に身体を食い荒らされるかのような、耐えがたい恐怖を連想させた。

　こうして思い返すだけで、美幸の全身を強烈な悪寒（おかん）と震えが襲う。

「おっと、あれが何なのかなんて質問は無しだぞ。俺にだってわかりゃしねえんだからな。わかっているのは、あの黒いヤツは、ここに閉じ込められた俺たちが自分を失っていく姿を、面白おかしく見てるってことさ。そうして訳がわからなくなった俺たちを、あいつは……」

　ヤマギはそこで言葉を切った。その先に何を言おうとしたのかを想像するだけで、美幸の両膝は勝手に笑い出す。

　この二人がここへやってきてどれだけ経つのか、美幸には見当もつかない。だが、単にこの場所に囚われているだけでなく、強い不安に押しつぶされそうになりながら、自分が徐々に失われていく恐怖に耐えてきたのかと思うと、かける言葉も見つからなかった。

「お前も、少しでもまともでいたいなら、自分の置かれた状況をちゃんと理解しておけよ。さっきから、他人事(ひとごと)みたいに俺たちの話を聞いてるけどよ、お前だって無関係じゃねえんだぞ。あいつに捕まってここに連れてこられたこと自体が、それを証明してるんだからな」

　鋭い指摘に返す言葉を失って、美幸は押し黙った。

　それでもなお追い打ちのように、ヤマギは強い口調で言い放つ。

「お前も俺たちと同じように、この世を彷徨っていた霊なんだろ?」

　断定するような問いかけに対し、美幸は、ぐっと唇を嚙みしめる。そして、ヤマギとリサを交互に見据えながら、ゆっくりと首を縦に振ったのだった。

3

リビングを後にした美幸とヤマギ、リサの三人は、一階へ向かった。

玄関ホールを通る際、美幸はものは試しとばかりに玄関へと足を向け、開かれたままの扉から外に出ようと試みた。しかし、透明な壁のようなものがそこに立ちはだかっていて、行く手を遮られてしまった。手を触れるとガラスのような感触があり、力を込めて押してみてもびくともしない。ヤマギやリサの言う通り、この屋敷には美幸の理解が及ばない、不可解な力が働いていて、自分たちが外に出ようとするのを拒んでいるようであった。

リビングや食堂の窓でも試してみようかと思ったが、きっと同じ状況だろうと考え、無駄な抵抗はやめにした。諦めたというよりは、自分の置かれた状況が危機的なものだということを、これ以上思い知らされるのが嫌だったのだ。

階段を上ろうとした美幸は、一階と二階の間に直立し、壁の方を向いている作業服姿の男性に気がついた。他の霊と同じようにひっそりと佇んでいるその男性の背後を、そっと通り抜けて二階に上がると、窓から差し込む月明かりによって、左右に延びる廊下はいくらか見通しがきいた。

その時点で、すでに三人の霊が廊下に点在していることに気がついたが、そのいずれも、他の霊と同じ様子だった。声をかけてみようかとも思ったが、顔に穴を開けたみたいに黒く落ちくぼんだ両目を見る限り、反応がないであろうことはわかりきっていた。

その後、屋敷の東側の寝室に二人、客間に一人。西側の寝室と客間にそれぞれ一人ずつ。そしてバスルームに一人と、合計で六人もの霊を発見した。そのすべてが一様に俯き加減で立ち尽くす姿はまるで、独房に佇む囚人を思わせた。

声をかけても反応はないが、その反面、いきなり顔を上げて襲いかかってくるのではないかという恐怖が常について回り、二階をすべて回り終えた頃には、美幸はかつてないほどの疲労を感じていた。

「こんなにたくさんいるなんて、って思うわよね。私も最初は驚いたわ」

リサが美幸の心中を察するように言った。

美幸はうなずきながら、重々しく息を吐き出す。

どうして、気づけなかったんだろう。

これまで美幸は、櫛備と共に多くの霊と接してきた。彼らの満たされぬ想いを聞き届け、旅立つ手助けをしてきた。助手として櫛備の仕事に少なからず貢献してきたという自負もあった。しかし、こんなものを目にしてしまった今、これまでの行いが必ずしも、すべての迷える魂を救済したわけではないという気がしてしまったのだった。

櫛備と共に訪れた多くの心霊スポットや事故物件。そうしたものの中にも、自分たちが存在を感知できず、見落としてしまった霊がいたのではないか。この世に未練を残しながらも、その目的を忘れ、忘却の彼方で孤独に佇む哀れな魂を、見逃していたのではないだろうか。

そんな考えに囚われ、心が身動きできなくなっていた。

「美幸ちゃん、そんなに気を落とさないで。私たちがついているわ」

思いつめる美幸の肩に、リサがそっと手を置いた。

互いに、そこに存在するはずのない霊体同士がこうして触れ合えるということに、美幸は少なからず驚きを感じたが、すぐにそういうこともあるのだと納得した。

かつての美幸に霊は視えなかったが、自分がそうなることで、当たり前のように霊の姿が視えるようになった。もちろん最初は戸惑った。小説や映画の世界とは違い、幽霊たちはごく普通の人間と変わらぬ姿をして当たり前のようにそこに存在していたのだから。周りの人間に視えていなかったり、明らかに異質と感じられるような言動をとることで、初めて霊だと認識できる程度だった。慣れてきてようやく、一見しただけで見極められるようになった。

一方で、他人が自分の存在に気づかないことにも、しばらくは慣れなかった。設楽や詩織はもちろん、櫛備が接するほとんどの人間には美幸の姿は認識できず、会話だってできない。だから、もし人前で櫛備が美幸に話しかけていたら、それは完全に彼の頭がおかしいと思われてしまうだろう。櫛備にだって一応、恥や外聞はあるだろうからと、美幸はなるべく、他に人がいる時は、彼に話しかけないよう心がけるようになった。

唯一、そうしなかったのは、二か月ほど前にとある町で出会った男性だけだ。彼は兄の霊と十五年にわたって毎日会話をしていた。その影響もあって、櫛備と共にいる美幸の姿を認識できていたのだろう。兄の霊と長く関わることで他の霊との距離も縮まったというわけである。

言い換えるなら、彼があの世とこの世の境界が曖昧な部分に片足を突っ込んでいたことの証明でもあるのだろうけれど。

「――ありがとう、リサさん」

自分でも意外なほど弱々しい声で、美幸は呟いた。

「いいのよ。実を言うと、ここへ来てからずっと、私も不安なの。ほら、ヤマギさんとは話ができるけど、あの調子でしょう？　こういう、普通の会話みたいなのはしづらくて」

少し離れた位置にいるヤマギに聞こえないよう、リサは声をひそめて言った。

確かに、こんな状況とはいえ、常に不機嫌そうにしているヤマギが相手では、気軽に世間話などできそうにない。

「それでも、最初の頃はよくお互いの話をしたのよ。ヤマギさんって、ああ見えてかなり子煩悩だったみたいでね。よく、お子さんを連れてキャンプに行ったとか、海に連れていったとか、そういう話、たくさんしていたわ。私はアウトドアは苦手だから、子供をそういうのに連れていったりなんかしなかったんだけどね」

照れくさそうに笑うリサに同調し、美幸は自然と笑みをこぼす。

「けど最近は、そういう話もしなくなったわね。お互いにしたくないんじゃなくて、したくてもできない、って感じなんだと思うけど。あの人は怒ってばかりだし、私はいつも泣いてばかり。こんなことしてる場合じゃないって思うのに、じゃあ何をするべきだったかが、やっぱり思い出せないのよね」

どこか遠い目をして言ったリサの横顔を見つめながら、美幸はふいに、心の内側に生じたささくれのようなものを知覚していた。

霊は、長くこの世に留まると自分のことすらも忘れてしまう。そのことは嫌というほど理解している美幸だったが、その理由は、いまだ見つけ出せていなかった。

何故、霊は大切な思い出すらも忘れてしまうのだろう。

そうしないと自分が死んだ事実を受け入れられないから？

新しい思い出を作れないから？

霊には、その資格も与えられないとでも……？

それらの疑問を抱いたのは、決して今に始まったことじゃない。この数か月、美幸は考え続けてきた。時には櫛備に質問したこともあった。そういう時、彼は決まって曖昧な笑みを浮かべ「なんでだろうねえ」などと話をはぐらかす。櫛備自身、その答えを見出せていないのか、あるいはその答えが、美幸の満足するようなものではないからかもしれない。

「――美幸ちゃん、大丈夫？」

我に返ると、心配そうに美幸の顔を覗き込むリサの顔が間近に迫っていた。

「だ、大丈夫。ちょっとぼーっとしちゃって。それより、リサさんとヤマギさんは、どっちが先にここに来たの？」

慌てて取り繕いながら、気になっていたことを問いかけてみる。

リサは斜め上を見上げ、人差し指で自らの顎先に触れた。

「どうだったかなぁ。私が気がついた時には、もうすでにヤマギさんの姿はあったんだけど、彼も状況を理解できてはいなかったみたいだから。ほとんど同じ時期なんじゃないかしら。さっきも言ったけれど、私に詳しいことを教えてくれたのは別の人たちだったし」

「一階のリビングにいたあの老夫婦ですね」

そうそう、とリサは首肯する。

「とても優しいご夫婦でね。なんでも、長いこと田舎で二人暮らしをしていたんだけれど、この辺りに息子さん夫婦が家を買ったタイミングで引っ越してきたそうなのよ。可愛いお孫さんともいつも一緒に居られて、とても快適に暮らしていたんですって。でも、それからしばらくして、二人は日課にしていた朝の散歩中に、信号無視をしたトラックに跳ねられてしまって……」

リサは痛ましそうに顔を歪め、その先を濁した。

「……気がついた時には、この屋敷にいたそうなの。最初は他にも話ができる人がいたらしいのだけれど、だんだんと減ってしまってね」

「減ったって、どういうこと？　自我を失うだけじゃないの？」

美幸がそう突っ込むと、リサははっとして言葉を彷徨わせた。

「――喰われるんだよ」

足音もなく近付いてきたヤマギが、ぼそりと言った。

「喰われるって……どういうこと……？」

ぎょっとして問いかけた美幸に対し、ヤマギは苦虫を嚙み潰したような顔をして、「決まってるだろ」と強い口調を返す。

「俺たちを捕まえたあの黒い塊だよ。あれは何の前触れ（まえぶ）もなくやってきて、この屋敷にいる霊どもを喰っちまうんだ。俺たちは身を隠したり逃げ回ったりしてどうにかやり過ごしてきたけど、他の連中は逃げようともしない。あの化け物は、そういう奴から優先的に喰らっていくんだよ」

あまりの衝撃に言葉が出てこなかった。

肉体を持たない霊体を、食う？

自問しながら、美幸は記憶の中に刻まされた怪物の姿を思い返す。正視に耐えないその姿を想像しただけで、ヤマギの言うことが大げさではないことを思い知らされたような気持ちになり、たまらず我が身を抱きしめた。

「もちろん、俺たちに身体なんてねえからよ。ホラー映画みたいな血みどろ劇が繰り広げられるわけじゃない。言葉通り、あの怪物に呑み込まれるだけだ。こんな風に言うとひどく陳腐だけどよ、実際そうなんだから他に言いようがねえよな」

「ええ、そうね……」

青い顔をしながら、リサが同意した。何でもないような喋り方をしてはいるが、ヤマギ自身も恐怖心を隠しきれてはいなかった。

「とにかく、そういうことだ。ここに閉じ込められるってことはつまり、あの怪物の餌食になるのをただじっと待ってるってことなんだよ」

「だったら尚更、脱出しないとだめだよ。どうにかして先生とコンタクトを……」

「お嬢ちゃん、俺の話聞いてなかったのか？　それは無理だっつってんだろうが」

呆れ果てたような口ぶりで、ヤマギは吐き捨てる。何も言わないリサにしても、思っていることは同じらしい。それ以上何も言われなくても、二人の抱える諦観が強く伝わってきて、美幸はそれ以上食い下がる気にはなれなかった。

櫛備を信じたい気持ちがあっても、実際問題どうにもできないというヤマギの意見はきっと正論だ。ついさっきやってきたばかりの美幸とは違い、二人はもうずっと長い間、この屋敷に囚われている。その彼らが言うのだから、きっと間違いないのだろう。

「俺たちにはどうすることもできねえんだよ。そりゃあ俺だって、あんな風になるのはごめんだが、あとどれくらい自我を保てるかなんて、正直わかんねえからな」

乾いた笑いを浮かべながら、ヤマギは投げやりに言った。それから廊下に佇むワンピース姿の中年女性の霊を顎で示す。

虚ろな表情を浮かべ、身じろぎ一つしないその霊に自らの未来を重ねてしまい、美幸はたまらず息苦しさを覚えた。

何か、櫛備にメッセージを伝える方法でもあればいいのだが、現状では、その糸口すらも浮かばない。そんな自分があまりにも無力に思え、かっと目頭が熱くなった。

「ああ、ほら美幸ちゃん。そんな顔をしないで。大丈夫だからね」

リサが困ったように笑いながら、そっと肩を抱いてくれた。温かなその感触に、美幸は言葉もなく身をゆだねた。こうしていると、リサがすでに死んでいることが嘘のように思えてならなかった。彼女やヤマギがいずれ、他の霊たちのように自我を失い、美幸の声にも応えてくれなくなるなんて、想像したくもなかった。

二人だって、どうにかしてここから出たいに決まっている。でも、それができないことを嫌というほど思い知らされたからこそ、彼らは冷静でいられるのかもしれない。そしてそんな二人がいてくれたおかげで、自分もまた冷静さを失わずにいられるのだ。

もし二人がいなくて、何もわからない状態で放り出されていたら、きっと自分は泣き叫び、誰彼構わず助けを求めて縋(すが)りつこうとしていただろう。たとえ、返事もしない抜け殻のような魂が相手でも。

そのことを想像し、改めて寒気を覚えた美幸は、リサの手を強く握り締めた。

「……ミカ」

ふいに、リサが呟いた。はっとして顔を上げると、リサは柔らかな笑みを浮かべたまま、不思議そうに小首を傾げている。

「どうかしたの？」

「……ううん、別に。取り乱しちゃってごめん。もう、大丈夫だから」

美幸は動揺を気取られぬよう自然に返しながら、そっとリサから離れた。少しだけ残念そうに指先を彷徨わせたリサは、すぐにその手を引っ込める。

「――美幸ちゃん、いるのかい？」

少し離れた位置から声がした。振り返ると、櫛備が階段を上ってくるところだった。懐中電灯を片手に、もう片方の手で杖をつきながら、右脚をかばうように上がってきた櫛備が、いつもの調子で美幸を呼んでいる。その姿に思わず返事をしかけたが、どうせ聞こえないのだと思い直し、美幸は開きかけた口を閉ざした。

聞こえてくる櫛備の声は、普段よりも少しくぐもっていて、たとえるなら薄い膜のようなもので覆われているかのような、独特の違和感があった。それはおそらく、この屋敷に囚われた美幸たちと、そうではない生身の人間とを隔てる、ある種の境界線を表しているのだろう。その膜のようなものがあるせいで、こうして見える位置に美幸がいるにもかかわらず、櫛備にはその姿が感知できず、声も聞こえないのだ。

「うーん、おかしいなぁ。どこに行ったんだろうねえ。かくれんぼをしたがるような年でもないだろうに」

ぶつくさと呟きながら、櫛備は懐中電灯の光で左右を照らし、廊下の先に目を凝らす。

「――仕方ない。なあ美幸ちゃん、聞こえているかはわからないけど、もうすぐロケがスタートするから大人しくしていてくれよ。退屈なのはわかるが、くれぐれも僕の『除霊』を邪魔しちゃいけない。高視聴率を叩き出すためにも、茶々を入れないように。まあ、皆まで言わずともわかってくれているとは思うけど」

勝手なことを一方的に告げて、櫛備は言葉を切った。視線を左右へ移動させ、耳を澄ますように黙り込んでから、

「何か気づいたことがあれば教えてくれ。ただし、きーきー喚くのはなしだよ。みっともないからねえ」

まるで、子供に言い聞かせるように告げてから、櫛備は再び押し黙る。美幸からの返答があるのを待っているのだろう。

手持ち無沙汰に顎鬚を撫でる櫛備の前に立ち、呑気に欠伸を噛み殺しているその顔を見上げる。

櫛備がいたから、自分は一人じゃなかった。彼のおかげで、それまでの人生では味わえなかった色々なことを経験できた。出会った時からこんな状態だった美幸を恐れることなく、奇異の眼差しで見るでもなく、ひとりの女の子として接してくれた櫛備の優しさを、美幸はこの時、痛いほど実感していた。

「先生……ありがと……」

言葉と共に、一滴の涙が零れ落ちた。

怪訝そうに眉を寄せ、耳をそばだてている櫛備の顔が、唐突にぼやける。それは、この屋敷を覆う不思議な力のせいでは決してなかった。

美幸はそっと手を伸ばし、櫛備の身体に触れようとするも、その手は虚しく空を切った。彼に触れられないのは、これまでだって同じだった。それを不便に感じたりはしなかった。しかし、存在を感じてもらえず声すらも届かなくなった今は、なんだか無性に悔しかった。

そんな矢先、美幸の感傷を遮るように、潰れたような電子音が鳴り響いた。

櫛備はおっと声を上げ、上着の内ポケットからスマホを取り出し、通知の相手を確認して耳に当てる。

「やあ、久我くん。お仕事ご苦労さん。忙しい時に悪いねえ。……ん？　また厄介ごとを持ち込むのかって？　いやいやいや、何を言っているんだ。僕がいつ、君に厄介ごとなんて……え？　さっさと要件を言えって？　やだなあ、親しい友人からの電話をそんな風に邪険に扱わなくてもいいだろうに……」

いつもの軽口で電話の相手をおちょくりながら、櫛備は諦めたように踵を返した。階段を下りていくその背中を見送りながら、美幸は燃え滾るような感情の波を、どうにか押しとどめるように深呼吸を繰り返していた。

4

その後、三人は二階の廊下から玄関ホールを見下ろし、櫛備たちのロケの様子を眺めた。

流れとしては、まず屋敷の外で外観を眺めながら、この屋敷にまつわる不穏な噂や目撃談などを紹介する。その後、屋敷内部の探索をし、櫛備がこの屋敷に取り憑いている霊を見定め、然るべき方法で除霊するというものだ。

お決まりの廃墟探索ツアーである。

リポーターはお馴染みの仲塚英玲奈が務め、櫛備十三と共にこの屋敷にまつわる噂の真相に挑む。オープニングを撮り終えると、二人は玄関から中へ入り、まずはリビングの探索を始めた。そこには老夫婦の霊がいるのだが、この特殊な状況下において、普段は霊の存在を感知できる櫛備の目にも、老夫婦の姿は視えていない。

屋敷に住まう霊の姿を撮影するためにやってきている彼らが、その霊を目の前にして素通りしていく姿というのは、なんとも滑稽なものであった。

意味もなく暗闇に怯え、時折、スタッフが立てる物音にビクつきながら、英玲奈は必要以上に胸元の谷間をちらつかせ、要所要所で櫛備にしがみつくなどして、おとぼけリポーターの役目をこなしていた。

リビングを出て食堂、キッチンなどをぐるりと見て回り、やや中空を見据えたまま呆然と佇む霊たちのすぐそばを素通りして、一階の探索を終えた櫛備たちは二階に上がってきた。

二つの寝室と客間、バスルームや洗面所などを一通り探索する間、英玲奈は台本に則（のっと）って櫛備にこの屋敷の霊がどんな様子なのか、彼の目に何が映っているのかを質問していく。

「櫛備せんせぇ、この屋敷にはいったい、どれくらいの霊がいるんですかぁ？」

「ふぅむ。とても多いですよ。今見てきただけでも、玄関ホールに一人、食堂に二人、キッチンには子供が一人と動物霊が一匹。階段を上ってきてすぐの踊り場にもカップルの霊がいましたねえ」

「えええぇ！　そ、そんなにぃ……？」

英玲奈の怯えようは今日も絶好調で、まさに百戦錬磨（ひゃくせんれんま）の鬼気迫るリアクションであった。大きく目を見開き、驚愕の表情を浮かべる彼女は、懐中電灯を暗闇のあっちへ向けこっちへ向け、しきりに「どこですか？　そこ？　そこにいるんですかぁ？」などと訊ねながら、櫛備にしがみついている。

「そことそこです。気をつけてください。仲塚さんのすぐ後ろにもバスの運転手の霊がいますから」

「ひええ！　もういやっ！　早く出ましょうよぉ。あたし怖くて動けないぃ〜」

迫真の演技でもって頭を抱え、英玲奈は廊下のど真ん中にしゃがみ込んだ。

言うまでもないが、英玲奈に霊の存在など感知できるはずはなく、そして櫛備十三が口にした霊というのも、すべてデタラメだ。

こんなに多くの霊が屋敷に佇んでいるというのに、彼が指摘した場所は、ことごとく的外れで、霊の姿はなかった。もちろん、動物霊だって見当たらない。

だが英玲奈をはじめとする撮影班の誰もが、櫛備の発言を真に受け、無人の空間にカメラを向けたり、手を合わせて念仏を唱える素振りを見せたりしていた。

設楽なんかは、年代物らしきロザリオを強く握り締め、要所要所で霊がいるであろう方向へ向けている。その行動にどんな意味があるのかは別として、櫛備の作り出した嘘っぱちも甚だしい空気感にすっかり心酔している様子であった。

「むぅ、なるほど。そういうことですか……」

突然、櫛備が声を上げた。何事かと驚く英玲奈へと、櫛備はよくよく言い聞かせるような口調で説明する。

「そちらの霊は、仲塚さんのことを大変気に入ったようです。撮影が始まる前から、あなたに目をつけていたと言っている」

「あ、あたしにぃ……？」

　化粧の崩れかけた顔を引き攣らせ、英玲奈は声を震わせた。この反応は演技ではなさそうだ。

「撮影が始まる前、あなたはをこの町のご当地グルメである『絶品チーズストロベリーたい焼きニンニク増し増し』を食べていましたね？　ここに来る道中、マネージャーに無理を言って寄ってもらったお店で買ったものです」

「え？　……ええ、食べましたけど……」

「そのスイーツの感想をブログに書き込んで更新し、それから最近連絡していない母親に電話をしたけれど、売れないタレントなんかやめて帰ってきて、実家のブドウ農園を手伝えと言われ、つい喧嘩してしまった」

「はい……あ、いや、『売れない』なんて言われてません。でも、なんでそれを……？」

　英玲奈は驚きと戸惑いの同居する複雑な表情で、しきりに瞬きを繰り返している。撮影前の行動を言い当てられたことはもちろんだが、櫛備が何故、そんな話を今この場でするのかという疑問の方が彼女の頭を支配しているようだった。

「バス運転手の霊は、その時からあなたのことを観察していたのです。もともとこの屋敷にいたのではなく、この町へ入った瞬間からあなたにくっついてきてしまったようですねえ。あなたの行動はすべて、彼に見られているのですよ」

そう言って、櫛備は人を食ったような笑みをその頬に刻み、畳みかけるように喋り出した。

「母親との喧嘩でむしゃくしゃしていたあなたは、SNSの裏垢で後輩のアイドルたちに匿名でアンチメッセージを送って鬱憤を晴らし、それから最近、別の番組で出会ったプロデューサーに電話をかけ、『今度は二人きりで飲みたいな』などと言って距離を縮めようとしていた。しかし彼とは、あくまでビジネスライクと割り切ってもいるようですねえ。その証拠に、以前端役で出演したドラマの主演俳優にも電話をしている。あなたの本命はこちらだ。彼の演技に対する熱意ある評価、そして自分も今後、演技の道に進みたいから、是非とも一度、二人で食事を、という誘いを――」

「――あー、もういいです。もういいです先生。十分ですから、一回黙って……ていうか、設楽さぁん、今のってカットしてくれますよねぇ?」

青ざめた顔で両手を上げ、英玲奈は強引に櫛備を遮った。声を通常のトーンに戻し、苛立ちをあらわにして設楽に抗議する。

櫛備はその段になってようやく、やりすぎたことに気がついたらしく、小鬢の辺りを軽くぽりぽりしながら苦笑いした。

おおかた、ロケバスで大声で電話している英玲奈に気づき、立ち聞きでもしていたんだろう。彼女のそばにバスの運転手の霊などいないし、何がしかの未練を残しているはずの霊が英玲奈のファンになるというのも、おかしな話である。霊媒師としての凄みを出すために、英玲奈を驚かそうとしたのかもしれないが、彼女にとっては迷惑千万も甚だしいようだ。

「と、とにかく、運転手の霊には私から話をつけましょう。この屋敷を出る頃には、仲塚さんからは離れるように伝えておきます」

櫛備なりのフォローのつもりなのだろうが、営業スマイルを浮かべる英玲奈の目はまったく笑っていない。

集中が途切れたこともあり、そこで一旦、休憩をとろうということになった。撮影班はぞろぞろと一階へ下りていく。

「――すごいわねぇ。テレビの撮影ってこんな感じなんだ」

談笑しながらリビングへ向かう彼らを吹き抜けの上から眺めていた時、隣にいたリサが感心したように声を上げた。

「いつもはもう少し、真剣にやるんだけどね。今日は先生にも霊が視えてないから、もうやりたい放題やってるみたい。『霊がそこにいます』だけじゃ説得力に欠

ける から、関係者に取り憑いているとか言ってビビらせたり、事前に仕入れた情報をさも霊視したかのように見せかけて喋ったりするのは、先生の常套手段なのよ」

「えぇ？　それじゃあ、リポーターの子がご当地スイーツを食べたっていうのは？」

「たぶん、彼女の口臭からニンニクの匂いでもしたんでしょう。それに英玲奈さん、スイーツに目がなくて、ロケのたびにいつも、ご当地スイーツの感想をブログに上げてるのよ。だから、ここへ来る途中にお店に寄ったってことは簡単に想像がつく。先生はそういうことに関してはとにかく鋭いから」

　解説しながら、美幸はつい先ほど、櫛備がスマホで熱心に何かを見ていたことを思い出した。あれはもしかすると、英玲奈のアップしたブログ記事を読んでいたのではないだろうか。だとしたら、彼女が何を食べたかなんて推理するまでもなく、誰の目にも明らかである。

　毎度毎度、そんなペテンを堂々とやってのける櫛備に対し、美幸としてはもはや、苦笑いしか出てこない。

「だったら、電話の内容はどうなんだ？」

　ヤマギの質問に対しても、美幸はすべて納得ずくといった調子で返す。

「彼女、自分で思ってるほど電話の声は小さくないのよ。本人は内緒の電話でもしたつもりなんだろうけど、ロケバスの窓が少しでも開いていたら、内容なんてはっきり聞き取れちゃうんだから。先生はきっと、煙草でも吸いながら彼女の会話を立ち聞きしてただけ」

「なんだよそりゃあ。てことは、あの櫛備とかって野郎、やっぱりイカサマなんじゃねえか。居もしない霊の話ばかりして、俺たちに気づきもしなかったしよ」

さも不満げに、ヤマギが抗議する。

「だから最初から言ってるじゃない。先生には霊を祓（はら）う力なんてないの。でも、普段は霊の存在には気づけるし、会話だってできる。こんな状況でもなければね」

それでも納得のいかなそうな顔をして首をひねるヤマギをよそに、美幸は内心で焦りを感じていた。櫛備が普段通りに霊を認識できない。それればかりか、美幸の存在にも気づきもしないこの状況は、考えていた以上に危険なのではないかと。

「しかしよぉ、頼りにしていた霊媒師のセンセイがそんな様子じゃ、お前が俺たちと一緒にこの屋敷に囚われちまったのにも気づいてもらえないんじゃねえのか？」

「そんなことない。先生ならきっと、どうにかしてくれるはずよ」

半ば意地になって、美幸は答えた。ヤマギは「どうだか」と肩をすくめて鼻を鳴らし、無言で踵を返す。

「どこへ行くの？」とリサが問う。

「インチキ霊媒師の茶番にも飽きたから、静かな場所で横になろうかと思ってよ。まあ、どこで横になろうが同じかもしれないけどな」

自虐的な台詞を残し、ヤマギは廊下の奥へと歩いていった。リサは眉を寄せ、少し困ったように笑ってから、やむを得ずといった様子で彼の後に続く。美幸もまた一人になるのは心細かったので、リサと並んで廊下を進み、一足先にヤマギが入っていった東側の寝室へと歩を進めた。

半開きのドアの隙間から、リサが中に身を滑り込ませようとしたその瞬間、けたたましいまでの悲鳴が寝室から響いてきた。

「ヤマギさん！」

咄嗟にドアを押し開けて中に駆け込もうとすると、こちらに背を向けたヤマギが部屋の中央辺りに立ち尽くしている。

東側の寝室は十六畳ほどはあろうかという広さで、かなりゆったりとした造りになっていた。壁紙はあちこち剝がれ、倒れた家具は無残にも朽ち果てていたが、それでも、かつてこの部屋が趣味の良いインテリアに囲まれた寝室であったことは想像できる。

入口から見て右側にはクイーンサイズのベッドが一つ。サイドテーブルには笠の取れたライトが置かれ、部屋の左側には丸い鏡に布を被せられたアンティーク調のドレッサー。クローゼットは扉の蝶番が外れて傾いていた。

「来るなっ！」

ヤマギが振り返りもせずに叫んだ。美幸とリサはその声を聞きながら、入口付近に立ち尽くし、室内に浮かぶ奇妙な物体に目を奪われていた。

「なに……あれ……」

美幸の口から意図せずこぼれた声は、かろうじて言葉の体裁を成していたが、それに答える声はなかった。

ヤマギは凍りついたように微動だにしなかったし、リサはその大きな目を更に大きく見開き、その顔を恐怖に歪めている。

三人の視線の先、部屋の奥には大きなガラス窓があった。その少し手前には肩を並べている二人の中年女性の霊たち。一人はスーツ姿、もう一人は丈の長いスカートをはいた貴婦人のような女性で、二人ともベッドの方へ身体を向け、やや顎を引き虚ろな眼差しをしている。

問題は、その二人の頭上、天井にくっついている黒い半円状の塊であった。

それは、ゆっくりと天井から這い出すようにして降下しており、こうして見ている間にも、徐々にその大きさを増していった。やがて天井から完全に這い出し、大きな球体となったその塊は、二人の婦人たちにのっそりと近づいていく。周囲を支配する闇の、何倍もの密度を持つ凝縮(ぎょうしゅく)された黒い闇の結晶――。

間違いない。櫛備と話をした後、玄関ホールにいた美幸の頭上から、ゆっくりと降下してきたあの黒い塊である。

霊のみが存在を許される『閉じた空間』に美幸を連れてきた元凶。その正体が何なのかは、今の時点ではわからない。だが重要なのは、あの球体が美幸やヤマギ、リサ、その他の霊に対して危害を加える存在なのだということである。

少なくとも、ヤマギとリサの話を聞く限りでは、友好的な存在とは思えなかった
「リサさん……」

「しっ、静かに……。声を出さないで」

珍しく厳しい口調でぴしゃりと告げると、リサは美幸の肘の辺りに触れた。そこに不思議と温かい、体温のようなものを感じつつも、その指先が微かに震えていることに気づき、美幸は更に息を呑む。

自分に呼吸が必要なのかという問題はさておき、小刻みに肩を震わすようにして、美幸はそっと息を吐き出した。瞬き一つするのにも気が咎(とが)めるような沈黙の中、じっと見つめていた球体に変化が起きた。

球体の外縁の一部から、にちゃ、と湿った音を立てて細い枝のようなものが現れる。それをはじめとして、薄い膜を突き破るようにして次々に同じものが球体から

突き出し、にゅるにゅると蠢き始めたのだ。闇に目を凝らした美幸は、それらすべてが人の腕であることに気がつき、たちまち戦慄した。

『いぃやあああああ！』

叫んだのは美幸ではなかった。もちろん、リサでもない。窓辺に立つ二人の婦人が、虚ろだったその顔に溢れんばかりの恐怖を浮かび上がらせ、大口を開き白目を剝いて、金切り声と呼ぶにふさわしい悲鳴を上げていた。力なく垂らしていた腕の片方を持ち上げ上体を逸らした不自然な格好は、何かを訴えようとしているかのようである。

そんな彼女たちへと、黒い塊から伸びた無数の手が一斉に襲いかかり、頭や顔、首、肩、腕などをわし摑みにした。彼女たちはまるでそれしか感情を表す方法を知らないとでも言いたげに、しきりに悲鳴を放ちながら、しかし一切の抵抗を許されずその身を硬直させている。

そして次の瞬間、ぬらぬらと湿り気を帯びた光沢を放つ無数の手に抱え上げられた女性たちの頭部が、球体の中へすっぽりと吸い込まれた。

「ひぃっ！」

あっという間の出来事に、思わず声が出た。すると、それに反応してか、黒い塊から伸びた無数の手が一斉に開き、婦人たちの身体を解放する。

音もなく床に落ちた婦人たちの首から上は、きれいに失われていた。しかし、それは通常の肉体が首を切り落とされるのとは違い、血が出ることもなければ切断面が生々しいさまを晒しているわけでもなかった。ただ黒く、墨を塗ったかのように塗りつぶされているだけだ。それはあたかも、首から上が闇に吸い込まれ、消失してしまったかのような状態。そして、だからこそ美幸は余計に恐怖を感じていた。

この黒い塊は、婦人たちの魂を——死してなお、かろうじて形を成していた彼女たちの存在をいとも簡単に消し去ってしまったのだ。悲鳴が途絶え、静寂に支配された寝室に物言わず横たわる二つの魂の断片が、美幸を更なる恐怖へと駆り立てる。

黒い塊は、つい今しがた、こちらの存在に気がついたかのように、空中でぐるりと向きを変えた。そしてその瞬間、美幸は理解した。これは球体などではない。黒い塊から無数の手が生えているのではなく、そこに集まったいくつもの身体が丸めていた腕を伸ばしただけなのだと。

その塊は、全身を黒く染められた人々の身体が寄り集まり、一つに同化した異形の存在であった。多くの身体を集め、こねくり回し、泥団子のように丸めて一つにしたようなその姿は、言ってみれば黒く澱んだ肉塊であった。

腕や脚、膝、肩などの部位が本来の位置関係を無視して配置され、それらの合間に埋め込まれたみたいに、いくつもの顔が並んでいる。老若男女を問わぬ多くの顔が一様に苦悶の色を浮かべ、何がそんなに憎いのか、その口からはしきりに悪意を絞り出すようにしてうめき声を発していた。

そう、これだ。と美幸は内心で独り言ちた。

玄関ホールで目にした時、美幸はこの塊が無数の人間――あるいはその魂――の集合体であることに気がついた。そのおぞましさに恐怖し、身体を硬直させた瞬間、この怪物に摑みかかられ、そして意識を失ったのだ。

これはいったい何なのか。どうしてこんなにも多くの人々が一つに固められ、異形の怪異となって存在しているのか。その疑問に答えなど見つけられるはずもなかった。

黒い塊は伸ばした腕で再び二人の婦人の身体を摑み、その身に押し付けるようにして、彼女たちを取り込んでしまった。獲物を生きたまま飲み込む蛇のように二人の身体を吸収した怪物はその後、こちらに狙いを定めるようにして、ゆっくりと移動を開始する。

「逃げろ。早く逃げろ！」

ヤマギが振り向きざまに叫んだ。

「こっちよ！」

続けざまにリサが声を上げ、美幸の腕を掴んだ。そのまま踵を返し開かれたままのドアから廊下に飛び出す。

「でも、ヤマギさん……」

咄嗟に手を伸ばしかけた美幸を、ヤマギは首を振って制止した。

「いいから、できる限り逃げ続けろ。そうすれば、あいつはまたどこかに消える。だから、それまでの辛抱だ。それに、お前はまだ……」

言い淀んだヤマギがドアに手をかける。その肩越しに、彼に向かって悠然と迫る黒い塊が見えた。

「……いや、とにかく絶対に捕まるなよ」

最後にそう言い残し、ヤマギは勢いよくドアを閉めた。

美幸はドアに張り付き、拳で何度も叩きながらヤマギの名を呼んだが、二度と開かれることはなかった。

「――美幸ちゃん、行きましょう」

「でも……」

言いかけた美幸を遮るように、リサはその腕を強く引いて廊下を駆け出した。

引きずられるようにしてドアから離れる際、向こう側からは「やめろ！　離せ！　やめろぉぉ！」と叫ぶヤマギの声がした。

ドアを一枚隔てた向こう側で何が行われているのかを想像するのは容易かった。あの婦人たちのように、ヤマギが黒い塊の餌食になる場面をつぶさに想像し、美幸はたまらず頭を振った。そんなの嘘だ。そんなはずはないと自分に言い聞かせ、どうにかしてヤマギが無事でいることを己に信じ込ませようと努力したが、それは難しかった。

リサに腕を引かれるまま廊下を駆け抜けて、西側の客間に駆け込んだ。美幸を中に押し込んだ後で、リサはドアを背中で閉め、そのままもたれかかるようにして床にへたり込んだ。

部屋の中央には身なりのいい中年男性の霊がいて、他の霊と同様にやや前傾姿勢で腕を垂らし、廊下側の壁を見つめている。当然ながら、美幸たちが慌ただしく駆け込んできたことに対しても、何の反応も示そうとはしなかった。

「あれはいったい何なの？　ヤマギさんはどうなっちゃったの？　早く、助けに行かないと……」

矢継ぎ早に言った美幸を一瞥して、リサは微かに首を振る。やりきれぬもどかしさからか、その顔をつらそうにしかめ、下唇を強く噛みしめていた。

「ねえ、リサさん。なんとか言ってよ。あれは……あれって……？」

そんなことわかるはずがない。言葉以上に、リサの表情はそう訴えていた。

「落ち着いて美幸ちゃん。私やヤマギさんだって、あなたと同じなのよ。何がどうなってるかなんて、さっぱりわからないの」

「だったら……」

食い下がろうとする美幸を遮って、リサはもう一度首を横に振った。

「私たちはただ、何度かあれに遭遇したことがあるだけ。あれが定期的にやってきて、この屋敷に囚われた霊を食べてる――っていうのが正しい表現かはわからないけど、見た感じそうよね。だから、あれがそういうことをする存在だってことと、何人か食べ終えると、またどこかへ行ってしまうってことしかわからないの」

リサは重々しく息継ぎをして、長い睫毛を伏せた。

「正体が何かとか、どういう理由で私たちを襲ったりするのかとか、そんなことはわからないわ。ここに連れてこられた理由がわからないのと同じでね」

「そう、なんだ……」

美幸は弱々しく応じ、乱れた呼吸を整えるように深呼吸をした。それから落ち着きなく広い客間をうろうろと歩き回る。息苦しさを感じて窓を開けようとしたが、格子のついた窓は侵入防止のためか釘が打ち付けてあって、力いっぱい揺らしてみても、隙間も開かなかった。なまじ開いたとしても、あの透明な壁に遮られて、外に出ることはできないのだと思い直し、美幸は窓にかけていた手を離した。

改めて自分の置かれている状況を思い知らされた気がして、美幸は肩を落としながらベッドの端に腰を下ろす。

「どうして、あんなことをするんだろう」

誰にともなくこぼした後でリサは床にすわり込んでいる。リサを窺うと、彼女は美幸に哀れみのような眼差しを向け、抱える恐怖を共有するかのようにうなずいた。

「あれが迫ってくると、他の人たちは大きな声で悲鳴を上げるの。それまでどんなに語りかけても、肩を揺すっても反応さえしなかったのにね」

「あの怪物を怖がってるってこと？」

リサは再びうなずいて、部屋の中央に佇む中年男性を見上げた。

「てっきり彼らにはもう、感情らしい感情なんて残ってないと思ってた。でも、あれに襲われる時の断末魔（だんまつま）のような叫びには、はっきりと感情が感じられるわ。私には、あの怪物は彼らが恐怖することを楽しんでるように思える。じっとしたまま動こうとしない、無抵抗な彼らを襲うのだって、きっとそういう理由があるからよ」

憎々しげに言った後、リサは深く息を吐いた。

「だからといって、私たちにはどうしようもない。今はまだ自分が誰かってこともかろうじてわかるし、こうして屋敷の中を動き回れるから、どうにか捕まらずにやってこれた。けど、それもそろそろ限界みたいね」

「そんなこと……」

　何か言おうとする美幸を遮って、リサは苦しそうに言葉を重ねる。

「そうなのよ。実際、私は自分の苗字も思い出せなくなってしまった。ヤマギさんも奥さんの名前や顔すらも思い出せないと言っていたわ。永遠に感じられるような時間をこの屋敷で過ごしながら、私たちは日に日に自分を失ってる。きっと、ここじゃない場所でなら、もう少し覚えていられるようなことも、倍以上の速さで忘れてしまうのよ。今はもう、何より大切だったはずの娘の顔も思い出せなくなっちゃったわ」

　立ち上がったリサは、美幸の隣に座り直し、そっと手を重ねてきた。

「リサさん……」

　名を呼ぶと、リサはふっと困ったように笑みをこぼす。

「不思議だわ。うちの子はまだ十二歳だったのに、あなたのことを見た瞬間、娘の面影を重ねてしまったの。あなたほど可愛いわけでも、頭がいいわけでもなかったのにね」

「そんな……」

　言いかけた時、リサの手にぎゅっと力が込められた。

「でも私にとっては宝物。それなのに、私はあの子のところに行けないでいる。もう長いこと、あの子を一人にしてしまっているのよ」

　リサの声がわなわなと震え出す。美幸は彼女の横顔に、多くの記憶を失い、自分のことすらも曖昧でありながら、娘のことだけは決して忘れまいとする執念めいた感情を垣間見た。

「だから……だからね。私、あなたのことは守ってあげたい。娘のことを守れなかった代わりに、せめてあなたのことだけは守りたいの。きっと、彼も同じ気持ちで……」

　不意に、リサの声が途切れた。何を言おうとしたのかと怪訝に感じ、そのことを訊ねようとした時、リサは素早く立ち上がり、ドアに向かって歩き出す。

「リサさん？」

「しっ、静かにして」

　リサはそっとノブに手をかけ、ドアを押し開けた。

　ドアの上部、彼女の頭越しに月明かりが差し込んで廊下の風景が窺える。

　そこに、あの黒い塊はいなかった。

「大丈夫ね。気のせいだったみたい。諦めていなくなったのかし――」

　振り返ったリサの顔が途端に凍りついた。驚愕に見開かれたその目は、美幸の後方へと注がれている。ぞわぞわと背筋が粟立つ感覚に襲われ、その身を凍りつかせながらも、美幸は背後に何がいるのかを確かめずにはいられなかった。肉を骨から引きはがすかのように、ゆっくりと首を巡らせる——。

『ひぃやあああああ！』

叫び出したのは美幸でもリサでもなかった。

部屋の中央、俯いて壁を見据えていた中年男性の霊が、突如としてけたたましい叫び声を上げたのだった。右腕をやや前方に持ち上げ、白目を剥いた顔を斜めに傾けて何かを訴えようとするその姿は、東側の寝室にいた婦人たちの姿を思い起こさせる。

その格好に何か意味があるのだろうかと美幸が疑問を抱きかけた次の瞬間、悲鳴はかき消され、嘘のような静寂が室内を満たす。男性のすぐそばに出現した黒い塊が、伸ばした無数の腕で男性に摑みかかり、上半身を呑み込んでしまったからだった。

残された男性の下半身は黒い腕にがっちりと摑まれ、塊へとぐいぐい押し付けられている。そして、そうなるのが当然であるかのように、彼の下半身もまた黒い塊へと吸い込まれ、あっという間に同化してしまった。

男性の身体を取り込んだ後、黒い塊は何事もなかったかのように美幸の方へと距離を詰めてくる。数えるのも嫌になるほどの腕と脚が、まるでそれ自体が生き物であるかのように蠢いていた。

そして、それらの合間を埋め尽くす、数えきれないほどの顔。顔。顔――。

「ひぃ……いやぁ！」

美幸は弾かれたように立ち上がった。すぐに逃げ出すべきなのだろうが、その視線は顔から顔へ移動を繰り返し、それらすべてが湛える不気味な表情に魅入られ、身体の自由をすっかり奪い取られてしまった。

冒瀆的ともいえる異形の怪物を前にした美幸の脳内は、もはや恐怖の一色に塗り潰されていた。逃げることはおろか、喋ることも叫ぶことすらもできず、その身を縛り付けられ、迫り来る怪物の魔手に絡めとられる自分の姿を想像し、心の底から震えあがる。

そして、美幸は目の当たりにする。

塊の表面に無数に浮かび上がった顔の中に、たった今呑み込まれた男性の顔や、二人の婦人らしき顔があるのを。更に、美幸とリサを助けるため犠牲になったヤマギの表情をもそこに見つけ出した時、美幸は声にならない悲鳴を上げた。

これだ。これがこの怪異の本質なのだ。

以前、マンションの一室に現れた引きこもりの少女の霊を除霊しに行った時、櫛備はその部屋が霊たちの通り道——霊道であるという大ボラを吹いて不動産会社の担当者をペテンにかけた。あの件に関しては霊道など何の関係もなかったのだが、霊道そのものは確かに存在するのだろう。

そうでなくとも、死を迎えた人間が霊体となって想い人のところへ向かったり、見知らぬ誰かにくっついて移動することもある。つまり、霊は必ずしも一か所に留まるものではなく、移動するものでもあるのだ。

そうした霊がこの屋敷のそばを通りかかった時、あの黒い塊——あるいはこの屋敷自体が霊を捕まえ、強制的にこの閉じた空間に引き込んでしまう。

そして、囚われた霊は脱出することを許されず、通常よりもずっと早く自我を失う。そうなった後は、ただ呆然と屋敷の中に立ち尽くし、あの黒い塊がやってくるのを待つばかりになるのだ。そうして無抵抗となった彼らは怪物の一部となり、次の獲物を探す。

自分たちと同じ末路（まつろ）を辿る哀れな魂を。

そのことに気づいた途端、美幸はなんとも言えぬ複雑な思いに駆られた。怪異の実体を理解する一方で、自分自身の行く末をも知ってしまったからだ。

この屋敷から逃げ出さない限り、自分もあの怪物の一部にされてしまう。そのことを改めて思い知らされ、美幸は全身から力が抜けていくのを感じていた。

「美幸ちゃん！」

　そんな矢先、リサに強く腕を引かれ、美幸はようやく我に返った。

　彼女に抱きしめられるようにして後退し、怪物が伸ばした黒い腕をすんでのところで回避する。

「ぼーっとしちゃダメよ。さあ、こっちへ！」

　言うが早いか、リサはドアを勢いよく開け放ち、美幸を客間から押し出した。

「待って、待って！　リサさんも一緒に来て！」

「私はここであの怪物を足止めするわ。大丈夫。逃げるのには慣れてるから」

　嘘だ。屋敷内を逃げ回るのとは違い、こんな狭い部屋の中で、あの怪物から逃げ回れるわけがない。

「ダメだよ。リサさんも一緒に逃げなきゃ。娘さんに会うんでしょう？　だったら、この屋敷から出ないと！」

「それは無理よ。さっきも言ったでしょう。この屋敷からは出られない。それに私はね、これ以上自分を失うのは嫌なの。あの子のことを忘れたくないのよ」

　そう言って、リサは困ったように笑った。

「どうせやられるなら、自分の意志があるうちがいい。私たちと違って、まだ望みがあるあなたを助けたいの。あの人もきっと、そういう気持ちだったんだわ」

「あの人……？」

問いかけようとしたところで、すぐにヤマギのことだと思い至る。

「だから美幸ちゃん。どうかあなただけは、無事にここから逃げ出してほしい。あの霊媒師さんに何ができるかはわからないけれど……」

リサの背後、もうほとんど手が届きそうな距離に黒い塊は迫っている。

美幸がどんなに腕を引いても、リサは首を振ってそれを拒否した。頑として室内からこちら側へ出てくるつもりはない様子だった。

「先生は……先生は絶対に私を見捨てたりしない。あの時だってそうだった。だから、今回も絶対に助けてくれる」

「そう、信じてるのね」

リサの顔に、これまでで一番優しい笑みが刻まれる。きっと彼女はこうやって娘に笑いかけていたんだろう。そう思わせるような、慈愛（じあい）に満ちた笑顔だった。

「こんな状況でも、美幸ちゃんはずっと、その先生を信じて希望を捨てなかった。だからきっと、あなたの言う通り、その先生が助けてくれるかもしれないわね。そうなってくれたら、私たちも安心よ」

「だったら一緒に……」

そう言いかけた美幸を遮って、リサはかぶりを振った。

「さあ行って。ここからは一人よ。でも、あなたなら大丈夫」

「リサさん！」

リサはもう片方の手で美幸の手を摑み、強引に指を外した後、その身体を突き飛ばす。後ろによろめき、尻もちをついた美幸が顔を上げると、ドアに手をかけたリサと目が合った。

「最後にあなたに会えてよかったわ。美幸ちゃん。絶対に捕まっちゃダメよ」

「リサさん！　リサさぁん……！」

半ば叫ぶように声を荒らげた美幸の視線の先で、激しい音を立てて客間のドアが閉まった。その物音を聞きつけてか、階下から「今、何か音がしなかったか？」などと撮影スタッフの声がする。

だが、そんなものに構う余裕など美幸にはなかった。ドアに張り付いて、何度もリサの名を叫ぶ。

「リサさん！　ねえ開けて！　一緒に逃げて……」

どれだけ呼びかけようとも、返事はなかった。ヤマギの時のことが脳裏をよぎり、美幸は固く瞼（まぶた）を閉じた。

胸の内が悔しさで溢れ、たまらない気持ちになる。叫び出したい衝動を抑えながらドアから後ずさり、踵を返した美幸は階段へ向かった。

吹き抜けの手すりから身を乗り出して一階を見下ろすと、数人のスタッフに紛れて、櫛備が玄関ホールからこちらを見上げていた。呼びかけようとしたが、声が届かないことを思い出して断念する。それでもどうにか対話できないか試すために、美幸は階段に足をかけた。

その時、階段の中ほどに佇む作業服姿の男性が、他の霊と同じように口を大きく開き、悲鳴とも慟哭（どうこく）ともつかぬ絶叫を上げた。たまらず耳を押さえながら彼の脇を通り抜けようとした矢先、階段の下に、ひときわ黒い闇が凝縮し、怪物が姿を現す。

はっとして振り返るも、客間のドアは閉まったままだった。どうやら、物理的な障害などものともせず、あの黒い塊はどこにでも現れることができるらしい。

「これじゃあ、どこに隠れたって無駄じゃない」

恨み言のように吐き出して、美幸は一段後退した。

どどど、どどど、と。無数の手足が階段にかかり、奇怪な足音がする。そうして怪物は大きな体を引きずるように階段を上ってくる。

美幸は今にもくずおれてしまいそうな両足に鞭を打って更に一歩、後ずさりをした。しかし、逃げ場などないということを思い出すと、二階に戻るのも躊躇（ためら）われる。すぐそばで絶叫し続けている男性の声が、きんきんと鼓膜（こまく）を打ち付けていた。

逃げ場なんてない。そんな言葉が頭をよぎり、焦りを更に増長させた。進むことも戻ることもままならず途方に暮れる最中、唐突な違和感が美幸の脳裏をよぎった。その感覚に引きずられるようにして、美幸は叫び続ける男性の姿をよくよく観察する。

彼は他の霊と同様に叫び声を上げながら、虚ろな目を見開き、そして片方の腕を持ち上げていた。

枯れて痩せ細った枝のような指先が、何かを指差している。

「……これって、もしかして……」

呟きながら、美幸は記憶を辿る。黒い塊が現れる前は、霊たちは両手を下ろしたまま佇んでいた。しかし、あれがやってきてからは、ひどく怯えて悲鳴を上げながらも、まるで何かを訴えかけようとするみたいに腕を持ち上げるような体勢をとっていた。

自我を失った彼らに残された最後の意志のようなものが、同じような格好をさせていたのだとしたら……？

美幸の脳内に展開される、もう一つの仮説。

どどど……どどど……と、まとまりかけている思考を遮ろうとするみたいに、耳障りな音が響く。怪物は着実に歩みを進め、階段を上ってきていた。すでに美幸の数段下にまで達し、いくつかの黒い指先が、ぬらぬらと手招きするように蠢いている。

——早く逃げないと……。

激しい焦燥感に見舞われながらも、美幸はまとまりかけた考えに再び意識を向ける。こんな状況だというのに、頭はかつてないほどに冴えていた。霊体の身でありながらアドレナリンが分泌しているというのもおかしな話だが、そうとしか言いようのない心理状態が思考の中断を許さない。

霊たちはやはり何かを訴えようとしていた。

この屋敷に囚われて自我を失った彼らには、共通しているようで異なる点があったのだ。一階にいた霊たちは、中空を見上げるように佇んでいた。しかし、二階にいた霊は俯き加減で、身体の正面か、やや下方を見つめていた。怪物がやってきた時に彼らが指を差したのは、その視線の先だったのだ。

つまり、この屋敷にいる霊たちは、全員が屋敷内のある場所を見つめていた。リビングの霊は東を向き、やや上方を。二階の東側の寝室にいた婦人たちの霊は、ベッドのある方、つまり西側を向き、やや下方を。そして、今目の前にいる、作業服姿の男性は、階段の中ほどで目の前の壁を見据えている。

彼らが一様に視線を向け、指を差している場所。それは屋敷のちょうど中心、一階と二階の間に位置するこの壁に違いなかった。

　よく目を凝らすと、壁の一部分がわずかに色が違う。

「ここに、何かが……？」

　半信半疑に呟いた直後、目の前の男性の姿がふっと視界から消え失せた。そして次の瞬間には、凄まじい絶叫を放ちながら怪物にその身を呑み込まれていく。頭から突っ込む形で、黒く口を開いた闇だまりの中へと、男性はあっという間に吸い込まれていった。

　吐き気を催すような光景から強引に目を逸らし、美幸は目の前の壁を蹴った。最初は遠慮がちに、しかし次第に力を込め、思い切り蹴りつける。

　何度も、何度も。

「おい、また何か音がするぞ！　カメラ回せ！」

　階下から設楽の声がする。

　強く閉められたドアの音と同様に、美幸が壁を蹴りつける音は彼らにも聞こえるらしい。どういう仕組みかなんてこの際どうでもよかった。こちらから向こう側に訴えかける手段は確かに存在していた。

　どどど、どどど、と怪物は更に距離を詰めてくる。腕を掴まれそうになり、慌てて振り払いながら、再び壁に蹴りを入れた。痛みなど感じないはずなのに、右足の裏がじんじんしてきた。どんなに力を振るおうが、男性ほど力のない自分では、この壁を蹴り破ることはできそうにない。せめてサンダルではなく、ヒールを履いていればよかった。そんな身も蓋もないような後悔に苛まれながらも、美幸は蹴るのをやめなかった。

「もう……さっさと壊れ……きゃっ！」

壁を蹴破る感触と共に美幸の右足が壁の奥へと突き抜け、小さな穴が開いた。やった、と内心でガッツポーズを決めようとした矢先、凄まじい勢いで腕を掴まれた。悲鳴じみたうめき声を漏らしながら、怪物の腕を振りほどこうとするが、立て続けに伸びてきた無数の黒い腕がそれを許さなかった。全身のあらゆる箇所を拘束され、あっという間に自由を奪われる。

「やめ……！　はなして……！」

たった今、怪物に呑み込まれていった男性の姿が脳裏をよぎる。自分を逃がしてくれたヤマギやリサが同じ目に遭ったのかと思うと胸が痛んだ。

怖い気持ちは同じはずなのに、彼らはまるで美幸を我が子のように守り、必死に逃がそうとしてくれた。それなのに、結局はこうして怪物に捕まってしまったことが、悔しくてたまらなかった。

——先生……たすけて……

　心中に叫びながら、抵抗しようとしても抗えぬ膂力によって、美幸はぐいぐいと黒い人間の寄り集まった塊の中心部へと押し込められていく。ぬるりとした感触と共に、弾力のあるひだのような肉が全身に吸い付き、蠕動を繰り返す。

　自分が何かおぞましい存在と同化していく感覚を嫌というほど味わいながら、美幸の意識は徐々に遠のいていった。

　正しい死を迎えることすらできず、永遠にこの怪物の一部となって屋敷内を彷徨う。そんな自分を想像しただけで、美幸は耐えがたい苦痛と恐怖、そして絶望に囚われた。

　――せん……せ……たす……

　最後にもう一度、話がしたかった。

　さよならだって、ちゃんと言ってないのに。

「――設楽さん、下がって！」

　遠くの方で、聞き慣れた声がする。

　硬いものを叩きつけるような音。人々の驚くような声。破壊される壁……。

「これは……！」

　そして、何かに驚いたような櫛備の声が……。

意識がどす黒い沼の底に沈んでいく間際、美幸は、とてもまばゆく、そして暖かな光を見た。その光の中には何故か、母の腕に抱かれながら涙を流し、何かを――いや、誰かを呼び続ける幼い子供の姿がある。

その子供が呼んでいるのは……。


呼んでいるのは……。

5

目を開けると、見慣れた顔が美幸を見下ろしていた。

「やあ美幸ちゃん。お目覚めかい?」

「先生……」

美幸はかすれた声を返し、朦朧とする意識を徐々に覚醒させていく。

やがて視界に入ってくる景色から、ここがまだ屋敷内だと気づく。同時に安堵と落胆の入り混じったような複雑な思いが押し寄せてきた。

「いったいどこへ行ってしまったものかと思ったけれど、まさかこんな近くにいたとはねえ。いやぁ驚いた」

「あの、先生、私の姿が見えるんですか？　声も聞こえる？」

　そう訊ねると、櫛備はさも不思議そうな顔をして首をひねり、それから噴き出すように笑い出した。

「当たり前じゃあないか。君の麗しい姿はちゃんと見えているよ。もちろん、君以外の連中もね」

「私以外の……？　でも、どうして……」

　美幸は自問するような口調で呟きつつ、続く櫛備の言葉を待った。

「こんなことを言うと少しばかり不謹慎かもしれないけど、君のおかげで設楽さんは大喜びだよ。僕たちがリビングで休憩していたら、突然二階でドアを開け閉めする音がした。僕たち以外に人はいないはずだから、これは本物の怪奇現象だってことで、みんな大騒ぎしていたんだ。僕はてっきり、君が悪戯しているんだと思ったんだけど、様子を見に来ても、どこにも姿はない。それで何かが起きているのだと察しがついた。君はこういう場所でつまらない悪戯をするようなタイプじゃあないしねえ」

「当たり前ですよ。そんな余裕、ありませんでした……」

　強い口調を返し、美幸は不安げに視線を伏せた。その様子が意外な反応に見えたのか、櫛備はどこかばつが悪そうに咳払いを繰り返す。

「――でも、どうして私、無事だったんだろう。あの怪物に捕まって……」

意識を失う瞬間に目にした、奇怪で醜悪な怪物の姿を思い返し、美幸は強くかぶりを振った。

「怪物？　そんなものがいたのかい？」

櫛備は気の抜けるような質問をして、小首を傾げている。

やはり、あの怪物の姿は櫛備たちには見えていなかったようだ。

「黒くて大きい、たくさんの霊が集まったような怪物に襲われて、それで私……」

そこで一旦言葉を切り、美幸はがばりと身を起こした。

「ヤマギさんは？　リサさんはどうなったんですか？」

「や、やま……？　誰のことだい？」

唐突な質問に目を白黒させる櫛備を無視して、立ち上がった美幸は玄関ホールを見渡す。だがそこには櫛備と美幸以外に誰の姿もなく、静まり返った闇が辺りを包んでいた。

「助けてくれたんです。この屋敷にはたくさんの霊が囚われてて、外に出られなくて、生きている人にも気づいてもらえなくて、でもこっちからは先生たちの姿が見えるし、声も聞こえるし……不思議な壁みたいなのが……」

きちんと説明したいのに気持ちばかりが先走り、美幸の説明は支離滅裂だった。

どうにかして事の次第を櫛備に伝え、あの怪物に襲われた霊を助けてもらわなくてはならないのに……。

もどかしさに背中を押され、美幸が更に言葉を重ねようと口を開きかけた時、櫛備の大きな手が目の前に掲げられた。

「まあまあ、少し落ち着いてくれよ美幸ちゃん。状況はある程度、理解できているから」

そう言われ、美幸は思わず、えっと声を上げた。

一瞬、これまで見聞きしたものがすべてただの夢で、ヤマギやリサをはじめとする、この屋敷に囚われた幽霊たちなど存在しないのではないかという疑惑に駆られたが、次に続く櫛備の言葉によって、それは杞憂だと気づかされる。

「ほら、あそこだ。見えるだろう？　リビングの窓際で互いを見つめ合っている老夫婦が」

櫛備の視線の先には、たしかにあの老夫婦の姿があった。この屋敷に囚われ、早すぎる忘却に身をやつしていた彼らは今、失くした記憶を取り戻したみたいに安堵の表情を浮かべている。それは紛れもなく、彼らが本来の姿を取り戻したことを意味していた。

戸惑う美幸をよそに、櫛備はお得意の芝居がかった仕草で両手を広げ、ホールの天井を仰いだ。

「他にも、この屋敷には霊が大勢いるようだねえ。最初に見て回った時には一人も見つけることができなかったのに、今は彼らの姿がはっきりと見えているよ」

櫛備は食堂へと続く廊下に視線を留める。つられてそちらを見ると、扉が外れた戸口から、数人の霊がやってくるのが見えた。食堂やキッチンにいた霊たちだ。彼らは一様に苦痛から解放されたような清々しい顔をして、美幸と櫛備の脇を通り過ぎていく。そうして開かれたままの扉を抜け、屋敷の外に出ていった。

「どうして外に出られるの……？　だって、あの人たちは……」

要領を得ない美幸の声に、しかし櫛備は訳知り顔で答えた。

「この屋敷を覆っていた不可解な力が消失し、彼らを縛るものがなくなったんだろう。それによって正気を取り戻した霊たちがあるべき場所へと戻っていくんだよ」

「あるべき場所？」

「ああ、抱えた未練と関係のある場所か、あるいは大切な人や家族の所じゃあないかな」

櫛備は感慨深そうに言ってから階段へと視線を向ける。そこには美幸が探していた二つの人影があった。

「ヤマギさん、リサさん……」

二人は仲睦まじげに肩を並べ、互いに微笑み合っていた。

リサが悪戯にヤマギの手を握ると、彼は照れくさそうにして手を離そうとする。

そんなやり取りからは二人が赤の他人という風情は感じられず、むしろ何年、何十年と連れ添った親しい間柄であることが容易に想像できた。

「やっぱり、あの二人……」

美幸が小さく呟いた時、不意に二人の視線がこちらを向く。

ヤマギはぎこちなく口角を持ち上げ、リサは少し困ったような顔で、しかし温かな笑みを浮かべた。

自由を取り戻した二人は、求める場所へ向かおうとしている。

失った我が子に逢うために、今度こそ──。

彼らは確かに存在していた。夢などではなかった。忌まわしい力に囚われ、死してなお恐怖に怯えていた彼らは、ようやくその呪縛から解放されたのだ。

二人は何も言おうとはせず、そっと美幸から視線を外し、そのまま屋敷の外へ出ていった。その背中を見送りながら、美幸は無意識に胸を押さえる。

言葉では表しようのない感情に心が強く震えていた。

「さよなら……」

そう、小さく呟いた声は、きっと二人に届いたはず。そう思うことにして、美幸は零れ落ちる涙を拭った。

無言のまま成り行きを見守っていた櫛備に視線を戻し、美幸が改めてこの屋敷における不可解な現象の話をしようとした矢先、リビングから漏れ聞こえてくる撮影班の談笑に混じって、建物を震わせるうめき声のようなものがどこからともなく響いてきた。

「先生、これって……」

「この屋敷を覆っていた力の根源——いや、元凶というべきか」

ろくな説明もなく、櫛備は階段を上り始めた。美幸が後に続くと、櫛備は階段の中ほどで立ち止まり、一階と二階の間に位置する壁にぽっかりと開いた穴を見やる。美幸が蹴破った箇所の壁板が引き剝がされているらしく、その穴の先には四畳ほどの小さな部屋があった。中にはランタン型の懐中電灯が一つ置かれ、傍らには柄が半分に折れた櫛備の杖が投げ出されている。壁板を破壊する際にハンマー代わりに使われ、壊れてしまったようだ。

「いわゆる隠し部屋というやつだ。こういう西洋かぶれの屋敷にはこの手のものがあっても不思議はないんだが、こんな風に壁板で塞ぐなんてのは、ちょっと怪しげだろう？　誰にも見られたくないものを隠しておくにはちょうどよかったのかもしれないがねえ」

身をかがめて中に入った櫛備は、落ちていた自らの杖を拾い上げ、少しだけ残念そうに眉根を寄せる。それから小ぢんまりとした部屋の中央で、忘れ去られたようにひっそりと佇む白い塊を指差した。

「これは……人の骨、ですか？」

「そうだねえ。サイズからして成人女性と幼い子供のものだろう」

櫛備は当然のように言って、窺うような眼差しを美幸に向けた。

「でも、なんでそんなものが……」

言いかけた美幸はそこで、白骨を中心として床や壁、天井まで隙間なく刻み込まれた奇怪な文字や図形、円形に配置された燭台、天井から吊り下げられた小さめの骨などに気がついた。更に部屋の奥には小さな祭壇があり、その上には香炉や人のようなものを模した彫像、そして銅製の鏡のようなものまで置かれている。こういうものに疎い美幸に正しい推測はできないが、何かしらの呪術に関連する道具であることは想像できる。他にも、それらしき道具がこの小部屋には所狭しと並べられていた。

言葉を失う美幸に対し、櫛備は息を整えるようにして切り出した。

「これはある種の結界を発生させる装置なんだよ。かつて、この家に住んでいた志士原教授という人物が作り出したものだ。彼はある世界的な学術団体に所属し、大学を追われた後にも独自に研究を進めていた。その研究というのが、『霊魂を保存するための器』だった」

「霊魂を保存する……器……」

美幸は口中に呟いた。その器というのがこの屋敷を指しているのはもはや明白で、疑うつもりはない。だが、これが人為的に作られたという点には空恐ろしさを感じる。その志士原教授という人物は、いったい何の目的でそんなものを作り出したのか。

「彼は研究の中で、ある特殊な電磁波を発生させる装置を用いて霊的なエネルギーを閉じ込めようとしていたんだ。だが、科学的な力に頼っているばかりでは、結果は芳しくなかった。霊を閉じ込めるどころか、霊の存在すらも実証できないわけだからねえ。そこで、その学術団体の協力により彼は新たな分野の力を得た。その結果、研究を飛躍的に進めていったんだ。だが、それはいわゆる呪術や魔術と呼ばれる代物でねえ、彼は次第にその力に魅せられてしまったらしい」

櫛備は改めて室内をぐるりと見渡した。

「こういうのは僕の専門ではないが、ここにある大半のものはきっと、そこらで手に入るような胡散臭いものではなく、怪しげな学術団体が研究のため特別に用意したものだ。そうして、あらゆる魔術の道具を用い、試行錯誤を繰り返し、志士原教授はついに、この屋敷を丸ごと覆う強力な結界装置を作り出した。だが、それはもはや研究などと呼べるようなものではなかった。彼が手を出してしまったのは、人々から忘れ去られた暗黒の呪法であり、それらを歪に組み合わせた不完全な魔術だったんだ。その頃になると彼は家に籠りきりになり、友人や親族が説得を試みても、奇行を止めようとはしなかったそうだよ」

「その志士原という人は、何故そんなことを？　そこまでして霊魂をこの屋敷に繋ぎ止める理由って何なんですか？」

するとは櫛備は心外そうに、わざとらしく驚いたふりをして上体を仰け反らせた。

「おやおや、気づかないのかい？　答えなら今まさに、僕たちの目の前に転がっているじゃあないか」

「転がってるって……まさか、この骨……？」

美幸は暗闇の中、静かに寄り添うようにして奇怪な文様の中心に置かれている白骨を見下ろした。物言わぬ二つの頭蓋骨は、どことなく悲しげにこちらを見上げている。

「この骨は、教授の妻と息子のものだ。不慮の事故によって家族を失った彼は、それまでの快活とした気持ちのいい人間性を失ってしまった。希望を撃ち砕かれ、自らも死を望むようになったのだが、ある日を境に人が変わったように研究に打ち込むようになった。それも、以前はまるで興味を示さなかったオカルトという分野のね」

「それって二人の霊を……？」

弱々しく彷徨わせた美幸の声に、櫛備はそっとうなずいた。

「きっと、教授のことを案じてこの世に留まっていたんだろうねえ。家族三人で過ごしたこの屋敷で、彼は妻や息子の魂と再会した。だが以前のように穏やかな日々が戻るはずはなく、あの世とこの世の存在を認識すればするほど、彼は二人が自分を置いて消えてしまうのではないかと怖くなった。そんなことになれば、今度こそ自分は孤独に打ちのめされてしまう。思いつめた彼は、この屋敷での生活を何としても守り抜こうとした」

「だから、結界を作ったのね……」

美幸はうすら寒い戦慄を覚え、どこまでも底の見えぬ暗い穴を見下ろしているような気持ちになった。

死後、未練を抱えた魂はこの世に留まるが、それが果たされぬままに彷徨い続けると、いずれ自分を失ってしまう。そのこともまた志士原教授のジレンマになっていたはずだ。霊となった妻や息子と一緒に居ながらも、彼らが徐々に自我を失い、やがて自分のことすらも忘れてしまうという恐怖が日々、彼を苛んでいたのだろう。どれだけ望んでも、生者と死者が生前と変わらぬ生活を共にするのは不可能なのだから。

　そう考え出すと、美幸はたまらなく怖くなる。

　果たして自分は、この世界に存在していていいのだろうかと。

「——美幸ちゃん、大丈夫かい？」

「え、あ、はい。大丈夫です。ごめんなさい、それで——」

　動揺を気取られぬよう話を促すと、櫛備は心配そうにこちらを窺いながらも、話を再開する。

「志士原教授は妻子の霊と一緒に居るために、霊魂をこの場に留める結界を作り出して屋敷全体を覆った。この小部屋は、その動力部分のような役割を果たしていたんだ。もっとよく調べてみれば、同じようなまじないの施された仕掛けが、この屋敷の至る所にあるんじゃあないかな。もっとも、さっき踏み込んだ時に少しいじってしまったから、今は効力が失われているだろうけどねえ。詳しく検証してみるのも面白いかもしれないが、僕にはこの仕掛けをもう一度発動させることはできない。そういうものだと理解はできても再現するのは難しいし、装置に関するノウハウはきっと、教授の死と共に闇に葬られてしまっただろうから」

　口ではそう言いながらも、櫛備は興味深げに祭壇に載せられた銅鏡を覗き込んでいる。その気になれば、もう一度屋敷を覆う結界を張り巡らせることだって、彼には簡単なのではないかと美幸は思った。

「それで、志士原教授はその後どうなったんですか？　奥さんと息子さんの魂は、今もこの屋敷に？」

　櫛備はやや重々しい表情を見せ、そっとうなずく。

「さっきまではいた。というのが正しい答えだろう。屋敷から出られないのだから、ここに留まっていたのは間違いない。でも、僕がこの装置を停止させたことによって解放されたはずだ。さっき君が一緒に見た以外にも、多くの霊がこの屋敷から出ていくのを確認したからねえ」

　美幸が気を失っている間に、あの黒い怪物は消滅し、霊たちは各々の姿に戻った。それが事実ならば、怪物と同化しつつあった自分が無事に解放されたことも納得がいく。

「教授の死後、管理する者がいなくなったこの装置は制御を失い、周囲を漂う無関係の魂をも吸い寄せて閉じ込める檻と化していた。おそらく、この辺りには霊道があって、頻繁に霊たちが行き来しているんだろう。その辺の事情は、その身をもって体験した君の方がよくわかるだろう？」

　そうなのだ。もはや疑う余地などない。この屋敷に囚われた多くの魂を黒く染め、次々と取り込んでいったあの怪物。その大元となった存在というのが、この母子の……。

「この屋敷に囚われた人々は通常よりもずっと早く我を失い、ある一点を見つめたまま佇むようになる。その影響は教授の妻と子供にも確実に出ていたはずだ。他のどの魂よりも長くその力にさらされていた母子は、等しく自我を失い、やがて後からやってきた魂に対して牙を剝くようになった」

櫛備の話を聞きながら、美幸はふと、蠱毒と呼ばれる呪法を思い返していた。多種多様な生物を一つの器に入れて食い合いをさせ、最後に残った生物を呪詛に使用するというあれだ。

あの黒い塊は、まさしく蠱毒だったのだ。だがあの怪物が蠱毒と決定的に違うのは、何かの目的のために作られたのではなく、超自然的に発生した人の魂の集合体であるということ。当初の目的が失われ、しかし終わりを迎えられなくなった霊たちの、想像を絶する哀れな末路。

その中に自分も組み込まれかけていた事実を改めて思い返し、美幸は再び背筋を凍らせた。だがその一方で、あの黒い塊に引きずり込まれて意識を失いかけていた時、美幸は温かくて柔らかな光を感じた。その光の中には、我が子を抱く母と、その腕の中でしきりに泣いている幼い子供がいて、悲痛に泣き喚きながらも必死に誰かを呼んでいた。あれはきっと、父親を呼んでいたのではないだろうか。

あまりに多くの苦痛にまみれた感情にさらされたせいであの時はわからなかったが、もし本当にあの黒い塊の元となったのが志士原教授の妻子だとするなら、長すぎる魂の監禁の果てに我を失った彼女たちが求めていたのは、単に怒りや憎しみで支配された悪意などではない気がした。では、いったい何なのかと問われても、美幸にはしっくりくる答えは見つけられない。

そのことを櫛備に話すと、彼はしばし黙考した後、ふっと微かな笑みを口元に刻んだ。

「なんだい美幸ちゃん、わからないのかい？　実際にその存在を感じたのは君自身だというのにねえ」

「嫌味はいいから、さっさと教えてくださいよ」

インチキ霊媒師のくせに、そういうところだけは異様に察しがいい。いや、インチキだからこそ、そういうところに鼻が利くのか。どうでもいいが、美幸にしてみれば自分の理解力のなさを指摘されているようで、ただただ不愉快である。

櫛備は軽く咳払いをして、少しだけ真剣な表情を見せた。

「装置が作り出す霊だけの世界に囚われ、君は言い知れぬ孤独を感じたはずだ。それはきっと、あそこにいたすべての霊たちがもれなく抱いたであろう感情でもある。ヤマギという男性やリサと名乗った女性が、出会ったばかりの君をその身を挺して守ってくれたというのも、すべてはその共通意識からなる必然的な行動結果だったんだよ」

「小難しい言い方しないでください。要するに、どういうことなんですか？」

　強く急かすと、櫛備は顔をしかめて苦笑する。

「だから、僕が言いたいのはこういうことさ。彼らは君と同様に孤独を感じ、一人でいることに恐怖を抱いていたんだよ。行くも戻るもできぬ閉じた世界の中で、徐々に自我が失われていく。そんな中で唯一頼りになるのは自分以外の誰かなんだ。己を忘れてしまっても、相手が自分を憶えていてくれれば怖さも紛れるだろうからねえ。君たちを襲った怪物の正体は囚われた魂の集合体で、その根っこにいるのが教授の妻子だった。自分たちを必要としてくれた教授がいなくなり、しかしどこへも行けずこの世界に取り残されてしまった母子は、お互いのことはもちろん、自分のことすらもわからなくなってしまう。最後に残るのは、一人では居たくないという強い孤独感だけだ。だから母子は、後からやってきた多くの魂と一つになった。それは傍から見ればおぞましくも歪な融合だったかもしれない。しかし、悪意からではなく、ただ『誰かと一緒にいたい』という純粋な感情がゆえの行動であったと思えてこないかい？」

美幸は言葉を失っていた。

今の今まで、ただおぞましく嫌悪感しかなかったはずの黒い怪物に対する印象が、気づけばがらりと変わっていた。

櫛備の言うことはきっと、的を射ている。あの中に取り込まれかけた時、確かに大勢の魂の気配を感じた。美幸が恐怖を抱く一方で、彼らは美幸に対し害をなそうとはしていなかったのだ。それらひとつひとつの魂から『一人ではいられない』『誰かといることで安心を得たい』という、人間の弱い部分を象徴するような、剥き出しの感情が強く感じられたことを、美幸は今になってようやく理解できた。

「——私、全然気づけなかった。怖がるばかりで、あの人たちのこと、ちゃんと見ようとしていなかったんですね」

弱々しく呟いた美幸の言葉を肯定も否定もせず、櫛備は曖昧な仕草で息をついた。

「生者も死者も、もとは同じ人間だ。ならば、考えることだってみんな同じということさ。人は、一人では生きられない——いいや、存在すらしていられない、なんてねえ」

どこか気取った調子で結ぶと、櫛備は踵を返し、軽く身をかがめて小部屋の外に出た。

「そういえば、先生」

その背中に呼びかける。櫛備は気の抜けたような調子で首をひねった。

「なんだい、美幸ちゃん？」

「私があんなに呼びかけても聞こえなかったのに、ドアの音とか壁を蹴る音が先生に聞こえたのはどうしてですか？」

「ああ、それはおそらく、この屋敷の性質がゆえだろうねえ。この屋敷に巡らされた結界は、彷徨える魂を閉じ込め、生者との間に絶対的な境界線を引いてしまう。だが声も聞こえず対話もできないのでは、妻子を留めておいても意味がない」

「確かに……」

それがわかっていながら、志士原教授は何故、このまじないを解かなかったのか。

櫛備はすでに、その答えにも行き着いていた。

「彼はきっと、妻子の姿が見えなくても、声が聞こえなくても構わなかったんだろうねえ。何故なら、このまじないによって、魂だけの存在である妻と子供が、屋敷に対しては干渉することができたからだ。君や他の霊がドアを開け閉めしたり、壁を蹴りつけたりできたのも同じ理屈だろう。廊下を歩く音。ドアを開閉する音。きしむベッドに寝転んだ時の衣擦れの音。そうした生活音を感じることで、彼は妻子の存在を探知できた。もしかすると、最初から彼には妻と子の姿など見えておらず、彼らの存在を肌で感じ、そこにいると信じ込んでいただけだったのかもしれない。だが、彼にはそれで十分だったんだよ。何故なら——」

「——一人じゃないって思えるから。ですよね」

美幸が先を引き取ると、櫛備は一瞬、言葉を切り、それから静かにうなずいた。

それは確かに志士原教授の心境を表す言葉だったが、同時に、櫛備とのやり取りを通して、美幸自身がいつも感じていたことでもあった。

しばし満足そうに微笑んでいた櫛備は、やがて思い出したように、

「とはいえ、だ。今度同じようなことがあっても、必ず救出できるとは限らないよ。そもそも君は普段から、あっちへフラフラこっちへフラフラ、まるで落ち着きがないからねえ。探すこっちの身にもなってほしいよ。さっきだって、君を探している姿を脇坂さんに見られてしまって、筆舌に尽くしがたいような胡散臭い目で見られてしまったんだ。ああ、誰もいない所でもそういうことをするのね、とでも言いたげな目だよ。あれは屈辱的(くつじょくてき)だったなあ。だからね、美幸ちゃん。周りの人に君の姿は見えないんだから、僕がおかしな目で見られないように、どこにいるのかをちゃんと……」

ぶちぶちと小言をこぼしながら手すりにつかまり、右脚を引きずるようにして階

段を下りようとする櫛備の背中を見つめながら、美幸はこらえきれずに笑い出した。

「――そうします」

呟いた声は届いたらしく、櫛備は口を半開きにさせたまま、再び何の気なしに振り返る。

「先生の、そばにいます。そうすれば私も先生も、一人じゃなくなるから」

「……むぅ……ま、まあ、わかればいいんだよ。あー、うん。さあ、早くロケを再開させないと朝になってしまうな……」

白々しくそんなことを口走りながら、櫛備はそそくさと階段を下りていった。

「――ありがとう、先生」

美幸はもう一度、確かめるような口調でそう呟いた。

エピローグ　うろんな霊媒師

建付けの悪い扉を開いた瞬間、ぎぃぃ、と蝶番が悲鳴を上げた。

ロビーに人の姿はなく、受付の女性が手元に視線を落とし、熱心に何かやっている。静かに流れてくるのはヨハン・パッヘルベルの『カノン』。どこか悲愴的で、繊細さを感じさせる柔らかな旋律だった。

大理石調の床に杖の音を響かせながら、櫛備十三が前を通り過ぎようとすると、受付の女性は視線だけを動かして彼を見上げた。そして、細やかな仕草で会釈をする。

「ご家族がいらしてますよ」

そう端的に告げた彼女に対し、櫛備もまた同じように会釈を返し、手にした花束を軽く持ち直した。そのまま長い廊下を進み、左右と天井がガラス張りになった渡り廊下へと足を踏み入れる。

左右のガラスの外側は庭園になっていて、無数の銀杏の木から黄色い葉がゆらゆらと舞い散っていた。もうすぐ冬が訪れ、すべてが白く塗りつぶされる。絡み合うようにして伸びた枝に雪が降り積もり、白化粧をした庭園の様子を想像し、美幸の口元は自然とほころんだ。

「ねえ先生、あまり長居しないで帰りましょうよ」

しかし、気持ちとは裏腹に美幸の口調は重い。

「どうしたんだい。せっかく長い時間をかけてやってきたのに、そんなことを言うなんて」

「だって……」

もの言いたげに頰を膨らませる美幸を一瞥し、櫛備は苦笑する。

「まあ、君の気持は分からないでもないけどねえ。もしつらいのなら、外で待っていてもいいんだよ」

「いえ、行きますよ。一人で待ってる方が落ち着きませんから」

強がりながらも、美幸は重々しく息を吐き出した。

よりによってこんなタイミングで来るなんて、と内心で独り言ちる。

通称『悪霊の棲む屋敷』での収録から数週間が過ぎた。

放送された番組はまたしても好評で、櫛備のもとには多くの視聴者からの依頼がひっきりなしに飛び込んできていた。強欲で櫛備以上に金に汚い社長の指示により、目の回るような忙しさで依頼をこなす日々に嫌気がさしてきた頃、降って湧いたような休日。櫛備の突然の提案により、二人はここへやってきたのである。

どんなに仕事が立て込んでいても、櫛備は二、三か月に一度、必ずこの場所に足を運ぶ。滞在時間はほんの数十分だし、特段、何かするわけでもないのだが、こうして毎回、柄にもなく花束を抱えてやってきてくれるのは、美幸としても嬉しいことではあった。

とはいえ、今回のように先客がいる場合は別だ。櫛備と美幸は人前で大っぴらに会話ができないので、こういう場合、美幸は極力口を開かず空気のように徹さなくてはならない。そうして、櫛備が相手と話をするのを見ているのだ。

普段、美幸は自分が置かれた境遇を嘆いたりはしない。根が呑気で楽観的だから、わが身に降りかかった不幸を理由に喚き散らしたり、的外れな怒りを誰かに向けようとは思わない。その辺の理性は今もきちんと働いている。

だが、相手が自分の母親となると、話は別だった。

「心の準備はいいかい？」

「――どうぞ」

窺うような櫛備の眼差しを横っ面に感じながら、美幸はぶっきらぼうに言い返す。櫛備は少し呆れたように息をついてから、スライド式の扉を開いた。

病室の中はしんと静まり返っていた。一人でいるには広すぎるほどの室内に、これまた美幸の身体には大きすぎるくらいのベッド。そこに、人工呼吸器に繋がれた自分の姿が横たわっているのを見て、美幸はたとえようのない複雑な気持ちに陥った。こればっかりは、いつまで経っても慣れないものである。

「躯田さん、ご無沙汰しています」

「――ああ、これは櫛備先生」

　ベッド脇の椅子に座っていた女性が振り返る。美幸の母、則子だった。

　前回見た時よりも、少し痩せた気がする。ちゃんとご飯は食べているのだろうか。着ている服と同様にくたびれた表情を見る限り、あまり元気そうには思えない。

　櫛備も同じように感じたのか、彼は則子の顔を覗き込むようにして、

「お変わりないですか？」

　優しく労るように声をかけ、持参した花束をそっと差し出す。

「ありがとうございます。私ならこの通り、ぴんぴんしていますよ。娘がこんな状態なのに、母親の私ばかり元気でどうするんだって、亡くなった夫に言われてしまいそうですが」

「何を言ってるんですか。あなたが元気でいなければ、困るのは娘さんですよ。彼女が目を覚ました時、そばについていなくてはならないのですから」

「ええ、わかっています。それはわかっているんですけど……」

　最後の方は涙に震えて言葉になっていなかった。

　則子は洟をすすり、手にしていたハンカチで目尻を押さえながら、受け取った花束をサイドテーブルに置いた。きっと、櫛備と美幸が来る前にも、いびきの一つも

かこうとしない娘の寝顔を見ながら泣いていたのだろう。

「先生にはこの病院を紹介していただいて、医療費まで……なんとお礼を申したらいいか……」

「軀田さん、そのお話はもう済んだではありませんか。娘さんが目を覚ますまで、僕が面倒を見る。そのことに対して、あなたが気兼(きが)ねする必要はないと」

「ええ、わかっています。でも私一人の力では、こうして娘の命を繋ぎ止めることすらできませんから」

誰が聞いても自虐的に聞こえるような言い方をして、則子は再び涙を拭った。

そんな二人のやり取りを、美幸はどこか遠い世界を眺めるような気持ちで見つめていた。


美幸が櫛備十三と初めて会ったのは、地元の町で一番大きな総合病院だった。

その時、美幸は自分が何故病院にいるのか、どのようにしてやってきたのかすらもわからず、院内をあてどなく歩き回っていた。最後に憶えているのは、学校から帰宅する時の記憶だった。

すでに外は真っ暗で、友人と別れ、頼りない街灯が照らす通りを歩いていたところまでは憶えているのだが、その後のことがどうしても思い出せない。

次に気がついた時、美幸は見知らぬ病室の前に立っていた。周囲を見渡しても、すでに外来の時間は終わっており、人の姿はほとんどない。時折すれ違う看護師に声をかけても、忙しいせいか美幸の方を見向きもしないで去っていく。

もしかすると、母が倒れたのかもしれない。知らせを受け、無我夢中でやってきたけど、病室がわからずに彷徨っているのだろうか。でも、それならどうして記憶がないのか。まさか、母の身に重大な何かが起きて、そのショックで一時的に記憶喪失になってしまったとか……？

そんな憶測を頭の中で繰り広げながら、美幸は院内をふらふらと、それこそ夢遊病患者のような足取りで歩き回った。

そうしてどれくらい経っただろう。気づけば美幸は人気のない廊下に立ち尽くし、通路の突き当たりに佇む一人の男性の姿を見つめていた。

その男性は立ったまま魂を抜かれてしまったみたいに虚ろな表情をしていた。灯かりの消えた手術室の前で足元を見つめて肩を落とし、しきりに何か呟いている。

ひと目見て、危ない奴だと感じた。身なりはいいけれど、醸し出す雰囲気はどこか胡散臭かったし、何かに取り憑かれたような思いつめた瞳が、とにかく不気味だった。

美幸は息をひそめてそっと後ずさる。そのまま立ち去ろうとした時、何の前触れもなく、男性は美幸の方を向いた。その瞬間、彼の顔に浮かんだ表情はまるで、何かを強く憎み続け、ようやくその憎しみをぶちまけようとした矢先に、その怒りが全くの見当違いであったかのような、ひどく拍子抜けしたものだった。

「――君は……どうして……」

それが、櫛備十三が美幸に向かって発した初めての言葉だった。

さっきまで彼に対して感じていた気味の悪さや恐怖などといったマイナス感情は嘘みたいになりを潜めていた。どんなに声をかけてもいっこうに返事もしてくれない病院関係者に辟易していたことも手伝ったのだろう。美幸はろくに自己紹介もせぬままに、自分の置かれている状況を彼に話し、助けを求めたのだった。

話をする間、何度か美幸の顔を食い入るように見つめ、不思議そうに首をひねったりする櫛備に対し、何とも言い難い不安な気持ちを抱きはしたが、それでも根気強く話を聞いてくれたのは嬉しかった。彼の提案に従い、最初に目を覚ました病室まで行こうということになり、二人は肩を並べて院内を歩いた。櫛備はブラックフォーマルで全身を固めており、微かに線香の匂いを漂わせていた。真新しい杖をつき、右脚を引きずるようにして歩く姿は何とも痛ましかったが、それが先天的なものなのか、それとも事故や病気などで不自由になったものなのかは訊かなかった。

興味はあったが、何故かその時は訊いてはいけない気がしたからだ。

その間、看護師が二人と医師が一人、それぞれとすれ違ったが、その全員が驚いたような顔をして櫛備を振り返ったり、視線を伏せて小走りに逃げるように去っていった。彼らの反応に不穏な気持ちを抱きはしたが、そのことについても、何か事情があるのだろうと推測し、美幸はあえて櫛備に問いかけたりはしなかった。

やがて辿り着いた病室の扉は開きっぱなしだった。

中を覗き込もうとした時、美幸は言い知れぬ悪寒（おかん）のようなものを感じ、思わず身を引いた。見てはいけないと、守護霊か何かに諭されているような感覚だ。尻込みをしていると、後ろから櫛備にそっと促された。

意を決して室内に踏み入った美幸が目にしたのは、椅子に腰かけ、ベッドの端の方に突っ伏して眠っている母親の背中と、そのベッドに横たわり、身体（からだ）のあちこちに包帯やガーゼを当てられ、青あざや擦り傷だらけの変わり果てた姿をした自分の姿だった。

見慣れた顔はパンパンに膨れ上がり、紫色にうっ血している。片方の瞼（まぶた）は大きく腫（は）れ上がり、下唇がざっくり切れていた。右腕と左足にはギプスがはめられている。だがそんなことよりも、美幸には差し迫った大きな疑問があった。今こうして目の前で眠っているのが軀田美幸ならば、ここにいる自分はいったい何者なのかということだ。

頭がおかしくなってしまったのかと思った。どんなに記憶を辿っても、軀田美幸という名前以外に、自分に当てはまる名前が浮かばない。病室の壁に備え付けられた鏡を覗き込んでみても、そこには自分の姿が正しく映し出されている。間違いない。二十一年間、毎日目にしてきた自分の顔、身体、最近お気に入りの服。どれをとっても、やはり自分は軀田美幸だという結論に至る。

鏡の中の自分はベッドに横たわっているボロ雑巾のような状態ではなかった。むしろ十二時間以上ぐっすりと眠った朝のように顔色も良く、肌艶もいい。髪型も決まっているし、うっすらと施したメイクだってプロ並みだ。着ている服にも汚れ一つついていない。それなのに、どういうわけか、そんな自分の姿がすべて作り物めいて感じられた。

ああ、そうか。偽物は私なんだと、さほど抵抗もなく実感できた。どんな理由かはわからないけれど、自分は壮絶な目に遭い、今にも命を落としそうな状態でベッドに横たわっているのだと、正しく理解できたのだ。

「私、このまま死んじゃうんだ……」

ポロリとこぼした言葉に反応するように、ベッドの端に突っ伏して眠っていた母が目を覚ました。はっと顔を上げて振り返り、美幸を見たかに思われたが、その実、則子が目にしていたのは櫛備の姿だった。

「……あなたは？」

則子の質問を無視して、櫛備は一方的に問い返した。

「娘さんは、危険な状態なのですか？」

「あ、え……あの……」

状況が飲み込めないとでも言いたげに、戸惑いをあらわにした則子がベッドの上の美幸と櫛備を交互に見据えた。

「……ええ、頭を強く打ったせいで、昏睡状態が続いているんです。お医者さまはもう、このまま目を覚ますことはないだろうって……」

医者が言うには、このまま延命措置を続けるか、続けないかの二択しか道はないのだという。延命措置を続けるには莫大なお金がかかる。自宅のそばのホームセンターで週五日のパートタイム勤務を十七年続けている則子には、その金額を捻出する手段はなかった。

そして何より、娘が二度と目を覚まさないだろうと宣告されたことによって、則子は自暴自棄になりつつあった。もしそのまま放っておいたら、自分よりも先に、母の方が命を絶っていたのではないかと、美幸は今でも思う。

「僕に医療費を出させてください。少し田舎になりますが、知り合いが経営する病院があるんです。娘さんの治療には最適な環境ですよ」

何の理由の説明もなく、あまりにも唐突に櫛備は言った。

言葉の意味が理解できないとでも言いたげに、則子はそれこそ、異国の民を見るような目で櫛備を見上げていた。

彼は私の方に視線を向け、こう続けた。

「娘さんは必ず目を覚まします。今、その理由をお母さんに説明したところで信じることなどできないでしょう。ですが、僕にははっきりと理解できます。娘さんの——美幸さんの魂はここにいます。我々のすぐそばで、自分の置かれた状態に戸惑いながらも、あなたを心配している。自分よりも先に、あなたが死んでしまうのではないかとね」

「あの子が……私を……？」

泣きはらした顔に正体不明の不安を浮かべながら、則子は病室内を見渡した。当然ながら、その目が美幸の姿を捉えることはなかったが、だからといって櫛備の発言を頭ごなしに否定できるほどの心の余裕はないらしかった。

「……本当、ですか？」

弱々しい声で訊ねた則子に、櫛備は強くうなずいた。

「ですから、どうかお気を強く持ってください。娘さんにはまだ生きる意志がちゃんと残っている。延命措置は続けるべきです。彼女の魂はとても不安定で、誰かが寄り添っていなければ消えてしまうかもしれない。だから僕が娘さんを守ります。そしていつか、彼女の魂がこの身体に戻る日まで、あなたは絶対に諦めてはいけないのです」

「でも、お医者さまは可能性がほとんど……」

「そんなもの、どうでもいい！」

櫛備は不意に声を荒らげた。息を呑む則子を前にして、すぐに我に返った彼は、気まずさを取り繕うように「失礼」と咳払いをした。

「僕の言うことが信じられない気持ちはわかります。ええ、嫌というほどわかりますよ。気味が悪いと思っているのでしょう？」

則子は何も言わなかったが、そもそも櫛備は答えを求めて質問したわけではないらしい。一人で納得したように何度もうなずきながら、

「当然ですよ。その反応は正しい。誰だってそうだ。こういう話をすると、誰もがみんな、ちょうど今のあなたのような目で僕を見る。だが、これだけは言っておきます。僕は嘘なんかついていない。全部本当のことなんです」

「あの、何の話を……？」

ぱっと開いた手を則子の眼前へと掲げ、櫛備はその質問を遮った。

そして、底知れぬ闇のような黒い瞳に怪しげな光を宿し、則子の顔を凝視した櫛備は、驚くべき発言をする。

「今朝のあなたと娘さんの喧嘩の原因は、目玉焼きの黄身が潰れていたからでも、楽しみにしていたプリンをあなたが食べてしまったからでもない。密かに想いを寄せていた大学の先輩に恋人ができたから娘さんは不機嫌だった。あなたはあなたで、最近店にやってきた若い店長に日々嫌味を言われ、心が荒んでいたために、売り言葉に買い言葉で口喧嘩をしてしまった。しかし美幸さんはあなたのことを疎ましくなど思っていない。むしろ、女手ひとつで自分を育て、大学にまで入れてくれたあなたに少しでも楽をさせるため、いい会社に入ろうと就職活動に熱を入れている。最近帰りが遅いのも、友人とファミレスで試験対策をしたり、面接の練習に余念がないからだ」

「……なんで……それを……？」

則子がかろうじて吐き出した言葉を受け流し、櫛備は更に続ける。

「今日、デパートに寄ったのも、あなたに贈る誕生日プレゼントを選ぶためだった。今はアルバイトをする余裕がないから、通学を徒歩に変え、バス代を浮かせてコツコツ貯めたお金で、あなたを喜ばせようとしていたんだ。美幸さんは、あなたが思う以上にあなたのことを大切に思っているんですよ」

「そんな……それじゃあ、今夜、こんな目に遭ったのは私の……」

「いいえ、それは違う」

櫛備は再び、強い語気でもって則子の悪い想像を打ち消した。

「今夜のことはあなたのせいではない。夜道を一人歩いていた美幸さんは確かに不用心だったかもしれないが、だからといって、彼女に罪があるわけでもない。悪いのはすべて、こんなことをした犯人だ。そしてその犯人は警察が捕まえる。あなたがするべきことは犯人を憎むことではなく、娘さんの回復を願うことですよ」

櫛備を見つめる則子の目には、疑惑と確信の入り混じる複雑な思いが揺れていた。信じるべきか跳ねのけるべきかを考えあぐね、混乱した頭を抱えながらも、彼女は問いかける。

「あなたは何故、そんなことまで……？　今朝のことは、私と娘しか知らないはずなのに……」

「もちろん知りません。僕はただ、視えるだけです。そして、あなたの娘さんのことも視えている」

それが真実なのか、それとも単に煙に巻かれただけなのか。判断のしようはなかった。いずれにせよ、この場で真相を解き明かすことなどできはしない。

驚き、圧倒されていたのは則子だけではなく、美幸もまた、この時の櫛備の発言には耳を疑っていた。ここへ来るまで、彼とはいくつか会話をしたが、今朝の喧嘩のことなんて話していない。それなのに、彼はどうやってそのことを知ったのか。

怪訝に感じる一方で、美幸はこれ以上ないほど納得させられてもいた。この人には説明のつかない不思議な力がある。母子の間でしかわからないことを言い当てたのも、きっとその力だ。そして、その力があるからこそ、今の美幸の姿が視えるし、やがて肉体に戻る日が来るという希望を抱くことができるのだと。

則子もきっと、同じように感じたはずである。

「大切なのは、願うことです。願いこそすべてを可能にする最大の要素なのです。だから、あなたは娘さんの命を諦めてはいけない。そばを離れてもいけない。彼女が目を覚ました時、真っ先に愛していると伝えるためにね」

櫛備はそう結んで、傍らに佇む美幸を見た。その眼差しには、則子へ向けた以上に強い意志の光が宿っていた。

しばし呆然としていた則子は、その荒れた手を胸元で強く握り締める。

霊能者。超能力者。エスパー。何でもいい。眠ったまま生きているか死んでいるかもわからない娘の魂が、櫛備と共にいる。そしてその魂がいつの日か身体に戻ってくる。ただそれだけを信じて待てばいい。そう則子に決意させたのは、紛れもなく、この時の櫛備十三の発言だったのだ。

そして最後に、櫛備は則子の見ている前で、美幸の魂へと語りかけた。

「──」

忘れもしない。その言葉と共に、美幸と櫛備の奇妙な関係は始まったのだった。


「──本当に、先生には、なんとお礼を言ったらいいか……」

則子は何度目かになるその言葉を、穏やかな口調で繰り返した。

「もうやめましょう軀田さん。お礼なら、娘さんが目を覚ました時にたっぷりといただく予定ですから」

冗談めかす櫛備に微笑を向け、則子は遠慮がちにうなずいた。

「美幸さんに、会いたいですか？」

櫛備は訊ねた後でちら、と美幸を一瞥した。その意地の悪さに美幸は辟易する。

「はい。寝顔を見つめるのはもう、疲れてしまいましたしね」

言い終えてから、則子は訂正するように首を横に振った。

「もちろん、寝顔は可愛いですよ。娘ですもの。でも私はやっぱり、この子の笑った顔が見たいんです」

則子はハンカチで目元を押さえ、さめざめと涙を流した。美幸は彼女のそばに歩み寄り、その肩にそっと手を伸ばすも、触れることはできなかった。

　この八か月余り、美幸は様々な経験を通して充実した時間を過ごしてきた。けれど、こういう母の姿を見てしまうと、どうしようもなく胸が苦しくなる。自分がとんでもない親不孝をしていることを、改めて思い知らされるからだ。

　悔しくて、情けなくて、こんな自分が不甲斐ない。

「ねえ先生、あの子、今も先生のそばにいるのかしら？」

「ええ、いますよ。最近は僕の助手が板についてきたと思っているようですが、僕からすれば、まだまだですねえ」

　ちょっと、と異を唱える美幸を視線で制し、櫛備は話を続ける。

「しかし、いつも明るくサポートしてくれる彼女に、僕は助けられています。だから安心してください。彼女は絶対にあなたを一人にはしない。いつの日か必ず目を覚ましますす」

　則子はしばし黙り込み、再び流れ落ちる涙をしきりに拭っていたが、顔を上げた時には、どこか溌溂とした表情を浮かべていた。

「ええ、そうですね。先生のおっしゃる通りですわ。弱気になっていた自分が馬鹿みたい。こんな姿、娘には見せたくないのに」

「大丈夫ですよ。美幸さんも、さっきから人目もはばからず、めそめそしていますから」

嘘をつくな、と抗議する美幸だったが、今度は見向きもされなかった。

「あの子はいつか帰ってくる。先生のそのお言葉を信じて待っています」

「それが良いと思います。心配いりませんよ。美幸さんは、とてもお強いですから」

最後に深々と頭を下げ、「それでは」と櫛備は踵を返した。

その後に続こうとした美幸は、不意に立ち止まってベッドの方を振り返る。

静かに目を閉じて眠り続ける自分と、その自分に晴れ晴れとした笑みを向ける母に手を振って、美幸は病室を後にした。

「――またね。お母さん」

渡り廊下のガラスの向こうには、来た時と同様にゆらゆらと舞い散る銀杏の葉が視界いっぱいに広がっていた。

廊下の半ばほどで立ち止まった櫛備が、美幸を振り返る。

「おや、どうしたんだい美幸ちゃん。今にも泣き出しそうな顔をして。久しぶりにお母さんに会ったもんだから、ちょっとばかりおセンチになっちゃったのかな？」

「……別に。そんなことないです」

返す口調が自然とふてぶてしいものになる。

「おいおいおい、隠さなくたっていいじゃあないか。娘が母親に会ってノスタルジックな感慨に浸るというのは、別に悪いことではないよ。それとも、僕がお母さんとばかり話をしてしまったから拗ねているのかな?」

「だ、だから違いますってば!」

語調を強めて言い返すと、櫛備は少しばかり驚いたようにたじろぎ、笑いを引っ込めた。

櫛備と一緒にいることで、美幸はこれまでの人生の何倍も、自分の存在意義を見出せた。誰かの役に立っていると実感できた。自分の中にそれまでは存在しなかった、強くたくましい信念のようなものが宿るのを確かに感じた。

だがそんな時間を過ごすうちに、美幸は一つの疑問を抱くようになった。

肉体を離れ、霊体として存在している自分が目を覚ました時、この八か月余りの記憶は残されているのか。ともすれば、何もかもを忘れ、意識を失った頃の記憶に逆戻りしてしまうのではないか。そして、櫛備のことすらも忘れてしまうのではないかと。

美幸にとって、それは何よりも恐ろしいことだった。

この先の人生を生きるためにも、一人悲しみを背負っている母のためにも、目を覚ましたい。そう思う一方で、もう少しだけこのままでいたい。時間が許す限り、櫛備の助手を続けていたい。そんな強い欲求が美幸の心の中には確かに息づいていた。

ただの友達とは違う。兄妹というには年が離れすぎている。よもや恋人だなんてもってのほか。強いて言うなら『親子』だろうか。そんな、互いの関係性すらも曖昧な櫛備十三との関係を、自分は思いのほか気に入っているらしい。

けれど、こんなことは櫛備の前では絶対に口にできない。『その時』がやってくるまで、自分でもどう始末をつけたらいいのかわからない、この曖昧な気持ちはそっと胸の中にしまっておこう。

この病院にやってきて、眠り姫のようにベッドに横たわっている自分の姿を見るたびに、美幸はそう思うのだった。

「――心配することはないよ。君はちゃんと目を覚ますさ」

今ではすっかり耳に馴染んだ櫛備の声が、美幸を物思いから立ち返らせた。塗りつぶしたような漆黒の瞳の奥には、柔らかな光が揺れていた。

「そうなることをお母さんも望んでいる。僕もできる限りのことはするつもりだ。だからその時までは僕の助手を続ければいい。何も重く考える必要なんてないさ。少なくとも、こうして僕と話していれば、退屈しのぎにはなるだろう？」

わざと茶化すように言って、櫛備は肩をすくめた。

美幸は硬い表情を崩そうとはせず、じっと彼の顔を見上げていた。

「──君は確かにここにいる。僕にははっきりと、君の姿が視えているよ」

静かに、囁くように告げられた言葉。それはあの日、則子を説得した後で、櫛備が美幸にかけた言葉だった。

絶望の淵に立たされた美幸を、則子を、力強く引き上げてくれた櫛備の声を、美幸は今、再び噛みしめる。

「他の誰に気づいてもらえないとしても、僕がいる限り、その事実は覆せない。この世界で誰か一人でもその存在を認識している者がいるのなら、その人は絶対に消えてなくなったりはしないんだ。だから孤独を感じる必要はない。君がどこかへ消えてしまわぬよう、この僕がしっかりと視ている。声を聴き、会話もしよう」

「先生……」

「そのためには、たとえ他人に後ろ指を差されようと、詐欺だと罵られようと、インチキだと白い目で見られようとも構わない。この僕が君を守り、支える。必要なら、降り注ぐ矢の盾にもなろう。何故ならそれが、僕の使命だからねえ」

櫛備はそこで少しだけ間を置き、わずかに目を細めた。

「僕はいつだって君のことを大切に思っている。何故なら君は……」

そこまで言って、櫛備は突然我に返ったように言葉を切った。何かとんでもないことを口走ってしまったとでも言いたげに、半開きにさせた口から「あー、いや、その……」と意味不明な声を発し、しきりに目を泳がせている。

「か、勘違いしないでくれよ。別に君を口説こうってわけじゃあない。親子ほども年の離れた君に対して、そんな気持ちを抱くはずはないからねえ。それに知っているだろうけど、僕には妻と子供が……」

「――わかってますよ。そんなこと」

乱暴な口調で遮った後、美幸はこらえきれずに噴き出した。

「まったく、先生はいつもそうですよ。こっちの気も知らないで好き勝手ばかり言って」

そして、そういう彼を見ているうちに、美幸はいつも、自分が何を悩んでいたのかがわからなくなる。同時に、美幸の存在を認め、必ず目を覚ますとひたむきに信じ続けている彼に、自分が強く守られていることを再確認するのだ。

「おいおいおい、どうしたっていうんだよ。落ち込んでいるのかと思って優しい言葉をかけてみれば、今度は急に笑い出したりして。情緒不安定が過ぎるんじゃあないのかい？　大体君は普段から――」

「――無かったことになんか、ならないよね」

ばつが悪そうに頭をかきむしり、苦笑いをする櫛備を再び遮って、美幸はそう呟いた。

「え、なんだって？　何の話だい？」

うまく聞き取れなかったのか、耳を近づけて問い返してくる櫛備から視線を外し、美幸は乱暴に首を振った。

「……知りませんよ。もういいですから、ほら、早く行きましょう。次の依頼人が待ってるんですから。いつもみたいに、インチキな除霊をするんでしょう」

「おいおいおいおい、そんな言い方はやめてくれないか。いつも言っているだろう。大切なのはインチキかどうかではなく、それが誰かを救う手段になり得るかどうかだと。まったく君ってやつは、いつまで経っても僕の助手をしているっていう自覚が足りないようだねえ……」

不平を漏らす櫛備の横をすり抜けて、美幸は渡り廊下を小走りに駆けていく。

この先、どんな結果になったとしても、こうして櫛備が美幸と顔を合わせ、会話をしてきた事実は消えたりはしない。

——無かったことになんてしない。絶対に。

そう信じるしかないのかもしれない。でも、信じることにしよう。そう思えた。

木漏れ日の差し込む渡り廊下で不意に足を止め、美幸は迷いを断ち切るように顔を上げる。

ガラスの向こう、吹き抜ける風にあおられて、銀杏の葉がふわりと飛び去っていった。

本書は、書き下ろし作品です。

著者紹介
阿泉来堂（あずみ　らいどう）
北海道出身、在住。『ナキメサマ』（受賞時タイトル「くじりなきめ」）で第40回横溝正史ミステリ＆ホラー大賞〈読者賞〉を受賞し、デビュー。同作品に登場するホラー作家・那々木悠志郎シリーズとして『ぬばたまの黒女』『忌木のマジナイ』がある。

ＰＨＰ文芸文庫　贋物（がんぶつ）霊媒師　櫛備十三（くしびじゅうぞう）のうろんな除霊譚

2022年5月23日　第1版第1刷

著者　阿泉来堂
発行者　永田貴之
発行所　株式会社ＰＨＰ研究所
東京本部　〒135-8137 江東区豊洲5-6-52
第三制作部　☎03-3520-9620（編集）
普及部　☎03-3520-9630（販売）
京都本部　〒601-8411 京都市南区西九条北ノ内町11

PHP INTERFACE　https://www.php.co.jp/

組版　朝日メディアインターナショナル株式会社
印刷所　株式会社光邦
製本所　株式会社大進堂

ISBN978-4-569-90217-3

PHP文芸文庫

怪談喫茶ニライカナイ

蒼月海里 著

「貴方の怪異、頂戴しました」——。怪談を集める不思議な店主がいる喫茶店の秘密とは。東京の臨海都市にまつわる謎を巡る傑作ホラー。

PHP文芸文庫

ゆびさき怪談

一四〇字の怖い話

織守きょうや、澤村伊智、岩城裕明、藍内友紀、一田和樹、井上 竜、最東対地、ササクラ、白井智之、百壁ネロ、堀井拓馬、円山まどか、矢部 嵩、ゆずはらとしゆき 著

ページを捲るたび、ゆびさきが震える――。実力派人気ホラー作家14名が豪華集結！身の毛もよだつ傑作ショートショートアンソロジー！